THF

Die Buchstabenmänner

Usedom Ort der Handlung

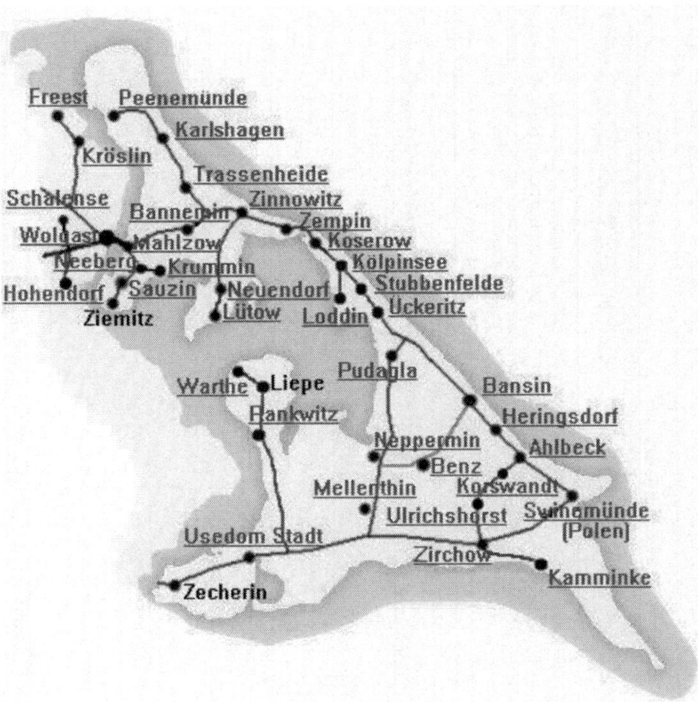

Auflage 1
Thomas Franz

Autoren Franz Voll, Thomas Schulz
Druck und Verarbeitung

Sie finden uns im Internetunter
www.franz-voll.de
Bestellung unter
Krimi.thomasfranz@t-online.de
Der Preis dieses Bandes versteht sich einschließlich
der gesetzlichen Mehrwertsteuer

Schatten der Vergangenheit

Kommissar von Rosen und der IM

Thomasfranz

THF

Thomas Franz

Hinter dem Autorennamen Thomas Franz verbergen sich Personen des öffentlichen Lebens, die ihre Leidenschaft für Kriminalgeschichten entdeckt haben. Bei den Beteiligten handelt es sich um Autoren, Drehbuchautoren, Journalisten und Ärzte. Ihre Geschichten tragen immer ein Korn Wahrheit in sich.

Das Leben und Wirken des Kommissars von Rosen, der aus dem Ruhrgebiet auf die Insel Usedom versetzt wurde, ist eine Hommage an das Leben auf einer der außergewöhnlichsten Inseln Deutschlands.

Neubrandenburg 18.07.1979

Inge Nast steckt den Kopf durch die geöffnete Kinderzimmertür und schaute ihre Tochter Maike genervt an,

„würdest Du bitte die Musik etwas leiser machen, mein Schatz. Ich finde Maschine ja auch gut, aber, den kann man auch etwas leiser hören. Du weißt doch, dass man das bestimmt auch in der Nachbarwohnung hört. Ich möchte nicht schon so kurz nach dem Einzug, nur wegen der Puhdys, Streit mit den Nachbarn haben."

Als ihre Mutter die Tür schloss, verzog Maike ihr Gesicht, und äffte ihre Mutter nach. Maike liebte die Puhdys, und drehte ihre bescheidenen Musikanlage gerne laut, wenn die Puhdys gespielt wurden. Nur in voller Lautstärke kam die Musik so richtig zur Geltung. Aber davon haben Erwachsene ja sowieso keine Ahnung, dachte sie. Maike stand auf, und ging schweren Herzens zu ihrer Musikanlage und regelte den Ton herunter. Dann setzte sie sich wieder auf ihr Bett, das gleichzeitig auch als Sofa diente. Maike war mit ihren Eltern erst vor vier Wochen in den 5. Stock des hochmodernen neuen Plattenbaus an der Neustrelitzer Straße gezogen. Das Neubaugebiet an der Neustrelitzer Straße lag unweit der Trainingsanlage am Tollensesee, was für Maike ein großer Vorteil war. Dadurch sparte sie Zeit, und konnte die gesparte Zeit in ihr Training investieren.

Maikes Vater, Hubert Nast war stolz, dass er eine der wenigen und deshalb sehr begehrten Neubauwohnungen ergattert hatte. Allerdings hatte er ja auch seinen Eigenanteil in Stunden Arbeit geleistet. Aber ohne Maikes Erfolge im

Sport wäre die Familie nicht so schnell an diese Wohnung gekommen. Maike fand die neue Wohnung großartig, endlich hatte die Familie ein funktionierendes Bad, und musste nicht mehr eine halbe Etage tiefer zur Toilette gehen. Das Beste an der neuen Wohnung war, dass Maike ihr eigenes großes Zimmer hatte, und keinen Schimmel mehr an den Wänden ertragen musste. Sie schaute sich in ihrem Reich um und war sehr zufrieden. Ihr Zimmer war 12m² groß, viel größer als die Nische mit den feuchten Tapeten im Schlafzimmer ihrer Eltern, die sie früher zur Verfügung hatte.

Sie hatte ihr neues Zimmer mit vielen kleinen Details aufgehübscht. Ihr ganzer Stolz waren die Bilder ihrer Idole an der Wand neben dem Fenster. Ihr wertvollstes Bild zeigte Rüdiger Helm, der in dem gleichen Kanu Klub trainiert, in dem sie jetzt auch trainierte. Rüdiger Helm hatte das Bild für sie sogar unterschrieben. Neben dem Bild von Rüdiger hatte Maike das Bild ihres größten Vorbildes, Roswitha Eberl, aufgehängt. So erfolgreich wir Roswitha wollte Maike auch werden. Neben den Fotos der Athleten hatte Maike natürlich auch ein großes Plakat der Puhdys und einen Zeitungsausschnitt vom neuen Deutschland aufgehängt. Auf der Titelseite der schon etwas angegilbten Zeitungsseite wurde in großen Lettern der Sieg der sozialistischen Arbeiterklasse über das Kapital gefeiert. Fünf Goldmedaillen errangen die DDR-Sportler bei der Weltmeisterschaft in Duisburg (BRD). Erste Plätze erkämpften Rüdiger Helm im K I über 1000 m und Roswitha Eberl im K I über 500 m.

Erich Honecker hatte persönlich gratuliert. Maike zog ihren Schulatlas heraus, und schaute zum hundertsten Mal, wo Duisburg lag. Sie fragte sich, wie sich das wohl anfühle, wenn alle jubeln, und man steht auf dem Podest, und ein Offizieller hängt einem die Goldmedaille um den Hals.

„Das muss toll sein“, sagte Maike halblaut zu sich selbst.

Maike wischte die Gedanken beiseite, denn bis zur Olympiade war es noch ein weiter und sehr steiniger Weg, aber sie würde ihn gehen. Sie spürte, dass sie jeden Tag stärker wurde, und seit sie von ihrem Trainer die Vitaminpräparate bekam, fühlte sie sich noch kräftiger. Maike legte den Atlas zur Seite, nahm aus ihrer Schultasche das Buch und das Heft für den Englischunterricht heraus, und begann englische Vokabeln zu pauken. Englisch in einer Schule der DDR zu lernen, war schon eine Herausforderung. Aber, Maike lernte vorsorglich Englisch, denn wenn sie bei der Olympiade in fünf Jahren, also 1984 teilnehmen könnte, wäre Englisch Pflicht. Die nächste Olympiade fand schließlich in Los Angeles statt. Gerade als sie angefangen hatte zu lernen, hörte sie die Eingangstür, ihr Vater war von der Arbeit nach Hause gekommen. Maikes Vater war Maschinenführer im Straßenbau und fuhr einen großen Bagger. Das war bestimmt nicht immer leicht, dachte Maike.

Ihre Eltern waren stolz auf sie, denn Maike war schon in jungen Jahren zu einer Ausnahmesportlerin herangereift. Erfolgreiche Athleten, die weltweit Wettkämpfe für sich entschieden, waren ein Aushängeschild der DDR Politik und wurden dem entsprechend großzügig gefördert. Maikes Familie genoss heute schon den einen oder anderen Vorteil. Und mit steigender Popularität würden sich die Annehmlichkeiten weiter steigern. Maike hatte auch wegen Papa und Mama beschlossen ganz nach oben zu kommen, damit sich die Beiden auch mal etwas leisten könnten.
„Maike, Essen ist fertig“, kam der Ruf aus der Küche.
„Komme“, hatte Maike geantwortet.
„Tag Papa“, sagte Maike, als sie die Küche betrat.
„Hallo Maike“, hatte der geantwortet.
Papa sieht müde aus, dachte Maike, und ließ sich ihren Teller mit Soljanka füllen.

„Was macht die Schule“, fragte ihr Vater.
„Alles bestens, morgen gibt es Zeugnisse, und dann ist es endlich soweit, Ferien Juhu.“
Dabei hob sie die Arme in Jubelpose.
„Nächste Woche fahrt ihr ins Ferienlager nach Usedom, ich habe ein paar Überschichten gemacht“,
mit diesen Worten bekam sie von ihrem Vater 50,00 Mark auf den Tisch gelegt.
„Damit Du Dir auch ein Eis leisten kannst“, sagte er.
Maike stand auf, umarmte und küsste ihren Vater auf die Wange. Inge Nast war von der Szene gerührt, und verdrückte ein paar Tränen.
„Wir müssen noch einige Einkäufe tätigen“, sagte sie schnell ihre Rührung verbergend,
„Du brauchst unbedingt noch Socken und einen Pullover, falls es auf Usedom kalt wird am Abend. Willst Du mitgehen, dann gehen wir nach der Schule, oder soll ich die Sachen alleine kaufen?“
„Ich würde wirklich gerne mitgehen Mama, vielleicht haben die ja mal was ausgefallenes im Regal“, antwortete Maike.
„Kann sein, obwohl, gestern haben die in der Aktuellen Kamera gesagt, dass wir keine Baumwolle aus der Türkei bekommen, da dürfte das mit dem Pullover schwierig werden.“

Vater Hubert mischte sich ein,
“Das mit der Versorgung wird aber auch immer schlimmer, ich habe heute zwei Stunden im Bagger gesessen und Däumchen gedreht, weil ich auf Sprit für meinen Bagger gewartet habe. Die Brigade, die den Zaun am Straßenrand setzen sollte, ist ganz ohne Material geblieben. Das heißt nicht ganz, den Beton für die Pfosten hatten sie, aber die Zaunpfähle aus Metall kamen nicht an. Am Nachmittag haben die den Beton auf einen Haufen gekippt, und hart werden

lassen. Die haben den ganzen Tag dagesessen und gewartet, und noch Material verschwendet, da muss mal was passieren. Und um auf Euren Einkauf zurückzukommen, tut mir nur einen Gefallen, und kauft nicht in einer *Uwubu**."
„Keine Sorge Papa, wir finden schon etwas im Konsum", meinte Maike lachend.

Dann sah Hubert Nast seine Tochter an,
„Was macht dein Englischunterricht", fragte der Vater.
„Gut, das geht wirklich gut. Was mich nur nervt ist, dass ich in der ersten Woche eine Stunde eher als alle anderen in der Schule sein muss, und in der folgenden Woche eine Stunde länger bleiben muss. Aber es wird sich lohnen, wenn ich nämlich nach Los Angeles zur Olympiade fahre, dann kann ich Englisch sprechen."
Inge Nast sah ihre Tochter an und sagte,
„ich wünsche mir für Dich, dass es klappt."
„Ich arbeite hart daran Mama, und ich werde es schaffen, wie Roswitha. Ich gehe gleich noch in die Halle zum Krafttraining, und danach muss ich mir noch meine Vitamine abholen."

Nachdem Maike mit ihrer Mutter den Tisch abgeräumt hatte, nahm sie ihren Sportbeutel und machte sich auf den Weg zur Halle. Den legte Maike zu Fuß zurück, natürlich so wie sie es immer tat, im Dauerlauf. Die Nachbarn, die bei diesem schönen Wetter auf den Balkonen saßen, kannten Maike nach kurzer Zeit, und bewunderten sie. Maike lief locker über die Parkplätze die Straße hinunter. Nach einer kurzen Biegung kam sie auf den Weg, der den See umrundete. Von hier waren es genau 600 Meter zur Sporthalle, die legte Maike jedes Mal im Sprint zurück. In der Halle traf Maike ihre beste Freundin Judit. Judit hatte das gleiche Ziel wie Maike, deshalb trainierten sie zusammen, und in den Ferien waren die Beiden nur auf dem Wasser unterwegs. Manchmal waren ihre Eltern schon besorgt, und befürchteten, dass sich ihre Kinder überanstrengen würden. Denn ab und zu zeigte Maike körperliche Symptome einer Überanstrengung. Dann war Ihr übel, sie hatte Krämpfe im Bauch Bereich, und Stechen in der Brust. Maikes Vater, hatte Maike darauf hin zum Hausarzt gebracht, der aber keine Erkrankung feststellen konnte.

Maike war in dieser Sache sowieso völlig anderer Ansicht, ihr konnte es nicht anstrengend genug sein. Mit ihren 14 Jahren hatte sie sich für ihr Alter schon erhebliche Muskelberge antrainiert, und ihr Kreuz wurde von Jahr zu Jahr immer breiter.

Maike fühlte sich wohl, so wie sie war. Sie hatte auch ihre Haare kurz schneiden lassen. Mit der Kurzhaarfrisur hielten Viele sie für einen Jungen. Vielleicht lag es aber auch daran, dass sie sich gab und bewegte, wie ein Junge. Und wenn sie gefragte wurde, ob sie Junge oder Mädchen sei, sah sie mit ihren klaren blauen Augen ihr Gegenüber an, grinste, und sagte dann mit Stolz,

„ich bin ein Mädchen, siehst Du das nicht?“

Maike verstand sowieso nicht, warum Jungen anders behandelt wurden, als Mädchen. Ihr fiel nichts ein, egal wie lange sie darüber nachdachte, weder im Sport noch in der Schule, worin Jungen besser waren als Mädchen. Im Gegenteil, in der Schule waren eindeutig die Mädchen besser, Jungs waren stärker, und lustig, ja, aber wirklich zu etwas zu gebrauchen waren sie nach ihrer Ansicht nicht.

Gegen 21:00 Uhr beendeten Maike und Judit ihr Training. Georg Wolke hatte den Beiden eine neue Übung gezeigt.

„Diese Übung stärk und vergrößert die Rückenmuskulatur", hatte der Trainer gesagt.
„Ihr müsst gleichmäßig die Gewichte heben, und vor allem ohne Ruck. Diese Übung macht ihr 10 Mal, dann eine Minute Pause, und dann wieder 10 Mal, und das in fünf Sätzen."
Maike und Judit zogen die neuen Übungen stoisch durch, obwohl sie sehr anstrengend war. Aber Schmerzen gehörten halt dazu.
„Ihr müsst immer bis ans Limit gehen", hatte Wolke gesagt, sonst werdet ihr nie Erfolgreich. Nur wer den Schmerz überwindet, und trotzdem weiter macht, wird Olympiasieger."

Wie an jedem Trainingstag hatte Wolke nach Trainingsende auch heute für Beide einen Vitamindrink gemixt, den sie bereitwillig austranken. Danach bekamen sie noch Wasser oder gezuckerte Limonade.

„Hallo", sagte Maike zu Judit, als sie sich am nächsten Morgen an der Haltstelle für den Schulbus trafen, „gut geschlafen?"
„Naja nicht so richtig, ich habe ganz schön Muskelkater. Diese neue Übung für die Rückenmuskeln ist richtig anstrengend."
„Ja, das merke ich auch", antwortete Maike.
„Und was meinst Du, wer wird heute der Depp sein?"
„Ich weiß es nicht", gab Judit zurück,
„ich finde aber schon das Rolf Dammler einer der Anwärter sein könnten. Der hat die letzten Arbeiten alle danebengehauen, und beim Halbjahreszeugnis sah es bei ihm ja auch nicht besonders gut aus. Eigentlich ist es mir auch egal, die Hauptsache ist, dass ich nicht da vorne stehen muss. Es ist bestimmt nicht schön, von allen ausgelacht zu werden."

Judit und Maike besuchten in Neubrandenburg die EOS, eine Schule die zum Abitur führte. Beide waren gute Schülerinnen, und sehr erfolgreiche Kanuten. Sie genossen es, im Mittelpunkt zu stehen. Ihren Erfolg und ihr Ansehen unter den Mitschülern sahen die Beiden als Ausgleich zu der Quälerei, die sie in den harten Trainingseinheiten durchmachten.
„Hast Du schon gepackt", wollt Maike wissen.
„Mama und Papa haben mir geholfen, obwohl ich ja meine, dass ich mit 14 Jahren alt genug wäre, um meine Sachen selber zu packen. Aber Du kennst die Beiden ja, wenn ich aus dem Haus gehe, dann ist immer großer Bahnhof angesagt."
„Du hast es gut, meine Eltern kümmert es nicht, wenn die abends aus ihrer Praxis kommen, dann haben die anderes im Kopf. Denen fällt erst auf, dass ich nicht da bin, wenn ich morgens nicht mehr am Frühstückstisch sitze", antwortete Judit lachend.

Als der Bus um die Ecke bog, nahmen beide ihre Tornister vom Rücken, und machten sich bereit für den Einstieg. Der Schultag verging wie im Flug, und dann war es wieder soweit, wie in jedem Jahr war gleich Fahnenappell mit anschließender Zeugnisausgabe. Alle Kinder der Schulklassen einschließlich aller Eltern, standen in Reih und Glied auf dem Appellplatz. Die Jüngeren trugen das rote Halstuch, das man als Thälmann Pionier trug. Die älteren, die in der FDJ waren, hatten ihre blauen Blusen angezogen.

Dann knackte es im Lautsprecher, und der Direktor trat ans Mikrofon, und seine Stimme schallte über den Platz, „Zuerst die besten Schüler aus jedem Jahrgang", dröhnte es aus dem Lautsprecher.
„Für die Erweiterte Oberschule Ernst Thälmann Klasse 11 wird aufgerufen: Judit Thomsen."

Applaus brandete auf, und Judit schritt stolz nach vorne, um ihr Zeugnis, und die Ehrungen in Empfang zu nehmen. Dann waren alle anderen besten Schüler an der Reihe. Danach begann das Spießrutenlaufen für die Schlechten. Der Lautsprecher schepperte,
„Schlechtester Schüler der 11. Klasse mit einem Notendurchschnitt von 4,5 ist Rolf Demmler."

Mit Tränen in den Augen und einem gesenkten Blick stand Rolf Demmler vor allen Schülern und wurde ausgelacht. Rolf konnte einem leidtun.
Nachdem diese Zeremonie abgeschlossen war, stürmten die Kinder mit lautem Geschrei vom Appellplatz und stiegen in die Busse. Ferien, endlich 8 Wochen frei.
Noch im Bus fragte Judit Maike,
„wann fahren wir nächste Woche eigentlich los, und müssen wir unsere Boote selber auf den Anhänger laden, oder machen das die Jungs?"
„Liebe Judit, wir fahren Montag um 8 Uhr los, und die Boote packen die Jungs auf den Anhänger, wie jedes Jahr."
„Das ist auch das Einzige wofür man Jungs gebrauchen kann."

Dann zog Maike einen Zettel aus der Tasche und faltete ihn auseinander.
„Was ist das", fragte Judit.
„Den hat mir Holger Dinse zugesteckt, oh wie süß, ein Gedicht."
„Zeig mal."
„Nein sagte Maike, das macht man nicht."
Judit streckte beide Hände nach vorne und meinte,
„Maike, ich bin deine beste Freundin, ich darf das Wissen."
Maike lachte,

„Warte ich lese Dir das Gedicht vor, aber es wird Dir nicht nützen."
„Wieso?"
Weil Holger das Gedicht in englischer Sprache verfasst hat. Holger ist doch nur wegen mir in meinem Englisch Kurs gekommen. Also, sagte Maike feierlich,
„Roses are red, violets are blue, sugar is sweet and so are you.
Na, bist Du zufrieden"
Judit verzog verächtlich das Gesicht,
„gewonnen, Ihr mit Eurer Geheimsprache, Englisch, dann verstehe ich es eben nicht, wer braucht Englisch?"
Maike schaute Judit an, und musste laut loslachen,
„Du bist eifersüchtig."
„Nein bin ich nicht."
„Doch bist Du."
Dann krümmte sich Maike plötzlich leicht nach vorne, und verzog das Gesicht.
„Was ist los?", fragte Judit.
„Ich weiß es auch nicht, seit wir diese blauen Tabletten noch zusätzlich schlucken, habe ich immer wieder Schmerzen da Unten", sie deutete auf ihren Unterleib.
„Ich vertrage die gut", sagte Judit.
„Aber wenn Du Probleme hast, dann sag doch Dr. Weber Bescheid, der gibt Dir dann andere Tabletten."
„Nein, nein ich will nicht, ich komme schon klar."

An der Haltestelle wartete schon Inge Nast auf ihre Tochter, um gleich mit dem Familien Trabbi in die Stadt zu fahren.
„Alles gut gegangen", fragte Inge Nast ihre Tochter.
„Ja, der arme Dammler musste nach vorne. Ich finde das schrecklich, der arme wurde verspottete und ausgelacht, und

zu Hause wird der bestimmt *aufgewackelt**. Ich glaube nicht, dass der die EOS schafft."
„Lass uns über etwas erfreulicheres sprechen", meinte Maikes Mutter.
„Ja, meinem neuen Pullover, Lila finde ich gut, hoffentlich haben die einen lila Pullover für mich."
„Lila", sagte Maikes Mutter erschreckt,
„Du willst doch wohl nicht mit einem lila Pullover durch die Gegend laufen Maike."
„Doch, finde ich Klasse, außerdem hatte Roswitha im letzten Interview auch einen lila Pullover an. Also, brauche ich einen Lila Pullover, das ist doch wohl klar wie Kloßbrühe",
sagte Maike gestenreich und mit einem Lächeln.
Inge Nast wusste, dass sie dem Wunsch ihrer Tochter sowieso nicht widerstehen konnte, also gingen die Beiden auf die Jagd nach einem lila Pullover.

In einem Konsum wurden sie fündig, es gab nur einen einzigen lila Pullover, der war etwas zu groß, aber Maike meinte,
„da wachse ich rein, zu klein wäre nicht gut, aber zu groß ist nicht schlimm."
Nach dem Kauf fuhren die Beiden zufrieden nach Hause, um Maikes restliche Sachen zu Packen.
Die Abreise des Kanuklubs Neubrandenburg war immer eine turbulente Angelegenheit, aber letztendlich saßen alle im Bus, die Bootsanhänger waren gepackt und die Reise konnte beginnen. Immer wenn die Beiden Holger Dinse begegneten, machte der ein verliebtes Gesicht, wie ein Casanova im Dienst. Judit fand das lustig.
„Hör auf, über Holger zu lachen, der ist eben verliebt in mich."
Judit schaute belustigt drein,
„hat er Dir schon einen Antrag gemacht?"

„Sei nicht blöd, ich will nichts mit Jungen zu tun haben, noch nicht. Später vielleicht, mal sehen.“
„Kannst Du Dir vorstellen von dem geküsst zu werden“, fragte Judit.
„Nein, ich glaube nicht“, dabei verzog Maike das Gesicht.
„Aber, er schreibt schöne Gedichte, hier habe ich noch eines.“
Mit diesen Worten reichte Maike Judit einen Zettel.
„Oh wie toll“, sagte Judit beeindruckt,
„wahrscheinlich wieder in Englisch.“
„Ja natürlich, so lernen wir die Sprache besser.“
„Und was schreibt er diesmal“, fragte Judit genervt.
„Das er sein ganzes Leben lang für mich da sein wird, Holger ist eigentlich ein netter Kerl.“

Georg Wolke ging durch die Sitzreihen im Bus, und überprüfte, ob alle seine Schäfchen im Bus saßen, dann gab er den Befehl zur Abfahrt. Die Abreise der jungen Talente wurde natürlich von der Aktuellen- Kamera aufgezeichnet, und abends im Fernsehen gezeigt. Familie Nast schaute an diesem Abend die Aktuelle- Kamera, und sah, wie ihre Tochter in den Bus stieg. Im Lager angekommen, wurden die Häuser bezogen und die Gruppen gebildet.

Maike und Judit teilten sich einen kleinen Raum mit Stockbetten und richteten sich ein. Das Bett stand direkt am Fenster.
„Ich schlafe oben“, sagte Judit.
„Ok“, gab Maike zurück, „mir ist es egal, ob ich oben oder unter schlafe, ich schlafe überall gut. Nur das unser Bett direkt am Fenster steht, finde ich nicht so toll, aber verschieben können wir es ja nicht.“
„Sei doch froh, wenn Holger Dinse Dich nachts besucht, kann er sofort in dein Bett klettern“, sagte Judit lachend.

Der Alltag im Lager war etwas lockerer als zu Hause, es wurde erst um 8:00 Uhr gefrühstückt. Zum Frühstück gab es für jedes Lagermitglied ein Glas mit Vitaminsaft, und ab dem 14. Lebensjahr bekamen die Sportler noch eine blaue Tablette mit Mineralien und Spurenelementen. Danach wurde auf dem Achterwasser trainiert, aber nur 3 Stunden. Nach den Trainingseinheiten wurden Ausflüge in die nahe Umgebung veranstaltet. Heute fuhren die Busse nach Peenemünde, in das ehemalige Raketenforschungszentrum Hitlers. Auf der Rückfahrt fragte Judit,
„Maike was ist los, Du bist so still.“
„Ich weiß auch nicht, mir ist schwindelig und schlecht ist mir auch, ich glaube ich muss mich übergeben.“
„Vielleicht ist Dir Holger Dinse zu nahegekommen“, sagte Judit lachend.
Aber Maike war nicht nach Lachen zumute. Im Lager angekommen wollte Maike nur noch ins Bett. Judit sagte Dr. Weber Bescheid, der nach Maike sah. Er hörte sie ab, und prüfte den Puls.
„Dein Puls ist zu hoch, und Dein Herz schlägt etwas zu schnell, ich gebe Dir heute Abend ein neues Mittel. Das sollte gegen die Übelkeit helfen, dann fühlst Du Dich besser.“

Nach dem Abendessen kam Dr. Weber mit seinem Arztkoffer in das Zimmer der Mädchen und zog eine Spritze auf.
„Das wird schon“, sagte er,
das hat jeder mal, Du hast bestimmt etwas von dem Essen nicht vertragen“, meinte Weber.
Dann ging er zu seinem Adlatus Manfred Drescher,
„Sie sehen alle 2 Stunden nach Maike.“
Danach suchte er den Trainer auf,
„Maike bekommt keine Tabletten mehr. Ich werde sie umstellen, ab heute bekommt sie nur noch das neue Mittel

gespritzt, es soll angeblich noch effizienter sein. Wir müssen sehen, wie sich das Mittel auf ihre Leistung auswirkt. Ich mache mir nur etwas Sorgen um ihr Herz, heute Nacht müssen wir sie eng überwachen."
Georg Wolke meinte nur,
„wird schon nicht so schlimm werden, ich sehe nach ihr."

In der Nacht wachte Maike aus einem unruhigen Schlaf auf, ihr Herz raste, sie bekam kaum Luft, ihr Körper krampfte und sie war schweiß gebadet. Maike schlug gegen den Bettrahmen, so dass Judit aufwachte,
„was ist los", Fragte Judit.
„Ich sterbe, ich sterbe", röchelte Maike panisch.
„Ich kriege keine Luft mehr!" Judit war sofort aus ihrem Bett gesprungen, und sah, wie sich Maikes Gesicht blau verfärbte.
„Ich hole Hilfe", sagte Judit, und rannte los, als sie mit Georg Wolke und Dr. Weber wieder an Maikes Bett stand, hatte Maike Schaum vor dem Mund und war schon tot. Dr. Weber versuchte alles um Maike zu reanimieren, aber es war vergebens, ihr Herz wollte nicht mehr schlagen.
„Ich kann nichts mehr tun", sagte Weber erschüttert.

Die anderen Sportler, die in diesem Haus wohnten, hatten nichts davon mitbekommen.
„Wir müssen sie raus bringen sagte Weber kühl, hier kann sie nicht bleiben. Die Anderen kriegen Panik, wir bringen das arme Mädchen in mein Haus, und ich hole die Volkspolizei."
Weber holte seinen Adlatus, der Maike nahm wie ein Postpaket.
„Du Judit kommst auch mit, Du musst mir unbedingt erzählen, was Maike noch gesagt hat, vielleicht bekommen wir dadurch einen Hinweis."
Am nächsten Morgen beim Frühstück fehlten Judit und Maike.

Der Trainer Georg Wolke stand mitten im Raum und fragte laut,
„hat Jemand Maike und Judit gesehen?“ Kopfschütteln war die Antwort.
„Wenn keiner die Beiden gesehen hat, dann beenden jetzt alle ihr Frühstück, und suchen das Gelände ab. Wir bilden Suchtrupps, einer der Älteren führt immer eine Gruppe. Wir teilen uns auf, eine Truppe sucht das Achterwasser ab, eine den Wald, und eine das Hinterland jenseits der Straße, wahrscheinlich haben die Beiden nur einen Ausflug gemacht, und die Zeit vergessen, also los, ich erwarte Euch in 3 Stunden mit Ergebnissen zurück.“
Nach mehrstündigem Suchen trafen sich die Suchtrupps wieder im Lager.
„Was habt ihr gefunden“, fragte der Trainer.
Die Gruppenführer meldeten sich zu Wort,
„nichts, die Betten sind frisch, die haben bestimmt nicht darin übernachtet, und zwei Boote sind verschwunden. Die Beiden haben auch ihre Rucksäcke mitgenommen“, sagte einer aus der Gruppe, die das Grundstück abgesucht hatten.
„In der Küche sind Brote und Wurst verschwunden“, sagte ein anderer. „Und zwei Wolldecken fehlen“, gab ein Weiterer dazu.

Da erschien Dr. Weber, er hatte einen Zettel in der Hand, den er allen zeigte. Auf diesem Zettel standen Vorbereitungen für eine Flucht.
„Das die Beiden mit Booten in den Westen fliehen wollen, hätte ich nicht gedacht,“ sagte er.
Dr. Weber spielte seine Rolle als untröstlicher und bestürzter medizinischer Betreuer sehr gut.
„Es waren die Besten des Jahrgangs,“ sagte er.

„Wer hat den Beiden nur so etwas eingeredet. Ich kenne die Beiden, das sind keine Mädchen die einfach so abhauen, dahinter steckt der Klassenfeind, das schwöre ich Euch“, bei diesem Satz haute er mit der Faust auf den Tisch.
„Die gönnen uns unseren Erfolg nicht. Dabei haben die Beiden armen Geschöpfe wahrscheinlich überhaupt keine Chance, wenn wir Glück haben, finden wir sie noch, aber auch das glaube ich nicht. Ich muss jetzt die Volkspolizei informieren, haltet Euch bitte alle bereit, die Polizisten werden sicherlich Fragen an Euch haben.“

Die Volkspolizei traf ein, und sprach mit den Jugendlichen, selber suchten sie das Grundstück nicht mehr ab, für sie war es offensichtlich, die Beiden waren auf der Flucht. So wurde sofort die ganze Maschinerie in Gang gesetzt, und auch das Wachbataillon auf Rügen wurde informiert, nach Flüchtigen in roten Kanus Ausschau zu halten, und wenn Sie gefunden würden, sie sanft zur Umkehr zu bewegen. Den handgeschriebenen Zettel, den Maike und Judith angeblich zurückgelassen hatte, nahmen die Leute von der Sonderkommission, die kurz nach den Volkspolizisten eingetroffen waren, an sich.

Der Einzige der misstrauisch blieb, war Holger Dinse. Maike hatte auf sein neues Gedicht, dass er ihr Gestern in Peenemünde zugesteckt hatte, nicht geantwortet, weil sie, wie sie ihm sagte, kein Schreibpapier mithatte. In der letzten Nacht wollte Holger Maike Papier und einen Stift bringen, aber als er durch das Fenster sah, sah er, dass Maike im Bett lag und schlief, da hatte er beschlossen Maike nicht zu wecken. Aber was sollte er machen? Der Volkspolizei wollte er das nicht sagen, also sagte er es dem Trainer, der wiederum meinte, dass es dummes Zeug wäre und warum er sich überhaupt nachts aus seinem Zimmer begeben würde. Holger Dinse beschloss, seine Beobachtung für sich zu behalten.

Rostock 15.06.1980

„Guten Morgen Männer!"
„Guten Morgen Herr Admiral", brüllten die Matrosen zurück.

Admiral Fricke war in tadellos sitzender Uniform vor die Mannschaft getreten. Er wollte den neuen Rekruten bei der Befehlsausgabe am heutigen Tage zusehen. Für die neuen Kadetten war der erste Tag an Bord immer ziemlich nervig. Die neue Umgebung, die Enge, und ständig unter den Augen der Offiziere zu sein, war anstrengend. Da fiel es eher auf, dass der eine oder andere nicht richtig gekleidet war, oder die Schuhe waren nicht gut genug geputzt, oder es war sonst irgendetwas nicht in Ordnung. Reine Schikane, wie die Neuen meinten. Da war man als Offizier besser dran. Aber in diese Kaste wurde man, auch im Arbeiter und Bauernstaat, rein geboren. Nur wenigen aus einem Arbeiterhaushalt war es gelungen, die Offizierslaufbahn zu erreichen. Das wurde in der DDR öffentlich anders dargestellt, aber die Realität sah so aus. Die Chancengleichheit im Arbeiter und Bauernstaat war sehr eingeschränkt.
„Männer, wir werden heute auslaufen. Unser Auftrag, eine Versorgungsfahrt für die Deutschen Demokratischen Republik wahrzunehmen. Unser Ziel ist Trelleborg in Schweden. Wie Sie alle festgestellt haben, haben wir mehr Mannschaft an Bord, als es erforderlich wäre. Das hat den Grund, dass in Trelleborg ein Schiff unserer Marine liegt, und die Hälfte der Mannschaft an Bord ist erkrankt. Wir bringen Ersatz."
Danach wandte er sich an seinen ersten Maat,
„wegtreten und klarmachen zum Auslaufen."

Der Maat stellte sich vor die Mannschaft,
„Männer, fertigmachen zum Auslaufen!“
Die Mannschaft spritzte auseinander, und jeder nahm seinen Posten ein. Im Schiffsrumpf begann nach kurzer Zeit der Diesel zu dröhnen, und schwarze Rauchschaden stiegen aus dem Schornstein. Eine Stunde später rief man an Deck,
„Leinen los!“

Das Schiff, die „Vorwärts“, legte ab und nahm Fahrt auf. Die Vorwärts war ein Schiff, das nach außen als Versorgungsschiff für die Fischerei eingesetzt wurde. Nur den Spezialisten auf diesem Gebiet fiel die überdimensionierten Funk- und Sendeeinrichtungen ins Auge. Unter Deck war die Vorwärts, neben der Sende- und Meldeeinheit, auch ein hervorragend ausgestattetes Medizinisches Versorgungsschiff. Dass den vielen im Ausland eingesetzten offiziellen und Inoffiziellen Mitarbeitern als Anlaufstelle diente. Auf der Vorwärts konnte verschlüsselt in die DDR gesendet werden, und jedes Medizinische Problem behandelt werden. An Bord befanden sich alle Kategorien von Ärzten. Außerdem gab es 4 Operationssäle, sowie vier vollständig eingerichtete zahnärztliche Behandlungseinheiten.

Die Vorwärts war ein Schiff von außerordentlicher Bedeutung, was auch den Männern an Bord klar war. In der Offiziersmesse herrschte ausgelassene Stimmung, der Flottenzahnarzt und erste Offizier Manfred Teuber heute Geburtstag, er wurde 30 Jahre alt. Teuber war ein junger dynamischer Mann, der eine beeindruckende Karriere hingelegt hatte. Er stammte aus einer Zahnarztfamilie, die seit langer Zeit in Leipzig praktizierten. Somit war sein Lebensweg in der DDR festgelegt, auch er würde Zahnarzt werden, das stand fest. Als er nach seinem Studium in die

Marine wechselte, machte er schnell Karriere, obwohl er es immer abgelehnt hatte, in die Partei einzutreten. Manfred Teuber war es schon bewusst, dass er ein privilegiertes Leben führte.
„Also Leute“, sagte er laut,
„heute Abend schmeiß ich eine Runde, und keine Sorge, es gibt weder *Blauer Würger**, noch *Bergmanns* Tot*, ich habe anständige Sachen besorgt. Alle die keine Wache haben, sind eingeladen.“
Jubel brach los.
„Achtung“, rief jemand, als der Admiral eintrat.
„Schon gut Männer“,
sagte dieser ruhig, und setzte sich an den Tisch, die Männer gaben ihre steife Haltung auf.
„Na Teuber, wie fühlt man sich mit 30“, fragte Fricke.
„Genauso alt wie mit 29, wenn ich ehrlich bin“, gab Teuber zurück.
„Und haben Sie sich selbst schon ein Geschenk gemacht?“
„Ja, ich habe mir vor der Abfahrt einen neuen Wartburg gekauft.“
„Ich hatte schon die Befürchtung sie hätten sich einen *Karton de Blamage** gekauft.“
Bei dieser Bemerkung brach wieder johlendes Gelächter los.
Der Admiral fuhr fort,
„das ging aber bestimmt Problemlos, oder?“
„Ja Herr Admiral, wie Sie mir empfohlen haben, bin ich in Ausgehuniform in die Verkaufsstelle gegangen. Ich kann meinen Wartburg in 2 Wochen abholen.“
„Sag ich doch, Männer unser Vorsitzender sorgt für seine Soldaten.“
Der Admiral sah Teuber lächelnd an,
„Teuber, ich habe in Ihren Papieren gesehen, Sie sind zu 98% Seetauglich, das ist ein Wert den kaum jemand in der Flotte erreicht. Ich habe deshalb gedacht, da wir in 12 Stunden in

Schweres Wetter kommen, mit Böen um 12, testen wir das hier in der Messe mal, ob das stimmt."
Fricke wandte sich an den Koch,
„Raguse, Sie bereiten unserem ersten Offizier ein leckeres Mal, dass er bei schwerer See vor unseren Augen verzehren wird", und an Teuber gewandt,
„Dann wollen wir mal sehen, wie stabil Ihr Magen ist."

In der Messe brach großes Gejohle aus, und der zweite Offizier trat an den Tisch, und warf 20 Ostmark darauf, und sagte,
„Ich setz auf Teuber."
Schnell füllte sich der Tisch mit Geld, nach den Wetten zu urteilen lagen die Chancen für Manfred Teuber bei 60%. Manfred Teuber selbst war sich sicher, denn diese Prozedur hatte er schon einmal durchgestanden, am Kap Horn.
Als sich die Messe geleert hatte, saßen nur noch Admiral Holger Fricke und Manfred Teuber am Tisch. Wenn die Beiden allein waren, redeten sie anders miteinander, denn die Beiden hatten fast ein Vater-Sohn-Verhältnis.
„Weist Du was Teuber, ich denke unser Staat wird nicht mehr allzu lange durchhalten, das ist überall zu spüren. Viele Meiner Kollegen ganz Oben glauben, dass geht noch 10 Jahre gut. Sogar einige aus dem Politbüro sollen gesagt haben, dass es nicht mehr lange so weiter geht. Ich selber sage die DDR geht dem Ende entgegen. Mit 62 Jahren bin ich zu alt, für mich gibt es keinen Neuanfang.
Aber Du Teuber, Du kannst abhauen und neu anfangen. Du bist Jung, Du bist ein sehr guter Zahnarzt, mach dass Du fortkommst."
„Wie kommen Sie darauf", fragte Teuber.
„Mensch Teuber, auch wenn Du es nicht am eigenen Leib spürst, müsstest Du es doch auch merken, die Versorgungsschwierigkeiten werden immer größer werden.

Die DDR ist uneffektiv, und unwirtschaftlich. Wir haben kein Geld mehr. Schau Dir an, wie lange es dauert, bis die in Wolgast ein Schiff gebaut haben. An allen Ecken fehlt Geld, das traut sich nur keiner offen auszusprechen."
„Was meinen Sie was wird passieren?"
„Ich kann Ihnen das nicht genau sagen, aber ich sehe was jetzt gerade passiert. Die Überwachung, auch von uns Führenden wird immer obskurer. Unsere Führung versucht mit Macht die Zügel in der Hand zu behalten.
Das wäre noch zu verkraften, wäre da nicht die Generation der Profiteure, denen jedes Mittel recht ist um in den Zirkel der Macht zu gelangen.
Ein guter Freund von mir, dem ich vertraue, und der ein Loyaler Bürger und Mitarbeiter des MFS war, ist auf Grund von Aktenfunden in seiner Wohnung hingerichtet worden.
Der konnte beweisen, dass ihm die Akten untergeschoben wurden, das hat alles nichts genützt, man hat ihn dennoch erschossen. Ich muss Ihnen sagen, in einem solchen Staat möchte ich nicht mehr leben."
Teuber sah Fricke betroffen an,
„Und wenn das Volk die Schnauze voll hat?"
„Dann wird es knallen Teuber, wie 1953, nur viel heftiger.
„Ich hoffe inständig, dass ich dann auf See bin, und nicht auf die eigenen Leute schießen muss."
„Was sollte ich Ihrer Meinung nach machen?"
„Ich verrate Dir jetzt ein Geheimnis, Teuber. Trelleborg wird der letzte Hafen sein, den wir im blockfreien Teil der Welt mit Schiffen der DDR anlaufen. Danach geht es nur noch in sozialistische Länder. Aber auch dort nicht mehr an den Kai, wir werden weit vor den Häfen liegen.
In westliche Häfen fahren wir dann gar nicht mehr, weil in der Vergangenheit immer am nächsten Morgen die halbe Mannschaft fehlte. Jeder, der ein Chance bekommt haut ab,

verstehst Du. Die Mannschaft, die wir nach Trelleborg bringen, ist der Ersatz für 135 flüchtige Seemänner.
Unser Staat kann diesen jungen Männern nichts bieten. Die hauen alle ab, und das sind gute Männer, die wir verlieren."
„Aber ich habe eine Frau in Rostock."
„Ja, das weiß ich, die wird auch ein paar Schwierigkeiten bekommen, aber die kannst Du nachholen Teuber, das klappt."
Fricke stand auf, klopfte Teuber auf die Schulter,
„Wir brauchen zwei Tage bis Trelleborg, bis dahin musst Du Dich entschieden haben Teuber", mit diesen Sätzen verließ er die Messe. Manfred Teuber blieb nachdenklich zurück.

Am folgenden Tag brach der Sturm los, und die Ostsee zeigte Ihre Zähne. Das Schiff stampfte durch die Brecher, und für den Teil der Mannschaft, die nicht oder kaum seetauglich waren, fühlte es sich an wie der Vorhof zur Hölle. Überall auf dem Schiff waren zu hören, dass es den Leuten nicht gut ging.

In der Messe hatten sich alle eingefunden, die auf der Brücke nicht gebraucht wurden. Am Tisch saß Manfred Teuber, und verzehrte in aller Gemütsruhe unter den Augen des Admirals und den Offizieren sein Mal. Hin und wieder musste er seinen Teller hochheben, da er sonst gegen die Kante der Tischbegrenzung gerutscht wäre. Als er den letzten Teller geleert hatte brach Jubel aus.
Offiziere, die auf Teuber gesetzt hatte, klopften ihm anerkennend auf die Schulter, die anderen zeigten Bewunderung, und gaben zu, selbst hätten sie das nicht geschafft.

Am 17.06.1980 um 11:00 Uhr machte die Vorwärts in Trelleborg fest. Die Ersatzmannschaft für das

Fischereifahrzeug wurde auf das Schiff gebracht, dass unmittelbar danach auslief. Manfred Teuber hatte die letzten zwei Nächte kaum geschlafen. Mit Admiral Fricke hatte er nach dem Abend auf See nicht mehr gesprochen, er war ihm aus dem Weg gegangen.
Manfred Teuber hatte seinen Plan gefasst. Es war in seinen Augen ein guter Plan, obwohl er sich eingestehen musste nicht unbedingt der Mensch für Abenteuer zu sein. Aber Fricke hatte Recht, dies war seine letzte und einzige Chance.

Die Vorwärts hatte in Trelleborg festgemacht. Nach Dienstschluss zog er sich zivile Kleidung an, das war nur Offizieren erlaubt. Mannschaften mussten, wenn sie überhaupt Landgang genehmigt, bekamen, in Uniform bleiben. Dann ging er zu Admiral Fricke, gab ihm die Hand und schaute ihm in die Augen.
„Alles Gute“
Waren die letzten Worte, die Fricke ihm mit auf den Weg gab. Er besaß 400,00$, nahm aber nur 65,00$ mit, um keinen Verdacht zu erregen. Alle Papiere, die er brauchte, führte er mit sich. Es war gar nicht so einfach, die Menge an Papieren, die man für ein neues Leben braucht, unauffällig in einer Jacke und einer Hose zu verstauen. Dann ging er mit klopfendem Herzen die Gangway herunter. Als er schwedischen Boden betrat, wäre er am liebsten losgerannt, zu sehr fürchtete er sich davor, doch noch aufgehalten zu werden. Aber das geschah nicht, er wurde nicht aufgehalten.

Teuber nahm ein Taxi und ließ sich zur nächsten Autobahn bringen. Der Taxifahrer, der ein erstaunlich gutes Deutsch sprach, ahnte was er vorhatte und bot sich an, ihn bis zur Dänischen Fähre nach Malmö zu fahren.
„Die Tickets kosten nur 15 Kronen.“ Sagte er.

Teuber willigte ein, denn eine andere Wahl hatte er nicht. Er blieb aber misstrauisch, man hatte schon von Fällen gehört, in denen Menschen, die geflohen waren, mit Zwang in die DDR zurückgebracht wurden. Wer sagte ihm, dass der Fahrer sauber war.

Die Fähre nach Dänemark legte um 23:00 Uhr ab. Teuber hatte seit 18 Stunden nicht mehr geschlafen, so beschloss er auf der Fähre eine ruhige Ecke zu suchen und zu dämmern. Die Anspannung fiel aber nicht von ihm ab, er blieb aufmerksam, und beobachtete seine Umgebung sehr genau. Am frühen Morgen ging er in Dänemark von Bord, und schlug sich per Anhalter bis Flensburg durch. Dort ging er in die nächste Polizeistation,
„Guten Morgen“, sagte der Beamte freundlich, der hinter einer Art Tresen stand,
„was kann ich für Sie tun?“
„Guten Tag, mein Name ist Dr. Manfred Teuber, ich bin Marineoffizier der Volksarmee der DDR, und in Trelleborg von Bord gegangen. Ich suche in der BRD Asyl, hier sind meine Papiere.“

Der Beamte bat Manfred Teuber in die Wache und benachrichtigte seinen Chef. Die Beiden sahen sich Manfred Teubers Papiere genau an, dann sagte der Chef der Wache,
„das wird jetzt ein paar Stunden dauern, haben sie schon etwas gegessen, oder möchten Sie einen Kaffee?“
„Bitte alles in dieser Reihenfolge“, antwortete Teuber.
Erst jetzt merkte er, dass er großen Hunger hatte. Ein Beamter, der freigestellt wurde, fuhr mit Teuber in die Innenstadt zum Frühstücken. Als sie wieder auf der Wache eintrafen, waren schon Personen von der Kieler Abteilung des BND anwesend. Die prüften Manfred Teubers Papiere genau, und kamen zu dem Schluss, dass sie echt waren.

„Von welchem Schiff kommen Sie“, fragte einer der BND Leute.
„Von der Vorwärts.“
„Dem Spionageschiff“, fragte der Beamte.
„Vom Versorgungsschiff“, gab Teuber zurück.
„Herr Dr. Teuber, im Westen weiß jedes Kind, was für eine Aufgabe die Vorwärts erfüllt, lassen Sie uns bei der Wahrheit bleiben, dann helfen wir Ihnen. Wenn Sie uns Lügen auftischen, schicken wir Sie zurück. So einfach ist das.“
“Verstehen Sie meine Vorsicht“, sagte Teuber, „woher soll ich wissen, ob Ihre Ausweise echt sind?“
„Da haben Sie natürlich Recht, ich würde vorschlagen, wir fahren nach Kiel, und dann sehen wir weiter.“

In Kiel angekommen, wurde Manfred Teuber in einem Hotel untergebracht, und man übergab ihm 500,00 DM um sich einzukleiden, und sich mit dem Nötigsten zu versorgen.
„Aus Köln kommt eine Abordnung der Spezialabteilung, das dauert allerdings 2 Tage, machen Sie sich eine schöne Zeit, und beginnen Sie den Westen zu genießen“.

Mit diesen Worten ließen die Männer Manfred Teuber im Hotelzimmer allein. Manfred genoss die 2 Tage, schaute sich aber auch immer wieder besorgt um, wenn er das Gefühl hatte, er würde beobachtet. Nach 2 Tagen erschienen 4 Beamte aus der BND Zentrale in Köln. Man schloss sich in ein Hotelzimmer ein, und nach mehrtägigen Verhandlungen wurde ein Abkommen ausgehandelt und unterschrieben. Vier Tage später war einer der Beamten wieder in Kiel, und traf Teuber in seinem Hotel.
„Guten Tag Herr Teuber, ich soll Ihnen ausrichten, dass Sie uns sehr geholfen haben. Im Gegenzug erhalten Sie von uns eine neue Identität. Ich übergebe Ihnen jetzt die neuen Papiere, und das versprochene Geld. Bitte prüfen Sie alles

genau, und unterschreiben Sie dann hier", er zeigte auf eine Spalte in einem Vertrag.

Manfred Teuber prüfte die Papiere gewissenhaft. Es handelte sich um einen Personalausweis der BRD, einen Führerschein, eine Approbationsurkunde als Zahnarzt, so wie die Mitgliedschaft in der zahnärztlichen Kammer Hamburgs. Dazu ein Ordner mit seiner neuen Legende. Manfred Teuber war sehr zufrieden, und fragte,
„wie soll ich unterschreiben, als Teuber, oder als Schulte?"
„Bitte als Manfred Teuber, denn der werden Sie in unseren Akten immer sein. Und wenn wir weitere Fragen an Sie haben, kommen wir auf Sie zu, natürlich diskret. Der Beamte streckte die Hand aus und sagte, dann auf gute Zusammenarbeit, Herr Dr. Schulte."

Dass Dieter Schulte, alias Manfred Teuber sich für Hamburg entschieden hatte, lag auf der Hand. Hier arbeitete ein entfernter Verwandter vom ihm als Zahnarzt. Als Manfred Teuber die Praxis betrat, gab es ein großes Hallo.
„Mensch Manfred, das ist ja klasse, Du bist abgehauen, hätte ich Dir gar nicht zugetraut."
„War auch nicht einfach."
„Was willst Du jetzt machen", fragte Großonkel Rudi Zurek.
„Ich suche mir Arbeit als Zahnarzt", gab Manfred zurück.
„Und eines ist besonders Wichtig, ich bin Dieter Schulte, bitte nenne mich nie wieder Manfred Teuber. Ich habe sowieso schon genug Angst, dass die mich zurückholen."
„Ich werde es mir merken. Arbeit habe ich sofort für Dich. Herr Dr. Wassermann sucht eine Urlaubsvertretung, wenn Du willst, kannst Du morgen bei ihm anfangen."
„Mache ich, ist doch klar."

Dieter Schulte übernahm für einen Monat die Praxis von Herrn Dr. Wassermann und bekam dafür so viel Geld, dass es für einen Mercedes Benz reichte, den er auch sofort kaufte. Nach einem Jahr als Vertretung wurde ihm eine Praxis angeboten, die er übernahm. Der Preis war gut, 500.000,00DM. Die Summe zahlte er aus seiner Kriegskasse, wie er das Geld vom BND nannte. Bevor er in der Praxis anfing zu arbeiten, erneuerte er seinen Jagdschein, was ihm ermöglichte, sich eine Pistole zu kaufen, denn die Angst vor einer Entführung wurde er nicht mehr los.
Mit seinem Mercedes fuhr er kurz darauf nach Paris, davon hatte er immer geträumt. In Paris einen Kaffee zu trinken, und auf den Boulevards spazieren zu gehen, das genoss er sichtlich. Aber egal wo er hinging, er trug immer seine Pistole im Schulterhalfter. Sogar am Behandlungsstuhl trug er seine Waffe. Er war immer sprungbereit, wenn sich jemand etwas von ihm wollte, den er nicht kannte. Seine Angst zurückgeholt zu werden war so groß, dass er, wenn er mit Kollegen in ein Kaffee ging, immer das gleiche bestellte wie sein Kollege, und wenn es serviert war, tauschte er Tassen oder Teller.

Seine Frau hatte er nach kurzer Zeit so gut wie vergessen, sie war noch in seinem Gedächtnis, aber nicht mehr so präsent wie vorher, und mit jedem Tag, der verging, verblasste Uta weiter und weiter. 1986 stellte sich in der seiner Praxis eine Zahnärztin vor, die Arbeit suchte.
„Guten Tag Herr Dr. Schulte, ich bin Veronika Schnelle, haben Sie für mich eine Teilzeitstelle?“, fragte sie.
Da sie gut aussah, und sich auch gepflegt ausdrückte, stellte Schulte sie ein. Veronika zeigte sich als gute Zahnärztin, und als noch bessere Liebhaberin, denn schon nach kurzer Zeit waren die Beiden ins Bett gehüpft, natürlich auf Betreiben von Veronika, was Dieter Schulte sehr misstrauisch machte. Er ließ Veronika Schnelle vom BND überprüfen, und seine

Vermutung wurde bestätigt. Am Tag darauf war Veronika Schnelle wieder arbeitslos.

Neubrandenburg 09.06.2018

Holger Dinse fuhr in Schrittgeschwindigkeit die Straße herunter, auf dem Beifahrersitz seines Mercedes Benz lag ein Zettel, Binsenwerder 12. Holger Dinse trug einen grauen Sommeranzug, darunter ein weißes Hemd und Krawatte. Die Jacke hatte er hinten an einem Hacken aufgehängt. Es war warm, deshalb hatte er sich eine Cola geholt, die im Getränkehalter steckte. Aha, da war die 12. Dinse stieg aus, und schaute auf die langen Reihen der Klingelschilder, was er suchte, fand er nicht. Als sich die Haustür öffnete und ein älterer Herr aus dem Haus kam, fragte Dinse höflich,
„entschuldigen Sie, ich suche einen alten Freund, Georg Wolke, der hat mal hier gewohnt, wissen Sie vielleicht wo der hingezogen ist?"
„Ja natürlich, der ist ja erst vor 4 Wochen ausgezogen. Der hat jetzt ein kleines Haus in der Hans-Eisler-Straße in Broda."
„Danke Sie haben mir sehr geholfen."

Dinse ging schnellen Schrittes zum Auto und fuhr los. Während der Fahrt programmierte er sein Navi, dabei fuhr er beinahe über eine rote Ampel. Zuverlässig führte ihn das Navi nach Broda, und dann stand er vor dem Haus. Schnell nahm er noch einen kleinen Schluck Cola, und stieg aus seinem Auto. Auf dem Klingelschild stand Familie Wolke. Dinse schellte. Die Tür ging auf und vor ihm stand Georg Wolke, der Dinse aber nicht erkannte.
„Sie erkennen mich nicht mehr, oder?"
„Nein, wer sind Sie."

„Ich bin Holger Dinse, und ich bin hier um zu erfahren, was damals wirklich mit Maike und Judit passiert ist."
„Wer sind Maike und Judit", fragte Wolke, der bei der Frage blass geworden war.
„Tun Sie nicht so, Sie haben die Beiden damals beseitigt, und ich will wissen was passiert ist."
„Wenn Sie nicht verschwinden, dann rufe ich die Polizei."
„Ja, das wäre mir recht, dann können wir gleich über die Sache reden."
Wolke schlug die Tür zu.
„Ich werde Sie nie mehr in Ruhe lassen Wolke, bis Sie zusammenbrechen, ich werde da sein, und ich werde Maike und Judit finden."
Die Tür ging wieder auf, und Wolke erschien noch einmal,
„Sie werden gar nichts herausbekommen, Sie sind ein Nichts."
„Doch Wolke, ich werde etwas herausbekommen, falls es Sie interessiert, ich habe mit einem Freund zusammen das ganz Areal des ehemaligen FDGB Ferienlagers gekauft, und ich werde jeden Stein umdrehen, ich werde etwas finden, das garantiere ich Ihnen, und dann wandern Sie und der nette Herr Dr. Weber in den Knast, für immer",
das letzte hatte er vor Erregung geschrien. Wolke war noch blasser geworden, und schlug die Tür wieder zu.

Holger Dinse ging zum Fahrzeug, er spürte deutlich, dass ihn Wolke beobachtete, so griff er erst noch zum Handy und tat, als ob er telefonieren würde, dann stieg er ins Auto, aber nicht ohne in Richtung Haus zu grüßen. Er gab eine neue Adresse in sein Navi ein, Bansiner Straße 8. Er startete den Motor und fuhr los. An der Bansiner Straße 8 angekommen fand er ein kleines Eckhaus, und an der Schelle stand Fam. Drescher. Holger schellte, Niemand öffnete, da er heute keine Zeit mehr hatte, beschloss er in den nächsten Tagen, noch einmal bei der Familie Dreschers vorbei zu fahren. Er stieg ins Auto, und fuhr zurück nach Usedom.

Zwei Tage später stand Dinse wieder vor der Tür, und schellte. Eine ältere Frau um die 80 öffnete die Tür.
„Bitte, was wollen Sie“, fragte sie unfreundlich.
„Ich bin Holger Dinse, und möchte zu Manfred Drescher, ich bin ein alter Freund.“
Die alte Frau begann zu weinen, und bat Holger Dinse herein.
„Was ist passiert“, fragte Dinse.
„Manfred, mein Sohn, ist gestern überfahren worden, hier vor der Haustür.“
„Wann war das?“
„Gestern in der Mittagzeit, der Fahrer ist einfach abgehauen, den haben die noch nicht gefunden. Das Unfallauto wird bestimmt schon in Polen sein.“
„Ich habe nur eine Frage, hat Manfred irgendetwas von Früher aufbewahrt. Papiere, irgendetwas?“
„Nein, Manfred war in dieser Sache komisch, er wollte nichts mehr von der DDR wissen, er hat nichts von früher behalten. Er hat alle Unterlagen die er hatte hier in einer Metalltonne verbrannt. Wir haben nichts mehr von früher.“
„Hatte Manfred nie Familie“, fragte Dinse.
„Manfred hatte eine Frau, eine schöne Frau, aber die hat ihn in Anfang 2001 verlassen. Die war Pharmareferentin, und in ganz Deutschland unterwegs. Wenn Sie mich fragen, die hat nichts getaugt. Die war oft tagelang fort, und nur über ihr Handy erreichbar. Ich habe Manfred oft gesagt, er soll sie rauswerfen, aber Manfred hatte halt ein gutes Herz.“
„Danke für Ihre Zeit“, sagte Dinse und stand auf und ging.
Holger Dinse fuhr zur Waage Straße, statt der Praxis von Dr. Weber fand er eine Baugrube.
„Die haben sich aber alle schnell aus dem Staub gemacht“, sagte Dinse laut im Auto.

Dann trank noch einen Schluck Cola, und fuhr dann wieder nach Usedom. Auf der Insel hatte er ein neues Leben begonnen, und das Schicksal hatte es gut mit ihm gemeint.

Holger Dinse war über die Jahre ein erfolgreicher Immobilien Makler geworden. Zu Haus angekommen legte er den Anzug ab, und zog Jeans an, dann holte er den abgegriffenen Ordner aus dem Schrank. In diesem Ordner waren alle Erinnerungen, die er an Maike hatte. Er liebte sie immer noch, und für ihn stand fest, er würde nie eine andere Frau lieben können. Er schaute auf Maikes Bild, und sagte, als würde er zu Maike sprechen,
„ich werde herausfinden, was die Dir angetan haben, das schwöre ich."
Dann seufzte er und stellte den Ordner wieder ins Regal. Holger Dinse arbeitet weiter an der Erstellung der Immobilienangebote für das neue Projekt, Wohnen am Golfplatz. Er musste heute unbedingt noch fertig werden, denn nachmittags bekam er das Bodenradar geliefert, das er für eine Woche gemietet hatte. Er nahm sich vor, mit dem Bodenradar nach und nach das gesamte Areal abzusuchen. Dinse war sich sicher, dass dort irgendwo Beweisstücke vergraben worden waren.

Neppermin 14.07.2018

Dieter Schulte saß bequem an einem festlich gedeckten Tisch. Vor ihm hatte man eine Geburtstagstorte mit brennenden Kerzen aufgestellt. Ein vielstimmiger Chor rief, „ausblasen, ausblasen." Dieter Schulte, der ein wohlwollendes Gesicht machte, holt tief Luft, und versucht die Kerzen auszublasen. Als die Luft aus seinem Mund entwich, sah er mit Entsetzen, wie sich mit der Atemluft feine Blutstropfen über die blütenweiße Sahne auf der Torte verteilten. Erst jetzt nahm er den stechenden Schmerz in seiner Brust wahr und er sah an sich herunter. Auf seinem weißen Hemd hatten sich vier kreisrunde dunkle Flecken gebildet.
Das Atmen fiel ihm schwer, er hat das Gefühl zu ersticken. Als er den Blick auf seine Gäste lenkte, sah er, dass jeder der Anwesenden eine Pistole in der Hand hielt, und unablässig auf ihn schoss. Er versuchte aufzustehen, er wollte weg von diesem Ort, aber es war, als hätten sie ihn am Stuhl angeleimt. Nur sehr langsam gelang es ihm, sich zu erheben. Er warf sich auf den Boden, und bedeckt das Gesicht mit seinen Händen, aber es knallte und schepperte immer weiter.

Dieses scheppernde Geräusch, das ihn jetzt mit einem Schrecken aus diesem Alptraum riss, kannte er nur zu gut. Schweißgebadet schaute er sich um. Er lag in seinem Bett und war das erste Mal in seinem Leben dankbar dafür, dass hunderte von leeren Flaschen aus einem Glassammelcontainer in einen Sammel- LKW donnerten. Es war mal wieder Dienstag, und die Firma Alba, leerte wie jede Woche die Glascontainer, die an seiner Grundstücksgrenze standen. Warum das in aller Herrgottsfrühe passieren musste, würde sich ihm nie erschließen. Eben so wenig verstand er, wie es möglich war, dass in einer ruhigen Seitenstraße eines ansonsten leblosen Dorfes, zwei Glascontainer jede Woche bis an den Rand voll mit leeren Flaschen gefüllt waren. Wer trinkt das alles? Dass er selbst auch Einiges dazu beisteuerte, ignorierte er natürlich.

Der Standort der Glascontainer direkt an seinem Grundstück war kein Zufall, der Bürgermeister hatte nachgetreten. Denn er, Dieter Schulte, hatte sich das Grundstück, von 16.000m², auf dem dieses Haus jetzt stand, mit einigen Tricks und ein paar Bestechungsgelder unter den Nagel gerissen. Dieses Grundstück am Rande des Dorfes hatten viele im Blick, und sehr viele wollten es damals kaufen. Aber gegen ihn und seine Methoden hatten sie alle keine Chance.
Um ihn zu Ärgern hatte man in einer Gemeindesitzung beschlossen, dass genau an der Straßenseite seines Grundstücks, nur 6 Meter vom Haus entfernt, der einzige und richtige Platz war, die Glascontainer aufzustellen. Alle, die das beschlossen hatten, wussten, dass es eine perfekte Rache war. In ganz Neppermin gab es genügend Flächen, die geeigneter waren, aber hier bei ihm wurde mit viel Geld ein Aufstellplatz geschaffen. Dafür hatte man ihm sogar mit einer windigen Gemeindesatzung ein Stück von seinem Grund und Boden abgenommen. Alles legal, alles rechtens, hatte ihm das Verwaltungsgericht bestätigt, dass er natürlich angerufen hatte.

Was ihn aber besonders störte, war, dass er fortan unter besonderer Beobachtung stand, so wurden sogar zwei Meter Zaun, die im Garten sein Gewächshaus eingrenzten, von der Naturschutzbehörde beanstandet, und er musste den

Zaun zurückbauen, denn er stand im Landschaftsschutzgebiet, das in seinem Garten begann. Das hatte er nicht auf sich sitzen lassen. Frei nach dem Motto Du willst Krieg, Du bekommst Krieg, hatte er zurückgeschlagen. An diesem Brocken würden der Bürgermeister und sein Gefolge noch lange zu kauen haben, das Lachen würde denen schon noch vergehen.

Jetzt, da er sich geärgert hatte, war an Schlaf sowieso nicht mehr zu denken, wenn er jetzt liegen blieb, bekam er nur Kopfschmerzen, außerdem steckte ihm noch der Schreck in den Knochen, dieser Alptraum war wirklich beängstigend und fühlte sich so real an. Er schlug die Bettdecke an die Seite und schlich noch etwas benommen ins Bad. Dort schaute er mit müden Augen in den Spiegel, legte seinen seidenen Schlafanzug ab, und ging dann in die begehbare Dusche, aus der er erst nach einer kleinen Ewigkeit herauskam. Das Bad war durch seine lange heiße Dusche so feucht, dass der Spiegel beschlagen war. Er zog sich den Morgenmantel an und wollte eigentlich zurück ins Schlafzimmer, aber er entschied, Johanna noch etwas schlafen zu lassen.
Als er sie durch den Türspalt beobachtete, wie sie friedlich dalag und schlief, fiel ihm ein, wie er sie kennengelernt hatte.

Damals hatte er den Abend wie immer allein verbracht, und war in Heringsdorf von Bar zu Bar gezogen. Er wollte sich nicht betrinken, das hatte er seit 1980 nicht mehr getan, er suchte einen Gesprächspartner und traf auf Johanna. Sie saß verloren auf einem Barhocker am Tresen und hatte Tränen in den Augen. Er hatte sie nicht gefragt, warum sie weinte, sondern hatte einfach ein Gespräch begonnen. Eigentlich war er sich sicher, dass diese schöne Frau ihm einen Korb geben würde, aber es kam anders. An diesem Abend redeten sie bis in den frühen Morgen, und als der Barkeeper Feierabend machen wollte, hatte Dieter Schulte 200,00€ auf den Tresen gelegt, und so konnten die Beiden solange sitzen bleiben wie sie wollten.

Danach trafen sie sich regelmäßig, bis er nach 11 Monaten der Meinung war, er könne es mit Johanna dauerhaft aushalten. Außerdem hatte sie wieder das Feuer in ihm entfacht, dass er so lange vermisst hatte. Johanna war eine bemerkenswerte und auch sehr schöne Frau. Er hatte nie das Gefühl, dass sie aus Dankbarkeit oder aus Berechnung mit ihm schlief, sie mochte ihn einfach. Dieter Schulte hatte für sich entschieden, dass er seine Johanna verwöhnen würde, wie sie noch nie verwöhnt worden war. Sie liebt Parfum und gute Kleidung, beides schenkte er ihr im Überfluss. Dazu finanzierte er ihr die Mitgliedschaft im Golfklub, in dem sie sich gerne aufhielt, und alles andere, was ein Leben schön und angenehm machte.

Dass sie noch schlief, war ihm auf eine Art sogar sehr recht, Dieter Schulte genoss es, morgens eine halbe Stunde nur für sich allein zu haben. Der erste Weg führte ihn wie immer in sein Büro. Er setzte sich an seinen Rechner, den er mit 3 Passwörtern geschützt hatte. Dann schaute er sich seine Konten an, das tat er jeden Morgen.
„Man muss seine Konten im Griff haben",
das hatte ihm schon sein Vater beigebracht. Mit entzücken sah er, auf seinem geheimen Schweizer Konto, das seine neue Geldquelle, die er sich erschlossen hatte, gezahlt hatte. Wow, eine Million, das war sehr schön, aber erst der Anfang. Diese Geldquelle war für mindestens 10 Millionen gut, und er hatte vor, sich dieses Geld zu holen. Alle anderen Konten, die er bei Deutschen Banken unterhielt, standen ebenfalls im erwarteten Bereich, ein guter Tag. Dann ging Dieter Schulte zum Briefkasten, um die Zeitung zu holen, neben der Zeitung

fand er noch die versprochene Nachricht vom Reisebüro mit der Buchungsbestätigung und den Tickets. Den Brief des Reisebüros brachte er ins Büro und versteckte ihn, Johanna sollte den Brief nicht sehen. Die Reise war ein Geschenk an sie, da sie sich sehr um ihn kümmerte, und versuchte, ihm alles recht zu machen.

In der Küche angekommen machte er sich eine Tasse Kaffee, und ging mit seinem Kaffee in der Hand und der Zeitung unter dem Arm auf die Terrasse. Kühle Luft empfing ihn, er atmete tief ein, und schaute auf sein Grundstück, dieser Blick in die Natur war einfach unbezahlbar. Er schaute in den Garten, wo ein in sanften Bögen verlaufender Wassergraben der gut und gerne 200 Meter vom Haus entfernt, sein Grundstück durchzog. Beide Seiten des Grabens säumten hunderte Jahre alten Bäume. Dahinter fiel sein Grundstück ab und wurde zu Marschland, auf dem er Blumenwiesen pflanzen ließ. Unmittelbar neben der Blumenwiese hatte er 4 Bienenvölker angesiedelt, er mochte es, wenn über den Blüten die Bienen summten.

Den Rest des Grundstücks überließ er der Natur. Dort hatte der Sturm im letzten Jahr einen Baum geknickt, den er dort verrotten ließ, es war ein schöner Anblick, wie die toten Äste sich in den Himmel reckten, und langsam mit Moos bewuchsen. Dieter Schulte hatte Geschmack bewiesen, als er auf diesem wunderschönen Grundstück eine beeindruckende Reetdach-Villa bauen ließ, die sich perfekt in dieses Ensemble einreihte.

Er wand seinen Blick der Zeitung zu, und was er dort las, hob seine Laune auf ein neues Level, und seine Freude schien grenzenlos. In großen Lettern stand auf der ersten Seite,

„Bürgermeister und sein Gefolge bauen für sich Ferienhäuser im Naturschutzgebiet“,
das war doch mal was, da hat der hochverehrte Bürgermeister jetzt mal richtig Feuer unterm Dach, dachte Dieter Schulte, und las mit zufriedener Mine den Bericht, der sehr detailliert beschrieb, was dort gebaut worden war, und das, um den Ferienhäuser im Schilfgürtel eine sichere Standfestigkeit zu gewährleisten, die Bauherren etliche Tonnen Bauschutt als Gründung in den Schilfgürtel gekippt hatten. Wahrscheinlich fragten sie sich genau in diesem Moment, wie die Zeitung an all diese Informationen kommen konnten. Aber wahrscheinlich ahnten sie es schon. „Tja“, sagte er, „der 20. Mai 2018 ist Euer Ehrentag, den werdet ihr so schnell nicht mehr vergessen.“

Nachdem er den Artikel in vollen Zügen genossen hatte, blätterte Dieter Schulte sehr zufrieden weiter in der Zeitung. Nach der Lektüre legte er die Zeitung beiseite, und dachte an das neue Baugebiet, das er erschlossen hatte. Holger Dinse hatte ihm den Tipp gegeben, dass das ehemalige FDGB Ferienlager zum Verkauf stand. Anders als sonst, wollte das Land 1,6 Millionen Euro für das Areal. Anfangs hatte er sich überlegt, Holger Dinse an dem Geschäft zu beteiligen, aber den Gedanken hatte er verworfen. Wozu, ich bezahl doch eh alles, dann kann mir das auch allein gehören, dachte er. In der Planungsphase hatte er einige Schwierigkeit zu überbrücken, aber er war auch ein geschickter Verhandler. Es war ihm gelungen, dort eine Baugenehmigung zu erreichen, wo andere gescheitert waren. Und zu seiner eigenen Verwunderung musste er nicht einmal in der Antragszeit zu schmutzigen Tricks, oder zum Mittel der Bestechung greifen.

Dieses Baugebiet hatte aus vielerlei Hinsicht eine große Bedeutung für ihn. Er hatte herausgefunden, das war nicht ganz richtig, Dinse hatte herausgefunden, dass hier scheinbar Dinge im Boden vergraben waren, die für ihn sehr einträglich werden würden. Und ganz nebenbei würde sich dieses Baugebiet, das sich als Verkaufsschlager erwiesen hatte, auch noch sehr lohnen. Er schlug also zwei Fliegen mit einer Klappe. Jetzt wo es losging, räumte er sich nach alter Manier den Weg frei. Er hatte seinen Partner hintergangen, aber das störte ihn wenig. Wenn er ihm ein paar Bröckchen vom Gewinn zuwarf, schnappte dieser danach wie ein junger Hund nach einem Leckerli, und er würde sich versöhnlicher geben.

Schultes Gedanken schweiften noch einmal ab. Vor seinem inneren Auge spielte sich noch einmal die Szene ab, wie er die hiesige Jägerschaft bei der Vergabe des Jagdreviers keine Chance gelassen hatte. Diese Szene zauberte erneut ein Lächeln auf sein Gesicht. So, genug geträumt, sagte er zu sich selbst, trank den Kaffee aus, stellte die Tasse in der Küche auf der Granitarbeitsplatte ab, und ging in die Ankleide, um sich für den Tag fertig zu machen. Dieter Schulte war mit seinen 72 Jahren in der Blüte seines Lebens angekommen. Wegen seiner Größe von 1,78 Metern und seiner biederen Erscheinung wurde er oft unterschätzt. Für sein Aussehen tat er nicht besonders viel, Falten hatte er kaum, und die Haare begannen sich zu lichten, einzig der Bauchansatz störte ihn etwas. Wenn er sich in einer Schaufensterscheibe seitlich betrachtete, wölbte sich eine kleine Kugel aus dem Jackett. Doch alles in allem war er mit sich zufrieden.

Zum jetzigen Zeitpunkt war er reicher, als er es sich jemals hätte erträumen können. Er besaß Häuser und Gewerbeimmobilien, zusätzlich war er immer noch an seiner ehemaligen Zahnarztpraxis in Hamburg beteiligt. Dort hatte

er als Implantologe schon mehr Geld verdient als er je hätte ausgeben können.
Nachher würde er die neuen Investoren treffen, die in sein neues Projekt mit dem Namen, Wohnen am Golfplatz, investieren, und sie würden ihm ihr Geld gerne geben. Eingeladen hatte er nur handverlesene Leute, Bedingung dabei zu sein war, mindestens 65 – 70 Jahre alt und leicht zu überzeugen. Er würde ihnen die Häuser die dort entstehen werden zu überhöhten Preisen verhökern, und sie würden dankbar seine Pläne unterstützen. Es handelte sich schließlich um Menschen, die nicht wussten wohin mit ihrem Geld. Hatte er sie „im Sack“ würde er eine Gartenparty schmeißen, das kam immer gut an, zum Auflockern der Stimmung.

Er wartete nur noch auf die Ankunft des Dachdeckers, der den Heidegiebel oben auf seiner Rohrdachvilla neu unterfüttern musste, da Wind und Wetter in Zusammenarbeit mit den Vögeln das Heidekraut unter dem Drahtgerüst weggerupft hatten. Dieter Schulte war immer bemüht, alles perfekt und schön zu haben, den Giebel ließ er, obwohl es technisch nicht notwendig war, jedes Jahr erneuern. Nachdem Gespräch mit dem Dachdecker, wollte er noch schnell das Voranschreiten der Erschließung seines neuen und sehr einträglichen Baugebietes schauen. War hier alles zur Zufriedenheit, wollte er nach Heringsdorf fahren, um in seinem Lieblingskaffee die Investoren zu überzeugen. Das fiel ihm besonders leicht, er wusste, wie man subtil Botschaften in einen Vortrag mischt, um Begeisterung zu erwecken. Als die Sachlage mit dem Dachdecker geklärt war, stieg er Gedanken versunken ins Auto, und öffnete das elektrische Garagentor. Er erkannte er im letzten Moment, dass vor seiner Garage ein Fahrzeug stand, in dem ein Mann saß. Nur eine Vollbremsung verhinderte, dass er beinahe auf das Fahrzeug aufgefahren wäre.

Der Insasse des grünen Geländewagens steigt sofort aus und Schulte erkannte ihn, es war Friedrichs vom Hegering, sein Pachtnachbar. Schulte öffnete das Fenster und fragt etwas zu höflich,
„Guten Morgen, was kann ich für Sie tun Herr Friedrichs?"
Dieser antwortete nicht gerade freundlich,
„Mich hat heute Morgen Kreickmann vom Wildgatter in Mellenthin angerufen, Sie haben 3 heiße Hirschkühe bestellt, die er morgen in Ihre Jagd bringen soll. Wenn Sie damit das Vorhaben was ich glaube, dann wäre es besser für Ihre Gesundheit, wenn Sie von diesem Plan Abstand nehmen würden. Ich verspreche Ihnen, das ist keine leere Drohung Schulte, Sie landen mindestens im Krankenhaus, wenn nicht sogar auf dem Friedhof das schwöre ich Ihnen."

Ein Nachbar der gerade vorbei ging, und alles gehört hatte, schüttelte den Kopf und ging weiter. Der Andere stieg in sein Auto, und fuhr davon. Schulte setzte seine Fahrt fort und dachte, diese Quatschtüte von Kreickmann, kann der nicht mal die Klappe halten, aber egal, ich hole mir in jedem Fall seinen Hirsch, da kann er Gift drauf nehmen. Er bog mit dem Auto in die Einfahrt des Baugebietes ein und das erste, was er sah, war der Wagen seines Immobilienpartners Holger Dinse. Heute läufts aber auch, dachte Schulte, als er aus seinem Auto ausstieg.

Holger Dinse kam sofort zu seinem Auto und sprach ihn nicht gerade freundlich und ohne Begrüßung an,
„Wieso haben die schon mit der Erschließung begonnen?"
„Ja, weil der Auftraggeber das beschlossen hat."
„Auftraggeber, welcher Auftraggeber? Ich dachte wir machen das hier gemeinsam, ich weiß von nichts."

„Das liegt daran, dass Du nicht dabei bist, ich werde das hier alleine durchziehen."
Er schaute über das große Grundstück und das dahinter liegende Achterwasser. Es war wirklich eine fantastische Aussicht und alle Häuser würden freien Blick auf das Achterwasser haben.
„Was, wir hatten doch ausgemacht, dass wir das hier zusammen machen, und jetzt fällst Du mir so in den Rücken?"
„Wir haben darüber gesprochen, ausgemacht war gar nichts, und einen Vertrag haben wir auch nicht. Also finde dich damit ab, dass ich die Sache hier jetzt alleine abwickeln werde. Glaubst du wirklich, dass ich den Profit mit dir Teile, nachdem ich mich hier um fast alles alleine gekümmert habe?"
Er wusste zwar, dass es gelogen war, aber es war ihm völlig egal.
„Du bist doch so ein verdammtes Arschloch, das ist unfassbar. Wer hat denn die ganzen Inserate aufgegeben und sich um ein Treffen für die Interessenten im Restaurant gekümmert?" Brüllte Dinse.
„Du wirst es noch bereuen, mich so zu verarschen!"
Schulte Schaute Dinse lange stumm in die Augen und sagte dann in einem sehr bedrohlichen Ton zu Dinse,
„Pass mal schön auf, mein Junge, und bleib ruhig, sonst entsorge ich Dich, ich weiß wieviel Parteikohle Du unterschlagen hast. Und außerdem, wenn Du genug sauberes Geld auf deinem Konto gehabt hättest, hättest Du mich auch ausgebotet, aber ich habe die Millionen, so ist das eben. Das hier ist jetzt ganz alleine mein Projekt. Wenn du willst, überlasse ich Dir die Vermarktung, da sind auch ein paar Hunderttausend an Provision für dich drin. Und jetzt geh mir nicht mehr auf den Sack, hast du verstanden?"

Dinse hatte hilflos gewirkt, als Dieter Schulte ihn bedrohte, dann stieg er wutentbrannt in sein Auto und raste davon. Auf der abschüssigen Straße überfuhr er um ein Haar eine ältere Frau, die am Straßenrand stand und in den Wald blickte. Die Frau stürzte, blieb aber unverletzt. Dinse öffnete das Fenster, und schrie die Frau an,
„Du blöde Kuh, was stehst Du hier rum, Du gehörst an den Herd.“ Dann raste er weiter.
Gut, dass der so schlank ist, sonst hätte er sich zwischen Lenkrad und Sitz eingeklemmt so wie der in sein Auto gehechtet ist, dachte Schulte grinsend. Jetzt war es raus, er wird mich 2 Wochen hassen, und dann doch die Vermarktung übernehmen, immer getreu dem Motto besser ein kleines Geschäft als gar keins. Er wusste, wie Holger Dinse tickte. Zufrieden stieg er ins Auto und fuhr nach Heringsdorf in das Lokal Dünenblick.

Weil, wie in der Hauptsaison üblich, nirgends ein Parkplatz zu finden war, fuhr er kurzerhand auf den Fußweg der Promenade. Stellte das Auto direkt vor der Terrasse des Kaffeerestaurants Dünenblick ab, und ging in das Kaffee. Dort warteten schon alle gespannt auf seinen Vortrag, der eher einer Verkaufsveranstaltung glich. Und wenn er ehrlich zu sich selbst war, war es ja auch eine. Nur dass er keine Wolldecken, sondern Ferienhäuser verkaufte. Aber wie auf einer Butterfahrt waren auch die Häuser unverschämt teuer. Dennoch hatten, wie auf einer richtigen Butterfahrt, alle zugegriffen, er hatte es vorher gewusst.
Für Dieter Schulte hätte der Vormittag nicht besser laufen können, die klapprigen Investoren hatte ihm förmlich ihr Geld aufgedrängt. Jeder wollte dabei sein, und jeder wollte sich einkaufen in dieses neue Feriengebiet. Er hatte es geschafft, bei diesem Projekt, Baugebiet, ein Wirgefühl zu vermitteln. Denn nur wer glaubt, dass er jetzt zu einem erlesenen Kreis

gehört, achtet nicht mehr auf den Preis. Die Kombination, Haus mit Blick auf das Achterwasser und den Golfplatz vor der Tür, sahen alle als perfekte Kapitalanlage an. Nach nicht einmal 20 Minuten hatte er für alle Häuser Vorverträge in der Tasche. Er vergaß auch nicht Dinse als Vermarkter ins Geschäft zu bringen.
„Die Kaufverträge können Ausschließlich über Dinse Immobilien abgewickelt werden. Ich bringe Dinse die Vorverträge, er wird sich bei Ihnen melden. Das koste zwar, aber bei den Erträgen die wir mit diesem Projekt erzielen, können wir über ein paar Kosten froh sein. Das Finanzamt kriegt schon genug von uns, oder?"

Nach diesen Sätzen hatten sie alle applaudiert. Die verstanden wirklich gar nichts, aber ihm konnte das egal sein, er hatte gerade genug Geld verdient. Seine 4 Ferienhäuser hatte er praktisch umsonst.
„Ich würde auch sagen, dass wir diesen denkwürdigen und erfolgreichen Tag angemessen feiern sollten, so lade ich Euch, meine lieben Investoren, zu einer Gartenparty auf meinem Grundstück ein. Dort können wir dann in aller Form auf unser Projekt anstoßen."
Wieder Applaus, so einfach war das, dachte er, stand auf und verließ das Kaffee. Vorne am Tresen beglich er die Rechnung, es waren gerade mal 365,00€, eine lächerliche Summe betrachtete man das Erreichte.

Als er auf seinen Wagen zuging, entdeckte er einen Beamten des Ordnungsamtes, der sich gerade anschickte seine Autonummer aufzuschreiben. Er sprach den Beamten sofort an,
„Tut mir leid, aber ich musste ganz dringend hier ins Kaffee, ich hatte meine Papiere vergessen, ich bin sofort weg."

„Sie wissen aber schon, dass hier absolutes Parkverbot herrscht?"
„Ja, aber das war eine Notsituation".
„Ok, man ist ja auch kein Unmensch", sagt der Beamte und steckt seinen Block wieder ein.
„Bitte einen Moment", Schulte lief schnell in das Kaffee, und war sofort wieder da,
„Wenn Sie nachher Ihren Dienst beendet haben, dann sind Sie hier im Kaffee mein Gast, das soll keine Bestechung sein, sondern nur eine Aufmerksamkeit, weil Sie so nett sind, und wir Insulaner müssen ja auch zusammenhalten, und nochmals danke".

Der Beamte bedankt sich, und Schulte stieg in sein Auto und fuhr los. Da er sich in Hochstimmung befand, hielt er auf dem Weg kurz an seiner Lieblingsboutique und kaufte seiner Frau eine riesige Flasche Chanel No 5. Seiner Frau? Sie wäre gerne seine Frau dachte er, aber eigentlich wollte er nicht heiraten, er hatte seine Gründe. Er Schaute kurz auf die Uhr, Mittag war schon vorbei und er hatte nur ein wenig Kuchen gegessen, da wurde es Zeit für eine richtige Mahlzeit. Nachhause fahren brauchte er nicht, Johanna war eine schöne Frau, intelligent und von einer entwaffnenden Schlagfertigkeit, aber Haushalt und Kochen war nicht wirklich ihr Ding. Außerdem hatte sie heute Golfstunde, ein Sport, dem er nichts abgewinnen konnte. Es wurde behauptet, dass man auf dem Golfplatz die besten Geschäfte machen könne, aber ihm lagen diese Golfmenschen nicht, sie waren einfach nicht sein Ding, immer so überkandidelt und protzig, da waren ihm Menschen wie die heute lieber. Er fuhr nach Swinemünde, dort konnte man sehr gut speisen.
„Möchtest Du auch eine Tasse Tee oder lieber ein Bier?" Fragte Johann Dieter, der gerade aus Swinemünde zu Hause eingetroffen war.

„Bring mir einen Kaffee mein Schatz, ich muss wach bleiben, ich will noch einmal in den Wald."
Er blieb allein auf der Terrasse, Johanna hat sich bei seiner Ankündigung ins Jagdrevier zu fahren, beleidigt ins Wohnzimmer zurückgezogen.

Im Wohnzimmer, lief der Fernseher, er hatte heute keine Lust die Nachrichten zu sehen, die Sonne ging langsam unter und der Mond stand gut, er würde bestes Licht haben im Wald. Johanna saß auf dem Sofa und las in einer Modezeitschrift. Ach sagte er, und ging noch einmal kurz in die Garage, und holte das Geschenk, das er gekauft hatte. Johanna öffnete das kleine Päckchen, und ein Grinsen huschte über ihr Gesicht,
„Danke",
sagte sie und in ihren Augen konnte Dieter Schulte echte Freude ablesen. Dieter Schulte konnte nicht verstehen, wie man sich über ein Flasche Parfum so freuen konnte, aber er verstand die Frauen sowieso nicht. Dann schaute Dieter Schulte auf seine Uhr. Johanna schaute Dieter an,
„Ich dachte wir verbringen den Abend zu Zweit und schauen uns mal wieder gemeinsam einen Film an."
Sie sagte es fast emotionslos, es war ihr anzumerken, dass sie nicht besonders enttäuscht war, dass Dieter wieder mal lieber in den Wald ging, als den Abend mit ihr zu verbringen. Sie hatte sich am Anfang noch darüber aufgeregt, aber im Verlauf der Jahre war ihr klar geworden, welche Rolle die Jagd in Dieters leben spielte und wie wichtig ihm jagdlicher Erfolg war. Dieter ging ins Schlafzimmer und zog sich um.

Als er in seiner perfekt sitzenden Jagdkleidung aus dem Schlafzimmer kam, ging er zu seinem Waffenschrank und holte ein Gewehr heraus, legte es in eine Tasche und lief

noch in die Küche um den letzten Schluck aus der Kaffeetasse zu trinken.
Es klingelte an der Haustür.
„Ich gehe schon, bleib ruhig auf der Couch liegen, mein Schatz!“ Sagte er.
Dieter ging zur Tür, und öffnete diese aber nur einen Spalt. Es war sein Immobilienpartner Holger Dinse, der mit hochrotem Kopf vor der Haustür stand. Dieter verdrehte die Augen und sagte,
„Auch Du noch, Du hat es wohl immer noch nicht kapiert.“
Er hatte die Tür kaum vollständig geöffnet, da versuchte Ihn Holger schon am Kragen zu packen und schrie dabei,
„Du verdammtes raffgieriges Arschloch, nicht nur dass Du mich erpresst, jetzt lässt Du mich auch noch wie einen dummen Jungen stehen, aber nicht mit mir, du hast dich mit dem Falschen angelegt.“
Dieter Schulte konnte die Fahne deutlich riechen, Holger Dinse war stark angetrunken und hatte ihn am Kragen gepackt. Schulte rief,
„Du hast doch nicht alle Latten auf dem Zaun, was willst du denn von mir. Sie zu, dass du Land gewinnst.“

Er schubste Ihn dabei von sich weg, noch bevor Holger Dinse zum Faustschlag ausholen konnte, was kein Problem für ihn war, da er deutlich schwerer und kräftiger war. Holger Dinse taumelte rückwärts und viel auf den Gehweg.
„Haub ab, du verdammter Idiot,“ schrie Schulte ihn an.
Holger Dinse stand auf und zeigte ihm die Faust.
„Dich mach ich fertig, Dich bring ich ins Grab.“
In der Nachbarschaft gingen schon die Lichter in den Fenstern an und einige schauten aus den Fenstern, um zu sehen, was den auf der Straße los war. Holger Dinse lief wild schreiend und gestikulierend zu seinem Auto und fuhr in

Schlangenlinien davon. Dieter ging kopfschüttelnd wieder ins Haus, man sollte den Anzeigen, dachte er. Wieder im Wohnzimmer fragte Johanna,
„Was war denn das für ein Geschrei?“
„Das war dieser Idiot von Dinse, dem habe ich es gezeigt. Der hat immer noch nicht verstanden das ich das Immobilienprojekt alleine durchziehe.“
Schulte packte seine Jagdsachen zusammen und rief,
„Bis später, mein Liebling.“ Johanna drehte sich um,
„Viel Spaß und Waidmannsheil, mein Bärchen.“
Sie hob die Hand und winkte ihm lustlos hinterher. Als Dieter das Haus verlassen hatte und Johanna sich sicher war, dass er fort war, stand sie auf und lief in Dieters Arbeitszimmer zu seinem Schreibtisch. Sie suchte nach Unterlagen, die er vom Notar mitgebracht hatte. Ihr war aufgefallen, dass er direkt in sein Arbeitszimmer lief, um die Unterlagen zu Abzulegen. Sie konnte den Umschlag nicht in den Schubladen finden, wusste aber von früheren Suchaktionen, dass es eine verborgene Schublade im Schreibtisch gab. Sie griff mit der unter die Schreibtischplatte, und mit einem kleinen Klicken öffnete sie das verborgene Fach, sie schaute in die Schublade und zog einen braunen Umschlag hervor, der Gott sei Dank nicht verschlossen war.

Als sie alles gelesen hatte, grinste sie, schob den Umschlag wieder zurück, und griff zum Telefon,
„Hallo Liebling, nur ganz kurz, er hat es getan.“
Dann setzte sich wieder zufrieden vor den Fernseher.
Dieter saß in seinem schwarzen Geländewagen und fuhr ins Revier, dabei hielt er sich, wie fast immer, nicht an Tempolimits. Nach einer guten Viertelstunde erreichte er die Stelle an der er, wie immer, sein Auto abstellte. Er zog sich seine Gummistiefel an, hing sich seinen Rucksack und sein Gewehr über die Schulter und lief los. Die Sonne war

mittlerweile fast verschwunden. Dieter ging 40 Meter über ein abgemähtes Feld, bevor er eine Holzbrücke überquerte, die über einen Entwässerungsgrabend gebaut war.

Er stieg die Holzleiter zur Kanzel hinauf, schloss die Tür auf und lud sein Gewehr. Durch das Fernglas beobachtete er aufmerksam den Waldrand, doch in dieser Nacht ereignete sich nicht viel, kein Wildschwein zeigte sich. Das einzige Tier was er mit seinem Fernglas sah, war ein junger Fuchs, der sich kurz am Waldrand entlang bewegte und dann wieder im dunklen Wald verschwand. Ein Kauz rief alle paar Minuten aus dem Wald, sonst war nichts zu hören. Dieter wartete geduldig und schaute immer wieder mit seinem Fernglas den Waldrand entlang, plötzlich stutzte er.

Er nahm eine Bewegung war, es war mehr eine Reflexion, als hätte ein metallischer Gegenstand das Mondlicht gebrochen, er konnte aber nicht erkennen, was es war, ob es ein Mensch war, oder doch nur irgendetwas spiegelndes das sich im Gestrüpp verfangen hatte.
War da jemand im Wald und beobachtete Ihn? Er glaubte, einen Schatten in Form eines Mannes gesehen zu haben. Noch während er das Fernglas schärfer stellen wollte, war der Schatten verschwunden. Sein Puls raste vor Aufregung, er spürte, wie Gänsehaut seinen Rücken hochkroch. Kurzfristig hatte er die Idee in Richtung dieser Person oder was es auch immer war einen Schuss abzugeben, aber die Vernunft verbat es ihm.

Immer wieder hörte er danach, aus der Richtung im Wald ein knacken, als wenn jemand auf einen Ast treten würde. Nach ein paar Minuten war der Spuk vorbei und Ruhe kehrte wieder ein. Ein ungutes Gefühl beschlich Dieter, es war mittlerweile weit nach Mitternacht und so dunkel, dass man die Hand kaum vor Augen sehen konnte. Er beschloss zu packen und nach Hause zu fahren. So stieg er die Leiter hinunter, behielt dabei das Gewehr in der Hand, welches er gegen die Vernunft entsicherte. Er lauschte gespannt auf irgendein fremdes Geräusch. Als er über die Brücke lief, die über den Abwassergruben gebaut war, gab diese mit einem lauten Knarren und Knacken nach.

Dieter konnte sich nicht halten und fiel schreiend in den Wassergraben. Das Wasser war eiskalt und stank modrig, geistesgegenwärtig hatte er sein Gewehr hochgehalten und einfach um sich geschossen, kurzfristig war er in Panik geraten.
Wutentbrannt und fluchend kletterte er aus dem Graben und legte seine Kleidung ab, die bestialisch stank. Am Auto angekommen, wusch er sich so gut es ging mit 2 Flaschen Mineralwasser, die er immer im Auto hatte. Nur mit seiner Unterhose bekleidet stieg er ins Auto und fuhr nach Hause. Immer wieder schlug er während der Fahrt auf das Lenkrad ein,
„Diese Arschlöcher, die glauben doch wohl nicht, dass die mich so vertreiben können, die nächste Brücke wird morgen gebaut, und diesmal aus Stahl, so etwas regelt Schulte in 10 Minuten, dass las Euch gesagt ein, ihr Hundesöhne, ihr Versager, Ihr Nichtsnutze," schrie er aufgebracht.

Am frühen Morgen erreichte Dieter Schulte das Haus, er stürmte direkt durch das Schlafzimmer, in dem Johanna schlief in das Badezimmer und schlug die Tür hinter sich zu. Johanna wachte auf und hörte das Fluchen aus dem Badezimmer, blieb aber liegen. Als Dieter nach einer gefühlten Unendlichkeit endlich aus dem Badezimmer herauskam, legte er sich hin, ohne etwas zu sagen. Johanna kannte Dieter gut und wusste wie wütend und gereizt. Ihn jetzt zu fragen warum er so sauer war, würde nichts bringen, sondern ihn noch mehr reizen. Sie drehte sich um und schlief ein.

Am nächsten Morgen war Dieter Schulte früh auf den Beinen, er trug frische grüne Jagdbekleidung, und lief mit seinem Smartphone am Ohr durch das Haus.
„Ja, ich habe Ihnen doch gesagt, wir treffen uns am Thurbruch, nein, ich habe auch noch nicht gesehen, wie das da aussieht, es war schließlich dunkel heute Nacht, bis gleich."
Er legte auf, und stieg in seinen Wagen, aber nicht ohne zu kontrollieren, ob wieder Jemand vor seiner Garage stand. Dann machte er sich auf den Weg zur Jagd. Was er da sah, ließ Wut in ihm aufsteigen, irgendjemand hatte seine Brücke angesägt, er musste schmunzeln,
„wie beim Schneider Möck im Struwwelpeter", sagte er zu sich selbst.
Dann traf der Metallbauer ein.
„Ich will eine Metallbrücke, nehmen Sie Maß, machen Sie keinen Kostenvoranschlag ich will diese Brücke so schnell wie es geht, und keine Ausreden."

Der Metallbauer nahm Maß und meinte, dass er die Brücke in drei Tagen liefern und legen könne. Schulte war erfreut, und fuhr nach Hause. Nach drei Tagen meldete die Stahlfirma Vollzug, und Schulte beschloss am nächsten Morgen auf die Jagd zu fahren. Er verließ früh morgens das Haus, stieg in seinen SUV und fuhr mit Vollgas davon.

Neppermin 18.07.2018

Johanna erwachte, Dieter war schon lange fort, ein Zettel lag auf dem Küchentisch, ich habe in der Jagd zu tun, komme erst Donnerstagmorgen zurück, Dieter. Sie frühstückte und beschloss, shoppen zu gehen. Dieter jagt Hirsche, ich Handtaschen und Parfum, das nenne ich Ausgleich, dachte sie sich, und ging ins Bad. Sie liebte es, allein im Haus zu sein, dann wurde sie auch nicht im Bad gestört. Johanna duschte ausgiebig, und machte sich die Haare. Dann schminkte sie sich. Zum Schluss nahm die riesige Flasche Chanel in die Hand, die Dieter ihr geschenkt hatte, und sprühte sich den unsterblichen Duft auf Handgelenke und seitlich des Halses. Sie liebte diesen Duft, und musste sich immer zurückhalten, nicht zu viel davon auf ihren Hals und Handgelenke zu sprühen. Dann ging sie langsam in die Ankleide, streifte sich erlesene Dessous über, und wählte den hellen Hosenanzug, der ihr mit halbhohen Schuhen kombiniert, die Eleganz verlieh, die sie sich vorstellte.

In der Diele nahm sie ihren hellen Seidenschal und den großen Sommerhut. Dazu die hellen Lederhandschuhe. Sie betrachtete sich im Spiegel und war zufrieden. Johanna ging durch den Hauswirtschaftsraum in die Garage, und öffnete über den Funkschlüssel das Dach ihres Porsche Cabriolets. Johanna genoss jede Fahrt in ihrem Cabriolet. Sie drehte die Musikanlage auf, sollten doch alle hören, was sie hörte. Bevor sie die Garage verließ, legte sie ihren Hut auf den Beifahrersitz, sie fand es toll, wenn ihre offenen roten Haare vom Wind durchgepustet wurden. Ihre rote Löwenmähne passte gut zu dem weißen Seidenschal, den sie im Cabriolet immer trug. Sie war sich bewusst, dass Dieter ihr ein außergewöhnliches Leben ermöglichte, und dafür musste sie halt ab und zu mit ihm Schlafen aber das geschah immer seltener, Dieter war mittlerweile 72, da ging das Gott sei Dank auch nicht mehr so oft.

Es war ihr nicht unangenehm, aber Maik, ihr Golflehrer war schon ein anderes Kaliber. Der war ja auch erst 45, so wie sie. Johanna hatte beschlossen, zuerst zur Kosmetikerin zu gehen, nichts tat so gut wie eine Gesichtsmassage und anschließend eine beruhigende Maske. Danach noch ein neues Make-up, und der Tag würde perfekt. Johanna genoss das Luxusleben in vollen Zügen, und Dieter hatte nicht nie wegen irgendeiner Ausgabe gemeckert. Also schlug sie wie immer in den Läden zu, und kaufte, was immer ihr gefiel. Der Preis spielte eine Nebenrolle. Sie kam erst spät vom Shoppen aus den Kaiserbädern zurück, und fand das Haus immer noch leer vor, er würde also wirklich erst morgen Früh zurückkommen, muss Jagd schön sein, dachte sie. Johanna rief Maik an, und nach kurzer Zeit schellte es schon an der Tür, und Maik stand in Sporthosen vor der Tür. Johanna öffnete die Tür, sie trug nur ihre Dessous und einen Seidenmorgenmantel. Eingehüllt war sie in einer Wolke aus Chanel.

„Ist das nicht ein bisschen gefährlich, was ist, wenn dein Kerl nach Hause kommt?“

„Maik“, sagte Johanna gedehnt,

„das macht doch den Reiz aus, Immer auf dem Sprung zu sein, das liebe ich besonders. Außerdem kenne ich Dieter, wenn der schreibt er kommt erst Morgen, dann kommt er erst morgen, da kannst Du Dich drauf verlassen.“

Maik Albers ging den Blick in den Garten gerichtet zu den großen Wohnzimmerfenstern, und schaute hinaus,

„Mein Gott ist das schön hier, ich freue mich schon darauf, mit Dir hier zu leben."
„Da musst Du aber noch etwas Geduld aufbringen, denn Dieter hat eine Gesundheit wie ein Ochse, von allein stirbt der erst nach mir."
„Ich habe mich schlau gemacht" meinte Maik, „am leichtesten wäre ein einem Jagdunfall zu inszenieren. Das passiert dauernd, und die Polizei wird nicht misstrauisch. Ich muss nur irgendwie an seine Waffe kommen."
„Lass uns heute von etwas anderem reden", sagte Johanna, und legte sich laszive aufs Sofa.

Am nächsten Morgen war Johanna noch sehr müde, Maik war bis in die frühen Morgenstunden bei ihr geblieben, und die beiden hatten sich vergnügt. Jetzt um 9:30 Uhr spürte sie jeden Knochen,
„es scheint, dass ich zu alt für lange Liebesnächte werde", sagte sie zu sich selbst.
Und sie schlich mehr als sie ging, in die Küche. Dort kochte Sie sich einen starken Kaffee, und stellte vorsorglich auch für Dieter eine Tasse bereit, da sie ihn jeden Moment zurückerwartete.
Maik Albers fuhr gegen 3:30 Uhr in seine kleine Wohnung in Balm. Ihm passte es nicht, dass Johanna ihn dazu anstiften wollte, Dieter umzubringen, er war von Hause aus ja kein Mörder. Aber, wenn er sich vorstellte, in diesem Haus zu leben, Geld genug zu besitzen und sich keine Sorgen mehr machen zu müssen, schien es ihm schon wert zu sein, die Tat zu begehen.
„Ich könnte jetzt zur Jagd fahren, und es hinter mich bringen", sagte er zu sich selbst.

Was müsste ich machen, fragte sich Maik. Würde es reichen, Dieter mit einem Knüppel eins auf den Schädel zu

geben, oder wäre es besser ihn mit seinem Gewehr zu erschießen und dann alles so aussehen zu lassen, als wäre es ein Jagdunfall? In der letzten Zeit hatte er diese Situation schon hunderte Mal in Gedanken durchgespielt. Und je öfter er sich vorstellte, wie er es machen würde, je weniger Skrupel spürte er. Konnte man wirklich nur durch das vorstellen, dass man ein Mörder ist, auch einer sein? Das war eine interessante Frage, die ihn mehr und mehr beschäftigte.
Johanna saß derweil mit ihrem Kaffee auf der Terrasse, es war 10:30 Uhr, und Dieter war immer noch nicht da. Als Dieter am Donnerstagmorgen gegen 11:00 Uhr noch immer nicht zu Hause war, beschloss sie, in das Jagdrevier zu fahren und nach Dieter zu suchen. Sie zog sich leger an und ging durch den Hauswirtschaftsraum in die Garage.

Nur ihr Auto stand dort. Sie öffnete das elektrische Garagentor, und machte sich auf den Weg. Am Jagdrevier angekommen konnte sie schon von der Straße aus Dieters Auto auf der Wiese stehen sehen. Sie bog in einen Feldweg ab und parkte ihr Auto auf dem Feld. Als sie ausstieg, fiel ihr nichts Außergewöhnliches auf. Sie ging zu Dieters Auto und probierte die Tür zu öffnen, das Auto war verschlossen und von Dieter war nichts zu sehen.

Sie fühlte sich plötzlich unwohl und machte sich sorgen. Ihr Blick fiel auf die Kanzel. Sie rief Dieters Namen, aber es kam keine Antwort. Als sie sich der Kanzel näherte und die Rückseite der Kanzel sehen konnte, stockte ihr der Atem, was sie sah, ließ sie erschaudern! Sie wollte schreien, brachte aber kein Wort heraus. Aus der Tür der Kanzel hing Dieter kopfüber. Sein Kopf war gespalten, und unter der Treppe hatte sich ein See aus Blut und undefinierbarem Material gebildet. Seine Arme hingen schlaff an der Leiter herunter und seine Hände waren tiefblau angelaufen, sein Gesicht war verzerrt, kreidebleich und der Mund stand offen.

Panik ergriff sie, sie rannte über die unebene Wiese und stürzte dabei einige Mal, dann als sie endlich ihr Auto Erreichte, sprang sofort hinein, und fuhr mit durchdrehenden Rädern zur Straße. Beim Abbiegen auf die Straße rammte Sie beinahe einen Kleintransporter, der gerade noch zum Stehen kam. Der Fahrer stieg wütend aus, und wollte Johanna zurechtweisen. Johanna öffnete die Tür, und stotterte nur,
„da hinten, mein Mann, er ist tot, ich muss zur Polizei."
Der Fahrer des Transporters, nahm sein Handy zur Hand, und rief die Polizei. Danach, kümmerte er sich so gut es ging um Johanna.

Bochum 02.07.2018

Nach einer anstrengenden Fahrt durch verstopfte Straße und der ewigen Parkplatzsuche hatte Maximilian von Rosen es endlich geschafft, sein Auto so abzustellen, dass es sich auch nach Feierabend noch dort befand. Bochum zeigte sich heute mal wieder von seiner besten Seite, es regnete in Strömen und die Menschen liefen hektisch, den Kopf gesenkt durch die Straßen. Von Rosen war es leid, er wollte nur noch hier weg, diese vielen Menschen, die verstopften Straßen, diese Häuserschluchten. In ihm klang das Lied von Purple Schulz „ich muss raus". Er würde lieber heute als morgen dieses Ballungsgebiet verlassen.

Schon seit Jahren träumte er davon, am Meer zu leben, in frischer klarer Luft, und in einem Umfeld, das etwas ruhiger und nicht so vollgestopft mit Menschen war. Aber sein Traum hatte sich bisher nicht erfüllt, trotzt vieler Versetzungsgesuche, steckte er hier in Bochum fest. Erschwerend kam hinzu, dass seine Frau nie ihren Freundeskreis und ihre Eltern verlassen wollte. Doch jetzt sah er Licht am Ende des Tunnels, in Norddeutschland wurden in mehreren Kommissariaten dringend Leute gesucht, und er hatte 5 Bewerbungen geschrieben.
Das konnte er, ohne seine Frau zu fragen, denn seine Ehe stand vor dem Aus. Er brauchte niemanden mehr fragen.
Mit diesen Gedanken betrat er seine Wache in Bochum Süd. Genervt schüttelte er im Vorraum seinen Schirm aus, und faltete ihn zusammen.
„Guten Morgen Frau Hasenbrink", grüßte er die Empfangsdame.

„Guten Morgen Herr von Rosen“, gab diese freundlich zurück,
„das ist mal wieder ein Sauwetter“, bemerkte er,
und lenkte seine Schritte auf den Aufzug, der gerade die Türen öffnete.
„Halt, nicht abfahren“, ertönte eine Stimme hinter ihm.
„Guten Morgen Eberhardt, wie war das Wochenende?“
„Na ja, ging so, Bochum hat mal wieder verloren, wenn die so weiter machen, landen die in der dritten Liga, aber ansonsten war es eigentlich gut. Martha war bei ihrer Mutter in Münster, und die Kinder wollten unbedingt bei Freunden schlafen, so hatte ich die Bude mal nur für mich. Aber, da wir hier so schön stehen, stimmt das, was man sich erzählt, Du hast Deine Versetzung beantragt?“
„Ja, ich will endlich ans Meer, ich habe mich an Ost- und Nordsee beworben, mal sehen wo ich lande. Das ist mir aber auch, ehrlich gesagt, ein wenig egal, ich möchte nur raus aus dem Ruhrgebiet. Ich finde es ja schön hier, aber Meer ist halt Meer, und mich hält hier auch nichts mehr.“
Da öffneten sich die Türen und von Rosen stieg aus,
„Bis demnächst, und treib es nicht so doll,“
Sagte er noch über die Schulter, und betrat kurz darauf sein Büro. Der Anrufbeantworter blinkte, was will man denn jetzt schon von mir, dachte er, und drückte die Abspieltaste.
„Sie haben eine neue Nachricht, empfangen heute um 7:30 Uhr, Nachricht eins“.
„Guten Morgen Herr von Rosen, hier spricht Werner Nagel, wenn Du im Haus bist, und zufällig Zeit für mich hast, komm doch bitte in mein Büro, ich habe für Dich eine gute, für uns ist es aber eine schlechte Nachricht.“

Von Rosen hing nur noch seinen Mantel in den Schrank, und machte sich sofort auf den Weg zu seinem Vorgesetzten, Kriminaldirektor Nagel.

„Guten Morgen, Werner",
„Guten Morgen Max, setz Dich."
Von Rosen setzte sich, und schaute Nagel erwartungsfroh an.
„Guck nicht so wie ein Fisch, Du weißt ja schon worum es geht, ich habe heute Morgen die Nachricht bekommen, dass man Dich gerne nehmen würde, und zwar in", er machte eine Pause.
„Mach es bitte nicht so spannend", meinte von Rosen.
„Ja also, hast Du Dir das wirklich überlegt, ist das nicht so eine Art Kurzschlusshandlung, es wäre schade, wenn Du dort nicht glücklich werden würdest."
„Werner, ich bin 48 Jahre alt, da neigt man nicht mehr zu Kurzschlusshandlungen, und es hat auch nichts mit meiner zerbröckelnden Ehe zu tun, ich träume schon seit langem davon, am Meer zu leben. Und wenn ich es jetzt nicht mache, dann mache ich es nie mehr. Und jetzt ziehe es, um Gottes willen, bitte nicht in die Länge, hat mich eine Behörde genommen, und wenn ja, welche?"
„Dich nehmen die mit Kusshand, und ja, Dich hat eine Behörde genommen. Aber, eine Beförderung ist dort erst in einigen Jahren drin, Du bleibst Hauptkommissar. Hier würdest Du in einem Jahr zum Kriminaldirektor befördert, nur dass Du das noch einmal hörst. Also, die Behörde, die Dich genommen hat, ist Anklam in Mecklenburg-Vorpommern."
„Wow, Anklam! Usedom, das hat was", sagte von Rosen, und ein Lächeln huschte über sein Gesicht.
„So schnell schießen die Preußen nicht", sagte Nagel, „ich gebe Dich erst frei, wenn Du den Mord an Klara Bredenscheidt aufgeklärt hast, hast Du das verstanden?"
„Da versteht sich ja von selbst, aber, sind wir große Schritte weitergekommen, ich hole mal die Akte",
sagte von Rosen und verließ das Büro, um kurz darauf mit einem Aktenordner unter dem Arm wiederzukommen.

„Also, wir waren ja von Anfang an der Meinung, dass der eigene Sohn die Frau umgebracht hat, dagegen sprach allerdings sein Alibi. Wir haben aber eine Lücke im Zeitablauf des Alibis gefunden, und so war es ihm doch möglich, die Tat begangen zu haben. Das alleine wäre allerdings etwas dünn für den Staatsanwalt, so haben wir uns noch einmal seine Kleidung vorgenommen, und nach Stunden des Suchens, fanden wir im Hosenaufschlag des jungen Mannes einen Blutstropfen. Der ist sofort zur DNA Analyse gegangen, wenn der Test bestätigt, dass der Blutstropfen von seiner Mutter stammt, dann ist er eindeutig als Täter überführt."

„Das war bis hierher sehr gute Arbeit, schade dass Du wegwillst. Wann bekommst Du das Ergebnis der Blutspuren?"

„Ich denke heute im Laufe des Tages",

sagte von Rosen, und klappte die Akte zu. Von Rosen verließ Nagels Büro, der ihm schon fast wehmütig hinterherschaute.

Kurz darauf bekam von Rosen die Bestätigung der KTU, und fuhr mit seinem Kollegen Eberhardt Dreier sofort los, den jungen Mann festzunehmen. Dieser ging widerstandslos mit. Eberhardt Dreier brachte ihn in die Arrestzelle. Dann kam er zu von Rosen in den Verhörraum,

„Und hat er sich schon zu den Vorwürfen geäußert?"

„Er meinte wir können ihm gar nichts, er hat schließlich ein Alibi."

„Das wollen wir ja mal sehen, Ich hole ihn gleich aus der Zelle und werde ihm die erfreulichen Nachrichten mitteilen, dass wir Blut von seiner Mutter in seinem Hosenaufschlag gefunden haben, ich denke dann gesteht er. Wenn er dann nicht gesteht, können wir ihn dennoch vor Gericht ziehen, unsere Beweise sind stark, an denen kann kein Richter vorbei."

Von Rosen und Dreier trieben den jungen Mann derart in die Enge, dass er letztendlich gestand, seine Mutter umgebracht zu haben. Diese Aussage wiederholte er noch einmal im Beisein seines Anwaltes.
„War es das dann, unser letzter Fall?“, fragte Dreier.
„Donnerwetter, hat Werner Euch alle schon informiert, dass ging aber schnell. Und um es auszusprechen, ich glaub schon. Werner hat mir grünes Licht gegeben, wenn dieser Fall gelöst ist, dann unterschreibt er meine Versetzung.“
„Schade, aber wenn ich mal feststecke kann ich Dich anrufen, oder?“
„Ja klar, ich bin ja nicht aus der Welt.“
„Mensch Max, Du wirst mir vielleicht fehlen, und Sven hat auch schon schwarz geflackt. Der bangt jetzt um seine Existenz, so einen treuen Kunden wie Dich, der jeden Tag in den Frittentempel geht, kriegt der nie wieder.“
„Ich kann ja meine Abschiedsparty dort geben“,
sagte von Rosen lachend, und verließ den Raum.

Als von Rosen in Nagels Büro kam, berichtete er ihm, dass der junge Mann gestanden hatte, seine Mutter umgebracht zu haben. Nagels Gesicht bekam einen noch unglücklicheren Ausdruck, und er sagte.
„Ja, dann bleibt mir nur zu sagen Glückwunsch, zur Versetzung. Du reist aber nicht morgen ab, oder?“
„Nein, ich habe ja noch zu packen, und dann muss ich mir erst einmal eine Unterkunft suchen, denn in einem Hotel dürfte das Leben dort oben an der Küste zu teuer sein. Wenn Du nichts dagegen hast, mache ich die restliche Woche Urlaub, und suche mir auf Usedom eine Unterkunft.“
„Dagegen ist nichts einzuwenden, ich bin ab Morgen auf einem Lehrgang, aber wir sehen uns ja zur Verabschiedung noch. Und jetzt raus mit Dir, und freu Dich, Du Halunke.“

Von Rosen verabschiedete sich freundschaftlich, und ging in sein Büro. Als er die Tür geschlossen hatte, bekam er feuchte Augen, dann wollte sein Körper einfach ein Tänzchen machen, und das tat er auch. Nach dieser körperlichen Betätigung setzte er sich an seinen Schreibtisch, und schaute sich in seinem Büro um. 15 Jahre, dachte er, 15 Jahre habe ich hier gesessen.

Er schaute zu den Bildern seiner Frau und seines Sohnes, die auf dem Schreibtisch standen. Der Sohn hatte schon eine eigene Familie und brauchte ihn nicht mehr, nicht einmal um einen Rat einzuholen. Und seine Frau, das wurde ihm jetzt klar, würde er bald verlassen. Melancholie erfüllte ihn, er stand auf und öffnete das Fenster. Das vermied er sonst vorsorglich, denn bei diesem Straßenlärm, der dann den Raum erfüllte, konnte man nicht arbeiten. Er wollte es noch einmal hören, vielleicht würde ihm das hier alles doch fehlen. Er packte seine persönlichen Sachen in seinem Büro zusammen, und verließ mit dem Karton unter dem Arm das Kommissariat. Er hatte es geschafft, schade dass seine noch Frau nicht mitwollte, aber zum jetzigen Zeitpunkt war es ihm egal.

Von Rosen erledigte in der Stadt noch was er vorhatte, und fuhr gegen 14:30 Uhr nach Hause. Das Wetter hatte sich gebessert, so als wolle sich Bochum versöhnlich zeigen, angesichts seines Fortgangs. Als er gegen 15:00 Uhr nach Hause kam, traf er seine noch Frau in der Diele, die gerade im Begriff war zu gehen.
„Hallo, willst Du weggehen“, fragte von Rosen,
und seine Frau antwortete,
„ja, ich gehe heute Abend aus, wann ich zurück bin weiß ich nicht, kann sein, dass ich erst Morgen wiederkomme.“

„Ich wollte eigentlich noch mit Dir reden, Du weißt ja, dass ich mich beworben habe."
„Geht das schon wieder los, ich habe doch deutlich gesagt, dass ich nicht mitkomme, ich bleibe hier, und wenn Du es noch nicht gemerkt hast, ich habe einen neuen Freund, einen der nicht fort gehen will."
„Na ja, dann ist wohl alles gesagt", meinte von Rosen.
„Ja, und Du weißt, dass ich diese Unruhe hasse, ich will Ruhe in meinem Leben haben, immer dieses Gequengel, ich will am Meer wohnen, ich will aus der Stadt raus, dann geh doch."
„Ja, das ist genau das, was ich eigentlich in Ruhe mit Dir besprechen wollte, ich packe heute meine Sachen, ich gehe nach Usedom."

Im selben Moment, wie er das gesagt hatte, hatte er den Eindruck, dass sich seine noch Frau erschreckt hatte, sie fing sich aber wieder schnell, setzte ihr Pokerface auf, und meinte nur kühl,
„wenn Du meinst, hoffentlich bedauerst Du das später nicht einmal."
Er wollte nichts erwidern, es hätte nur zum Streit geführt, und das war das Letzte, was er wollte. Er wollte sich seine Freude nicht nehmen lassen. Da sie so offen über einen neuen Mann in ihrem Leben gesprochen hatte, hatte ihn getroffen, aber jetzt war es raus, und er war froh, dass es gesagt war.
Jetzt stieg die Vorfreude in ihm, dass er endlich hier wegkam, endlich wieder frei sein, ohne Zwänge nett zu sein, wenn man es eigentlich gar nicht mehr will.

Er hätte nie gedacht, dass eine so große Liebe sich mal in Nichts auflösen könnte, aber das war wohl geschehen. Er zog sich bequem an, und begann seine Sachen zu packen. Er nahm neben seiner Kleidung nur Bücher, CDs, Papiere und

seinen Computer mit. Als er gepackt hatte, fiel ihm der Song ein.
„Ich reise mit leichtem Gepäck“, er musste schmunzeln.
Von der Einrichtung oder den Sachen, die in den Schränken standen, wie Porzellan oder Gläser, wollte er nichts haben. So kam es, dass die ganze Aktion gerade mal 3 Stunden dauerte. Dann faste er den Entschluss, dass es genug war, er hatte das Gefühl in diesem Haus, das Mal sein zu Hause war, zu ersticken. Es war erst 18:00 Uhr, und er war noch ausreichend fit, also konnte ihn nichts mehr aufhalten. Er packte einen Teil seiner Sachen in den Kombi, ließ aber noch genug Platz, falls er müde wurde, dass er sich ausstrecken konnte, um ein wenig schlafen zu können.

Den Rest seiner Sachen packte er in seinen Aluanhänger. Als er sich sicher war, alles was er brauchte dabei zu haben, kochte er sich eine große Thermoskanne Kaffee, machte sich ein paar Brote, nahm seine Süßigkeiten, stieg ins Auto, und fuhr zum Tanken. Das war ein komisches Gefühl, nach dem Tanken wieder ins Auto zu steigen und zu wissen, man kommt nicht zurück, aber irgendwie beflügelte es ihn auch.
Er schaltete das Navi ein, bis Usedom waren es 650 km, die Fahrzeit wurde mit 7 Stunden angegeben. Das würde er nicht am Stück schaffen, aber er wollte so weit fahren, wie es ging, und fuhr los. Unterwegs trank er nur kurz einen Kaffee und vertrat sich ein wenig die Beine. Nach 4 Stunden und etwas mehr als 400 km war er auf der A 20, dort suchte er sich einen Rastplatz, und stellte den Motor ab. Als er aus dem Auto stieg, fühlte er Schwermut, auf solchen Rastplätzen hatte er immer Rast gemacht. Damals, als sie gemeinsam mit ihrem Wohnmobil unterwegs waren.

Er bedauerte zu Tiefst, dass es vorbei war. Auf der anderen Seite fühlte er sich wieder wie kurz nach seinem Studium, jung und frei. Er aß seine Brote, ein wenig Süßes, legte sich hin und schlief sofort ein.
Als er am nächsten Tag die Insel Usedom erreichte, war Postkartenwetter. Der Himmel war wolkenlos und tiefblau, die Sonne schien. Die Brücke in Wolgast glänzte in der Sonne, und als er das Meer sah, schimmerte es dunkelblau mit kleinen weißen Schaumkronen. Mein Gott ist das schön hier, dachte er und fuhr gemütlich über die Insel. Sein Ziel war Mellenthin, dort hatte er über das Internet für 3 Wochen eine Ferienwohnung gebucht, das sollte ausreichen, um sich eine Wohnung zu suchen, dachte er.

In Bansin bog er von der Hauptstraße in die Stadt ab, um den Strand zu sehen. Es war Dienstag, und noch nicht allzu viel los, so bekam er ohne Probleme, trotz des Anhängers einen Parkplatz, und ging zur Seebrücke. Er war mit seiner noch Frau vor vielen Jahren in Bansin. Einiges erkannte er wieder, aber Bansin hatte sich sehr zum Positiven verändert. Einige Stunden später betrat er seine Ferienwohnung und lud die Kartons mit der Kleidung aus, denn die würde er brauchen. Am nächsten Tag würde er sich im Kommissariat melden, und dort seine Papiere abgeben, und dann würde er hier arbeiten. Große Freude gepaart mit großer Neugier überkam ihn.

Nachdem der Umzug bewältigt war, und er die Verabschiedung in Bochum hinter sich gebracht hatte, war er nun ganz und gar auf Usedom angekommen. Morgen würde er das erste Mal in das neue Kommissariat fahren. Das war ein seltsames Gefühl, eine Mischung aus Aufregung und Vorfreude auf die neuen Aufgaben durchdrang ihn.

Anklam 04.07.2018

Der nächste Tag war mit Händeschütteln und Leute begrüßen ausgefüllt, sein Team war noch im Urlaub, die Kollegen würde er erst in den nächsten Tagen kennenlernen. Er bekam ein Diensthandy, eine Waffe, seine neue Marke, und fuhr heim. Abends ging er aus, Essen in Ückeritz, dort lag ein Fischlokal mit toller Aussicht auf das Meer. Auch hier waren sie damals zusammen gewesen, und das Lokal hatte sich nicht verändert, sogar die alte Uniformjacke der Volksarmee der DDR, die er vor 20 Jahren nur so zum Spaß angezogen hatte, hing immer noch geschmückt mit unzähligen Orden am gleichen Kleiderhaken wie damals. Zu seiner großen Freude hatte die Qualität des Essens nichts eingebüßt, der Fisch, der ihm serviert wurde, war großartig. Zufrieden mit sich und der Welt schloss er den Tag ab.

Am nächsten Morgen war früh auf den Beinen. Ein wenig aufgeregt war er schon, lernte er doch gleich sein Team kennen. Gegen 8:00 Uhr schellte sein Diensthandy, und die Leitstelle teilte ihm mit, dass eine Leiche gefunden wurde, und er direkt zum Tatort müsse, der im Thurbruch lag. Nachdem ihm der Kollege erklärt hatte, wo sich der Thurbruch befand, nahm er seine Jacke und fuhr los.
Als Hauptkommissar von Rosen am Ort des Geschehens eintraf, war die Straße um den Fundort der Leiche großräumig abgesperrt. An der Absperrung stand ein junger Streifenpolizist, der ihn nicht durchlassen wollte. Von Rosen zeigte nachsichtig seine Marke, der junge Polizist entschuldigte sich, und klärte ihn kurz über die Sachlage auf. Von Rosen bedankte freundlich sich und ging weiter.

Zehn Meter hinter der Absperrung standen am unbefestigten Straßenrand ein Notarztwagen, sowie ein Krankenwagen, indem eine Frau namens Johanna Lechner auf einer Bahre lag. Sie wirkte apathisch und war nicht ansprechbar. Von Rosen sprach kurz mit dem Notarzt.
„Ist das die Frau die die Leiche gefunden hat?“
„Ja, aber sie ist zurzeit nicht ansprechbar, ich musste ihr ein sehr starkes Beruhigungsmittel spritzen, sonst wäre die hier durchgedreht, was nach dem Anblick der Leiche auch nicht verwunderlich ist. Wir nehmen sie auch mit in die Klinik, sie muss stationär weiter behandelt werden.“
„In welche Klinik bringen Sie Frau Lechner?“
Der Notarzt schaut etwas verwirrt,
„Ja, eh, wir haben nur eine Klinik, in Wolgast, und wenn die Leute dort der Meinung sind, sie wäre besser in Greifswald aufgehoben, dann wird sie dorthin verlegt.“

Von Rosen hob das nächste Absperrband hoch, und ging über die Wiese auf die Kanzel zu, dabei beglückwünschte er sich, dass er weitsichtig genug war, seine Outdoor Sachen anzuziehen, die Wiese über die er gehen musste, war sehr uneben und morastig. Sofort kam ihm ein weiterer junger Polizeibeamter entgegen und wollte ihn wiederfortschicken, damit hatte von Rosen aber gerechnet, er trug seine Dienstmarke, wie in amerikanischen Filmen für jedermann sichtbar an der Jacke, so dass auch der junge Beamte grüßte und ihn passieren ließ.

Der Anblick, der sich ihm bot, war kaum in Worte zu fassen. Ein lebloser Körper hing bis zur Hälfte aus der Tür der Kanzel heraus. Die Jacke des Opfers war wahrscheinlich durch den Fall aufgerissen, und eine Pistole, die in einem Schulterhalfter steckte, war zu sehen. Man konnte auch erkennen, dass der Schädel wahrscheinlich gespalten war.

Von den Krähen, die hier zahlreich vertreten waren, und die ihre Gelegenheit genutzt hatten ohne viel Anstrengung an ein Essen zu kommen, hatten den Kopf des Opfers weiter entstellt.

Die Leiter unterhalb der Kanzeltür war mit Blut überzogen. Unter der Leiter hatte sich ein See aus Blut gebildet. Das Gesicht des Opfers war blass, die Lippen schwarz, die Augen standen hervor und die Zunge hing aus dem Mund.
Von Rosen kletterte die Aluleiter hinauf, die von der KTU an den Hochsitz gelehnt worden war. Er schaute in die Kanzel. In der Kanzel, die kaum Platz für 2 Personen bot, arbeitete ein Beamter der KTU, der von Rosen ansah. Von Rosen stellte sich als neuer Hauptkommissar vor. Der Kriminaltechniker schaute ihn interessiert an, und entgegnete,
„ich bin Lutz Günther, von der Abteilung Kriminaltechnik, schön Sie kennen zu lernen."
„Ich bin Hauptkommissar von Rosen, Können Sie schon irgendetwas sagen?"
„Im ersten Moment sieht es so aus als wäre das Opfer in der Tür überrascht worden, und als ihn der Schlag traf, fiel er nach vorn. Aber das ist erst einmal reine Spekulation. Er hat sich beim Sturz die Jacke zerrissen, was mich wundert, denn dieser Stoff aus dem die Jagdkleidung hergestellt wird, ist sehr stabil."
„Und sonst, gibt es sonst noch etwas Außergewöhnliches", fragte von Rosen?
„Der Tatort hier ist in jeder Beziehung ein Kuriositätenkabinett. Es sieht so aus, als habe er den tödlichen Schlag nicht im Raum abbekommen, ich finde keine Blutsspritzer, die ich aber finden müsste, wenn nicht im Raum, dann wenigstens oben am Türbalken, denn wenn man

jemanden den Schädel spaltet, spritz das schon ordentlich. Sie müssen sich das vorstellen, als wenn sie eine Melone spalten."
„Danke“, sagte von Rosen, „die Bilder werde ich heute nicht mehr los.“
„Aber weiter im Text“, meinte der Techniker,
„hier ist nur rohes Holz verarbeitet, ich müsste irgendwelche Faserspuren vom Täter finden, der kann ja nicht freischwebend hier oben gewesen sein. Aber auch das ist nicht der Fall, der Täter hat keine Spuren hinterlassen, Fußabdrücke die wahrscheinlich auf der Leiter vorhanden waren, sind mit einer Schicht aus Blut bedeckt, da kriege ich auch wenig raus.

Der Täter hat das Mordwerkzeug mitgenommen, was normal ist, ich müsste also Spuren finden, vor oder an der Kanzel, denn das Blut von dem Tatwerkzeug getropft ist, ist sicher. Aber auch hier Fehlanzeige. Der Täter muss das Tatwerkzeug sofort in irgendetwas eingepackt haben. Und der Täter muss Blutverschmiert gewesen sein, so ist der garantiert nicht zurückgefahren, oder gegangen, oder was weiß ich. Wir müssen die Umgebung absuchen, vielleicht finden wir die Kleidungsstücke die er getragen hat.“
Als er geendet hatte, widmete sich der Techniker wieder seiner Arbeit.
„Der Gerichtsmediziner ist unterwegs, habe ich gerade erfahren. Wann kann ich von Euch mit ersten Ergebnissen rechnen“ fragte von Rosen den Techniker.
„Ich würde sagen 3-5 Tage werden wir brauchen.“
„Geht das bis Montag?“
„Wird knapp, aber klappt.“
„Gut, kurze Frage noch, wann kommt der Gerichtsmediziner hier an“, fragte von Rosen?

„Das hängt davon ab, wie er durchkommt, heute ist schlechtes Wetter, das heißt in der Hauptsaison auch gerne mal im Stau warten, so ein zwei Stunden."
„Im Ruhrgebiet hatten wir so blaue Lampen auf den Autos, und ein Signalhorn, wenn wir die eingeschaltet hatten wurde eine Gasse gebildet, und dann ging das schneller."
„Ja, aber leider sind hier gerade sehr viele Touristen aus dem Ruhrgebiet die das Wort Rettungsgasse nicht kennen",
bei dieser Antwort hatte der Techniker das Gesicht zu einer Grimasse verzogen, und als sich von Rosen umdrehte, machte er hinter seinem Rücken Faxen.

Wie vorausgesagt erschien der Gerichtsmediziner eine Stunde später. Dr. Günther Abel war Kettenraucher, hatte gelben Zähne und seine schütteren Haare zum Seitenscheitel gekämmt. Die etwas zu große Brille, sein leicht gekrümmter Gang und das Aroma eines Holzkohlemeilers waren sein Markenzeichen. Er war sehr schlank, so dass der Eindruck Endstand, dass seine Kittel viel zu groß für ihn waren. Sein messerscharfer Verstand und sein trockener Humor waren unter seinen Kollegen und bei den Kriminalkommissaren bekannt. Er leitete die Gerichtsmedizin eine halbe Ewigkeit und dies mit Leidenschaft und Eifer.
„Hallo Herr Doktor, ich bin der Neue, Maximilian von Rosen."
„Guten Tag, ich bin Doktor Günther Abel", und nach einer kurzen Pause des Überlegens meinte Abel,
„sagen Sie, Ihr Name mit dem von, das bedeutet doch, dass sie adelig sind, oder? Oder vertue ich mich, und es ist holländisch?"
„Nein, sie vertun sich nicht, wäre es holländisch, dann hieße es van Rosen, es heißt aber von Rosen, und ja, Sie haben recht, in meinen Adern fließt blaues Blut."

„Blaues Blut, da freue ich mich ja schon, sie eines Tages zu Sezieren“, meinte Abel grinsend.
„Ich habe nur gefragt, weil wir hier in der Vergangenheit nur wenig Kontakt mit Adeligen hatten, und somit kennen wir uns deshalb nicht so aus.“
„Machen Sie sich keine Sorgen, wir sind so normal wie alle anderen die hier leben. Wenn Sie möchten, dann gebe ich Ihnen bei Zeiten eine Privatstunde in Adelskunde“, meinte von Rosen lachend.
„Eh, gut ja, ich packe aus, und kann dann in einer halben Stunde was sagen.“
„Ich mache mir so lange ein Bild vom Tatort.“

Unten vor dem Ansitz wartete seine neue Kollegin, auch diese Beiden treffen sich zum ersten Mal,
„Hallo, ich heiße Sabrina Kreft, und bin Kriminalkommissarin, und in Ihrem Team.“
Sabrina Kreft war höchstens Mitte Dreißig, und hatte eine topp durchtrainierte Figur. Sie reichte von Rosen die Hand, und der stellte fest, dass der Händedruck der eines Mannes hätte sein können. Sabrina Kreft trug die Haare zu einem Pferdeschwanz zusammengebunden. Ihre Kleidung war modisch, und nicht billig, das sah man der Jacke und der Hose an. Eines war ihm sofort aufgefallen, sie trug sehr dezent ein wunderbares Parfum. Alles in allem eine tolle Erscheinung, er beglückwünschte sich innerlich mit dieser Frau zusammen arbeiten zu können.
„Guten Tag, ich bin Maximilian Rosen, sehr angenehm, wir sollen also die nächsten Jahre Verbrecher jagen“.
Er hatte bewusst das von weggelassen, da man hier empfindlich darauf zu reagieren schien.
„Angenehm, ich freu mich auf die Zusammenarbeit, wir haben viel über Sie gehört.“
„Ich hoffe nur gutes“, sagte von Rosen.,

„Naja“, sagte Kreft lächelnd, „wie man es so nimmt, nein, natürlich nur Gutes.“
„Und was meinen Sie Frau Kreft?“
„Die Lage der Leiche ist sehr außergewöhnlich, so etwas habe ich noch nie gesehen. Es sieht aber so aus, dass er wohl oben erschlagen worden ist, aber, und das ist mir sofort aufgefallen, hier unten im Gras sind eindeutig Kampfspuren zu sehen, und ein Stück weiter hinten sind Einschusslöcher in den Bäumen, die Projektile stecken noch darin. Vielleicht ist er auch hier erschlagen worden, oder zumindest angegriffen worden.“
Von Rosen zeigte auf die Leiter,
„Die Kampfspuren hier unten ok, aber warum hätte der Täter die Leiche die Leiter herauftragen sollen, was ich für unmöglich halte.“
„Vielleicht haben sie unten gekämpft, das Opfer hat mit dem Gewehr um sich geschossen, dann hat sich das Opfer losgerissen und ist auf die Kanzel geflohen, hat versucht die Tür zu schließen, und wurde dann hier ober erschlagen“, meinte Kreft nach kurzer Überlegung.
„Ziehen Sie keine voreiligen Schlüsse, Sie haben doch auch einen Blick in die Kanzel geworfen, da ist kein Platz für einen Kampf, es ist nicht einmal Platz über dem Kopf auszuholen und einen Schlag zu führen, und die Kampfspuren, ich bin mir nicht sicher, was wir sehen muss nicht unbedingt die Realität abbilden, es kann auch ganz anders gewesen sein. Ich bin kein Feind von voreiligen Schlüssen. Vielleicht haben die Kampfspuren, wenn es überhaupt Kampfspuren sind, nichts zu sagen.“
„Ja, aber sehen Sie hier an der Baumrinde, das sind Blutspuren.“
„Ja, die sehe ich, aber ich glaube da sein Gewehr oben liegt, direkt an der Türschwelle, als wäre es ihm aus der Hand gefallen als ihn der Schlag traf. Er kann nur oben erschlagen worden sein. Er wird ja nicht mit dem Gewehr in der Hand

gekämpft haben. Und er trägt ein Schulterhalfter in der noch die Pistole steckt, warum steckt seine Pistole noch im Halfter, wenn er in eine bedrohliche Lage gekommen ist. Da sollte man doch annehmen, er zieht die Waffe und verteidigt sich. Dass er das nicht getan hat ist doch komisch, oder er ist nicht mehr dazu gekommen, weil er überrascht wurde“, meinte von Rosen.

„Wenn er nicht mehr dazugekommen ist seine Waffe zu ziehen, weil er überrascht wurde, wäre das eine Erklärung. Und die Tür geht nach Innen auf, er muss den Angreifer gesehen haben“, meinte Kreft nachdenklich.

„Und was nicht außer Acht gelassen werden darf, sind die Einschüsse da vorne“, Kreft zeigte auf die Bäume, die direkt hinter dem Hochsitz standen.

„Warten wir ab, was die KTU und Dr. Abel finden“, gab von Rosen zurück, dann richtete er sich an einen Beamten, der in der Nähe stand und fragte.

„Haben wir Papiere und Schlüssel beim Opfer gefunden?“

„Ja, Autoschlüssel hatte er in der Tasche, und Papiere und wie es scheint Hausschlüssel waren in seinem Auto im Handschuhfach. Die Sachen haben wir schon untersucht und klassifiziert, die könnt ihr nehmen, sie liegen unten bei uns im Bus.“

Von Rosen und Kreft gingen zum Bus der KTU, und von Rosen nahm die Schlüssel an sich, da schellte sein Handy, „Rosen, hallo, ach ja, tut mir leid, aber ich bin leider mit einem Mord beschäftigt, nein das wird heute Vormittag nichts, das schaffe ich nicht, ja, ja, ich hol die Sachen in jedem Fall heute noch ab, ich komme am Nachmittag, ja, ist doch klar, dass ich Sie nicht auf den Brötchen sitzen lasse.“

Er steckte sein Handy ein,

„Ich klettere noch einmal kurz die Aluleiter hoch, vielleicht kann Dr. Abel schon was sagen.“

„Und, Doc, haben wir schon irgendetwas, wie Todeszeitpunkt, oder Erkenntnisse wie er umgekommen ist?“
„Ja, den Todeszeitpunkt würde ich eingrenzen Mittwochnacht zu Donnerstag in den frühen Morgenstunden, denn die Totenstarre ist noch nicht voll ausgeprägt aber schon weit fortgeschritten. Gestorben ist er an Unterkühlung des Gehirns, das unten in der Blutlache liegt“, Abel grinste,
„woran er gestorben ist sehen wir doch, bei so einer Wunde ist ein Überleben kaum möglich, weiteres kann ich Ihnen sagen, wenn ich ihn auf dem Tisch habe. Nur mit dem Abtransport habe ich so meine Mühe, da die Leichenstarre jetzt voll ausgeprägt ist, und er sich in der engen Tür verkeilt hat, können wir den Toten nur mit einer Kettensäge aus der Türöffnung schneiden, das wird etwas dauern, denn vorher muss ich ihn in Folie einwickeln, sonst versauen mir die Sägespäne noch wichtige Spuren.“
Als er geendet hatte, begann Abel leicht zu grinsen.
„Warum schmunzeln Sie“, fragte von Rosen.
„Ich stelle mir gerade vor wie das aussieht, eine bis zur Hälfte in Folie eingewickelte Leiche in einem Rahmen aus Holz, dieser Verpackungskünstler Christo hätte seine Freude daran.“

Von Rosen musste bei dem Gedanken ebenfalls grinsen. Er stieg wieder vom Ansitz, und meinte zu Kreft,
„Abel hat einen skurrilen und tief schwarzen Humor, das gefällt mir.“
„Ich lass meinen Wagen hier“, sagte von Rosen zu dem jungen Beamten, der unten stand, und warf ihm den Autoschlüssel zu.
„Fahren Sie ihn bitte nach Anklam, danke.“

Dann stiegen die Beiden in Krefts Dienstwagen und setzten sich in Bewegung, um das Haus von Dieter Schulte unter die Lupe zu nehmen. Von Rosen hielt den Personalausweis von Dieter Schulte in der Hand, und las, „Dr. Dieter Schulte, wissen wir schon was für ein Doktor der war?“

„Ja“, antwortete Kreft, „Zahnarzt, aber der praktiziert nicht mehr.“

„Da bin ich auf sein Haus gespannt, im Ruhrgebiet waren die Zahnärzte immer die reichsten.“

„Das ist hier nicht viel anders, nur hier fällt das nicht so auf, hier leben viele reiche.“

„Ein andere Frage, kommen wir auf dem Weg nach Neppermin an einer Futterkrippe vorbei? Ich bin mitten im Umzugsstress und habe Kohldampf.“

„An einer was, und was haben Sie?“

„Ich brauche eine Frtittenschmiede, oder meinetwegen auch Frittentempel, ich habe Kohldampf, Schmacht“, bei dieser Erklärung hatte von Rosen gestikuliert wie ein Italiener.

„Hä, ich versteh gar nichts?“

„Oh Gott, meinen Sie etwa einen Imbiss“, fragte Kreft.

„Ja, die heißen bei uns Frittentempel“, sagte von Rosen begeistert.

„Einen Imbiss, ne, da haben wir nur ein paar auf der Insel, einen in Zinnowitz, und in Wolgast.“

„Wie weit ist es bis dahin? Ich habe echt Schmacht!“

„Sie haben was?“

„Du meine Güte, Schmacht, Kohldampf, Hunger, mir knurrt der Magen, ich verhungere gerade.“

„Ach Sie haben Knast, das muss einem ja auch einer sagen. Was sind das denn für Ausdrücke, Kohldampf, fängt bei Euch im Ruhrgebiet jedes Wort mit Kohle an?“

„Ja klar“, meinte von Rosen, „Kohle heißt Geld, ist etwas schmutzig, ist es Kohlrabenschwarz, dann haben wir noch Kohlenwasserstoff, Kohlensäure…“

„Ist guuuut, ich habe es verstanden“, unterbrach Kreft den Redefluss ihres Kollegen.
„Um aufs Thema zurückzukommen, es tut mir leid für Sie, aber nach Zinnowitz schaffen wir nicht, das würde heute mindestens 3 Stunden dauern.“
„Wieso, wo liegt denn Zinnowitz, hinter Berlin?“, fragte von Rosen.
„Sehr witzig, nein, es sind nur 15 Kilometer, aber wir haben Hochsaison und es regnet, da staut es sich auf der Insel gerne mal, Sie werden es schon noch rausfinden, wie das hier läuft.“
„Wir könnten die blauen Dinger auf dem Dach einschalten, dann müsste es nach Zinnowitz schneller gehen.“
„Es ist ja wohl kein Notfall, wenn Sie Hunger haben“, meinte Kreft leicht empört, und von Rosen merkte sofort, dass diese Empörung nicht gespielt war, „die Dienstvorschriften erlauben eine Fahrt mit Sonderzeichen nur im Notfall.“
Vorsichtig fragte er Sabrina Kreft, „Halten Sie sich immer an die Dienstvorschriften?“
„Ja, an was soll ich mich denn sonst halten, halten Sie sich nicht an die Vorschriften?“
„Doch, aber ich sehe die Vorschriften als Leitlinien, die nicht in Marmor gemeißelt, sondern wie eher so wie eine Knetmasse, die man auch mal in die eine oder andere Richtung drücken kann.“
„Und Sie würden die Grenzen der Vorschriften überschreiten, das könnte ich niemals.“
„Nein, ich überschreite die Grenzen nicht, ich dehne die Dienstvorschriften nur etwas, je nachdem, wie man es braucht, und wenn Sie sich immer genau an die Dienstvorschriften halten, müssen wir gemeinsam daran arbeiten“,
meinte von Rosen und musste danach grinsen. Kreft schüttelte den Kopf.
„Wo wohnen Sie eigentlich“, fragte Kreft.

„In Mellenthin, in einer Einraumwohnung. Ich suche eine Wohnung, oder noch besser ein Haus, aber es ist schwierig auf der Insel eine schöne Wohnung oder ein bezahlbares Haus zu finden."
„Wenn Sie von Mellenthin gekommen sind, hatte Sie ja Glück. Wären Sie schon in Anklam gewesen, hätten Sie vor der Brücke auch im Stau gestanden, und vergessen Sie gleich, dass Sie schneller vorankommen, wenn Sie mit Sonderzeichen fahren, die Brücke ist 2 Spurig, und der Brückenzug kennt keine Sonderzeichen."
„Brückenzug?"
„Ja", erklärte Kreft, alle 2 Stunden wird die Brücke für den Bootsverkehr hochgeklappt. Dann stehen alle 20 Minuten. Danach braucht man 1 Stunde bis sich der Verkehr wieder ein normales Level eingependelt hat."
„Das sind ja tolle Aussichten, aber", sagte von Rosen gedehnt, „Ich habe dennoch Hunger."
„Wir haben in Neppermin den Fischpalast, da könnten wir eine Kleinigkeit zu Mittag essen, wie wäre das," fragte Kreft?
„Na ja, Fisch ist jetzt bestimmt so nicht meine Leidenschaft, ich mag eher keinen Fisch, aber Fritten werden die ja haben."
„Was, Sie ziehen auf die Insel und mögen keinen Fisch, das ist ja schrill."
„Was ist daran schrill, ich mag halt keinen Fisch, aber was macht Ihr Insulaner denn an solchen Tagen, wenn man von der Futterkrippe total abgeschnitten ist?"
„Wir haben immer ein paar Brote mit, das kann ich Ihnen auch nur raten, das hilft über den größten Hunger hinweg."
„Brote wie in der Schule, oh Gott, wo bin ich gelandet", antwortete Rosen.

Dann erreichten sie Schultes Haus in Neppermin.
„Was sag ich“, meinte von Rosen, „ein Prachtbau dank fauler Zähne, Zahnspangen und anderem womit man Geld verdienen kann.“
„Haben Sie etwas gegen Zahnärzte“, fragte Sabrina Kraft.
„Nein, ich bewundere die sogar, ich könnte nicht in anderleuts Mund herumkriechen.“
Sabrina Kreft fuhr mit Schwung vor die Garage, und bremste hart.
„Wir haben einen Schlüssel, Sie brauchen nicht gleich durchs Garagentor ins Haus zu fahren“, sagte lachend von Rosen. Dann stiegen die Beiden aus.

Auf dem Rohrdach der Villa arbeiteten Dachdecker, die überrascht waren, als ein Polizeifahrzeug vor der Doppelgarage hielt. Von Rosen ging auf einen Mann zu, der gerade am Fahrzeug der Dachdecker stand, und sprach ihn an.
„Guten Tag, Kripo Anklam, mein Name ist Rosen, das ist meine Kollegin Frau Kreft, und Sie sind?“
Der Dachdecker schaute auf den Dienstausweis, den Rosen ihm vorhielt, und meinte:
„Ich bin Herr Hofrichter, Dachdeckermeister, wir haben den Auftrag den First zu erneuern, Herr Schulte will, dass sein Haus immer Tipp Topp aussieht, warum sind Sie hier, haben wir etwas falsch gemacht. Herr Schulte ist nicht da, wie ich ihn verstanden habe, ist er auf die Jagd gefahren.“
„Ja, das wissen wir, und Herr Schulte wird auch nicht wiederkommen, er ist getötet worden“, sagte Rosen kurz.
Hofrichter weitete kurz die Augen, und meinte dann,
„Das musste ja mal so kommen.“
„Wie meinen Sie das“, fragte Rosen?
„Ich will nicht schlecht über Herrn Schulte reden, zu uns war er immer fair, aber Herr Schulte war schon ein Genie, jedenfalls auf dem Gebiet sich Feinde zu machen. Ich habe

ihn mal gefragt, ob er das extra macht, aber er war sich nie einer Schuld bewusst."
„Sie meinen also, Herr Schulte hätte ein paar Feinde."
„Ein Paar Feinde, der hat einen ganze ICE voll Feinde, der hat sich mit jedem angelegt der ihm über den Weg gelaufen ist. Er hat sie gegeneinander ausgespielt, hintergangen, übertrumpft, er hat bestochen, geschmiert, alles zu seinem Wohl. Es gab keine Schweinerei, die der nicht gemacht hat."
„Sie sind aber sehr offen", meinte Rosen, „haben Sie vielleicht ein paar Beispiele, oder vielleicht sogar ein paar Namen."
„Ein Beispiel? Gerne", meinte der Dachdecker,
„Schulte hat sich dieses Grundstück das viele haben wollten mit Tricks und Bestechung erschlichen. Als Rache hat man ihm die Altglas Container vor die Tür gestellt", Er zeigte in Richtung Glascontainer,
„Diese Maßnahme hatte der Gemeinderat samt Bürgermeister beschlossen. Und Schulte, der hat als Gegenmaßnahme ausgegraben, dass im Schilfgürtel ein paar Häuser illegal gebaut worden sind, Der Schilfgürtel ist Naturschutzgebiet. Dann hetzte er dem Bürgermeister die Presse auf den Hals. Dummerweise war auch ein Minister in die Sache verwickelt, das bedeutet immer sehr viel Stress. Wie er an die Bau- und Erschließungspläne gekommen ist, wird für immer ein Rätsel bleiben, und solche Fälle gibt es sehr viele."
„Das ist ja sehr interessant", meinte Rosen.

Im selben Moment wie sie die Haustür öffnen wollten, fuhr ein weiterer Handwerker vor, Elektro schmeichelt. Von Rosen ging auf das Fahrzeug zu,
„Haben Sie auch einen Termin mit Herrn Schulte", fragte er den Handwerker, nachdem er sich vorgestellt hatte.
„Ja, ich soll eine Videosprechanlage an der Haustür anbringen, Herr Schulte fühlt sich unsicher."

„Ich würde sagen, die braucht er jetzt nicht mehr“, sagte von Rosen und schloss das Haus auf.
„Wieso braucht Herr Schulte die Anlage nicht mehr?“
„Herr Schulte weilt nicht mehr unter den Lebenden“, antwortete von Rosen knapp.
„Was wird jetzt aus der Anlage“, fragte Schmeichelt den Dachdecker, aber der zuckte auch nur mit den Schultern und ging wieder aufs Dach.

Von Rosen und Kreft schauten sich 2 Stunden intensiv in Schultes Haus um, durchsuchten das Arbeitszimmer, fanden aber nichts Außergewöhnliches.
„Schon komisch, der wird scheinbar von jedem gehasst, aber es gibt weder Drohbriefe, noch sonst irgendeinen Hinweis, dass Schulte bedroht wurde. Scheinbar waren die Leute, mit denen er es sich verdorben hatte, doch nicht so gefährlich“, sagte Kreft.
„Ja, aber wenn Du vorhast ihn wirklich umzubringen, dann wäre ein Drohbrief das Falscheste, was Du machen könntest“, meinte von Rosen.

Die Beiden fanden einen Tresor, zu dem es keinen Schlüssel gab. Es war auch nirgendwo ein Hinweis zu finden, wie die Zahlenkombination lautet. Dann hielt es von Rosen vor Hunger nicht mehr aus, und die Beiden gingen zu Fuß in den Fischpalast, der nur 600 Meter von Schultes Haus entfernt lag. Bei Fisch für Kreft und Pommes für von Rosen, beschlossen die Beiden sich fortan zu duzen,
„Ich bin Sabrina, und werde manchmal Brini genannt, das finde ich aber eher doof.“
„Ich bin Maximilian Reinhold Carl Maria Estelle von Rosen, werde aber nur Maximilian, und von engen Freunden Max genannt“, beide lachten.
„Müssen wir uns jetzt küssen“, fragte Sabrina.

„Unbedingt“, antwortete von Rosen, und sie küssten sich auf die Wange.
„Schönes Parfum trägst Du.“
„Ja, ich liebes es auch, aber das mit den Vornamen war ein Witz, oder,“ dabei sah sie Maximilian an, der nicht antwortete.
„Nicht, echt nicht, das war kein Witz, Du heißt wirklich so, oh das tut mir leid,“
Dann konnte Sabrina sich nicht mehr halten und lachte laut los. Und dann noch von, von Rosen, bist Du etwa adelig?“
„Ja, und unter diesen Leuten gibt es viele gute Leute.“
„Das bestreite ich ja auch gar nicht, aber ich habe noch nie mit einem Adeligen an einem Tisch gesessen. Obwohl, wie Du mir die Jacke abgenommen hast, den Stuhl zurechtgerückt hast, dass ich mich bequem hinsetzen konnte, dass hatte schon was.“
„Das nennt man in unseren Kreisen eine gute Erziehung“, sagte von Rosen.
„Aber jetzt noch mal zurück zu dem, was du mir am Tatort gesagt hast, Maximilian. Wie hast Du das vorhin gemeint, Du würdest voreilige Schlüsse hassen? Ich fand, es waren keine voreiligen Schlüsse“.
„Doch liebe Sabrina, waren es. Und um es gleich vorweg zu sagen, voreilige Schlüsse führen zu falschen Ergebnissen. Ein Beispiel, stelle Dir vor, Du sitzt in deinem Büro und schaust aus dem Fenster, es regnet. Dann wird die Tür geöffnet, ein Mann betritt den Raum, und seine Kleidung ist nass. Du würdest sofort den Schluss ziehen, dass er durch den Regen gegangen ist, obwohl Du es nicht gesehen hast. Wenn jetzt im Haus ein Mord verübt wurde, scheidet dieser Mann aus, der kommt ja von draußen, er ist nass. Aber vielleicht ist bei dem Mord ein Putzeimer von der Treppe gefallen, und der Mann wurde dort nass.

Verstehst Du was ich meine, wir haben unter dem Ansitz platt gedrücktes Gras gesehen. Aber nur weil dann oben im Ansitz ein Mord geschah, muss das ja nicht heißen, dass dort gekämpft wurde. Es muss auch nicht sein, dass unser Opfer dort mit seinem Mörder gekämpft hat.
Was, wenn ein Liebespaar dort Sex hatte, und als es richtig rund ging, hat sich einer der beiden vielleicht den Kopf an dem Baum aufgeschlagen. Nach Deiner Theorie würde die DNA die wir dort finden, wenn sie nicht vom Opfer ist, vom Täter stammen. Damit legst Du Dich auf einen Verdächtigen fest, der wahrscheinlich nichts mit dem Fall zu tun hat. Ich sage Dir aus meiner Erfahrung, voreilige Schlüsse führen fast immer in die falsche Richtung. Nur wenn wir etwas genau gesehen haben, können wir behaupten, dass es auch so war."
Nach einer kurzen Pause sagte Sabrina,
„Danke, das war sehr einleuchtend, ich bin froh in Deinem Team zu sein", und es lag Hochachtung in ihrer Stimme.

Vergnügt verließen Beide das Lokal, von Rosen hatte natürlich seiner Kollegin sowohl beim Hinsetzen wie auch beim Aufstehen geholfen, und ihr die Jacke gehalten, als sie das Lokal verließen. Diese Aufmerksamkeit war Sabrina nicht gewohnt, sie gefiel ihr aber sehr gut.
Die Frotzeleien war ein guter Anfang ihrer Arbeitsbeziehung, und Maximilian fühlte sich schon jetzt in Sabrinas Nähe wohl. Sabrina ging es genauso.
„Wir fahren noch ins Büro, und dann sehen wir morgen weiter", sagte von Rosen.
„Falsch, ich fahre Dich jetzt nach Mellenthin, schaue kurz im Büro vorbei, und hole Dich morgen ab. Dein Auto hat ein Kollege nach Mellenthin gebracht, da kann es ja bleiben, wir fahren erst einmal mit meinem Dienstwagen."
„Ok, so machen wir das". Die Beiden stiegen ins Auto und fuhren los.

„Ach da fällt mir ein, ich hatte für heute 30 Brötchen bestellt, die wollte ich zum Einstand ausgeben, die muss ich noch abholen. Die Bäckerfrau war ganz schön sauer, dass ich die heute Morgen nicht geholt habe. Ich frag mich gerade nur, was mache ich mit 30 belegten Brötchen."
Sabrina lachte,
„da hast Du für die nächsten zehn Einsatztage etwas zu essen."
„Sehr witzig."

Mellenthin 06.07.2018

Als von Rosen am nächsten Morgen seine Haustür öffnete, war die Straße vor dem Haus noch ruhig. Die großen uralten Ahornbäume, die in reih und Glied am Straßenrand standen, spendeten Schatten und ließen der aufgehenden Sonne kaum eine Chance, es war angenehm kühl. Er atmete die kühle Morgenluft ein, die vom Meer herüberzog, und genoss die unbeschreibliche Ruhe. Sein Blick viel auf das wunderschöne Wasserschloss von Mellenthin, das von seiner Haustür aus zu sehen war. Aus dem Wassergraben, der das Schloss umgab, stiegen Morgennebel auf. Er wohnte erst seit ein paar Tagen in

Mellenthin, und das auch noch ziemlich beengt, aber es gefiel ihm schon jetzt deutlich besser als alles, was er im Ruhrgebiet je bewohnt hatte. Hier hatte er sich vom ersten Moment an zu Hause gefühlt.

Das Kopfsteinpflaster, für die Autofahrer ein Fluch, empfand er als Segen, denn geteerte Straßen, die es im Ruhrgebiet ja nur gab, stanken bei großer Hitze fürchterlich. Und dieser Sommer, darin waren sich alle einig, würde ein Jahrhundertsommer werden, so würde es im Ruhrgebiet in allen Ecken nach Teer riechen. Außerdem war im Ruhrgebiet die Luft an heißen Tagen immer sehr feucht und stickig, so dass man das Gefühl hatte, kaum noch atmen zu können. Aber der größte Unterschied war in den Nächten zu spüren. Während es im Ruhrgebiet bei großer Hitze in den Nächten nicht abkühlte, brachte die Ostsee in der Nacht immer Kühlung und sorgte so für einen angenehmen Schlaf.

Seine Kollegen in Bochum konnten kaum verstehen, wieso er auf die Insel zog, und in der Beförderung einen Schritt zurückmachte, er war immerhin auf dem Weg zum Kriminaldirektor, und Leiter der Mordkommission. Sein Motiv hatte er aber immer für sich behalten, er gab ungern etwas privates von sich Preis. Er hatte sich mit 48 Jahren dafür entschieden seiner zerbröckelnden Ehe zu entfliehen. Er hatte nicht vor, seiner Ex im Supermarkt um die Ecke oder beim Tanken zu begegnen, außerdem war es immer schon sein innigster Wunsch, am Meer zu leben,. Eine von vielen Leidenschaften, die seine noch Frau mit ihm nicht teilte.

Diese Gedanken vertrieb er jetzt, schließlich wollte er Joggen. Es gab für ihn nichts Besseres um den Kopf frei zu bekommen und fit zu bleiben. Er joggte nicht, weil es modern war, sondern weil es Grundlage seiner Erziehung war. Sportlichkeit wurde in seiner Familie großgeschrieben. Sein Vater, ein strenger Despot hatte immer gesagt, nur in einem gesunden Körper kann ein gesunder und flexibler Geist wohnen. Seine Eltern hatte viel für ihn getan, neben einer guten Ausbildung hatten sie auch immer darauf geachtet, dass neben der Ausbildung auch die Allgemeinbildung und soziale Kompetenz erworben wurde. Er war literarisch sehr beschlagen, hatte Rhetorik und Kommunikationskurse besucht, und war somit gut gerüstet für jede Art von Diskussionen. Zusätzlich wurde er in Sprachkurse geschickt, so dass er neben Deutsch noch drei weitere Sprachen fließend beherrschte.

Was ihn beruflich weitergebracht hatte, waren zwei Profiling Kurse in New York. Diese Kurse hatten seine Eltern ihm geschenkt, als er mit seiner Polizeiausbildung fertig war. Er setzte die Kopfhörer auf, und joggte los.

Nach dem Joggen ging er kurz unter die Dusche, und wartete dann vor der Tür auf Sabrina. Sabrina, die Pünktlichkeit in Person, holte ihn, wie versprochen an der Haustür ab. Als er in Sabrinas Auto einstieg, hatte er ihren Duft wahrgenommen, der ihm sehr gut gefiel. Erst wollte er etwas sagen, aber er genoss es und schwieg. Außerdem beschlich ihn das leise Gefühl, dass Sabrina die Angel nach ihm auswarf, was er als sehr angenehm empfand. Auf dem Weg zum Kommissariat hörten die Beiden in voller Lautstärke ihre Lieblingssongs. Als sie im Büro ankamen, wurden die Beiden schon von Heiner Schulz, einem Innendienstbeamten erwartet.

„Ich habe im Vernehmungszimmer eine Kandidatin sitzen, die, mit Verlaub, nicht alle Latten am Zaun hat, aber macht Euch selber ein Bild."

Die Beide betraten das Vernehmungszimmer,

„Hallo, ich bin Hauptkommissar von Rosen, das ist meine Kollegin Frau Kreft."

„Hallo, ich bin Rosalinde Anger."

„Was ist passiert Frau Anger, können sie das mal kurz beschreiben?"

„Wenn ich das mal beschreiben könnte, ich erinnere mich nur, dass ich auf meiner Terrasse saß, und als ich dann mitten in der Nacht aufgewachte, lag ich im Badezimmer auf meiner Relax Liege, und ich spürte, dass jemand Sex mit mir hatte."

„Wie kommen Sie darauf?"

„Fragen sie ihre Kollegin, jede Frau kann ihnen sagen wie sich das da unten nach dem Sex anfühlt, und dieses Gefühl hatte ich. Außerdem hatte ich starken Ausfluss."

„Haben Sie irgendein Medikament eingenommen, oder etwas getrunken?"

„Natürlich nicht, sonst wäre ich nicht gekommen, ich habe auf der Terrasse Kaffee getrunken, und die Tasse stand auch morgens noch dort."

„Wie lange ist das her?"

„Zwei Tage.“
„Dann dürften wir bei Ihnen keine verwertbaren Spuren mehr finden, was sollen wir Ihrer Meinung nach jetzt machen?“
„Ich weiß es doch auch nicht, aber ich fühle mich nicht mehr Sicher in meinem Haus.“
„Das verstehe ich, aber nur auf einen Verdacht hin, können wir nichts machen, da brauchten ich schon echte Hinweise.“
„Das verstehe ich ja auch, aber ich habe halt Angst wieder Heim zu gehen.“
„Ich schicke Ihnen meine Kollegin mit, die wird sich Ihr Haus mal ansehen, vielleicht findet sie einen Hinweis, und noch eines, wenn es auch schwerfällt, sollen Sie noch einmal das Gefühl haben Sie sind vergewaltigt worden, dann bitte nicht Duschen, kommen Sie direkt so, wie Sie sind. Ich weiß, dass man das dringende Gefühl hat danach zu Duschen, aber damit zerstören Sie mögliche Spuren.“
Die Frau erhob sich, und auch Sabrina stand auf, und nahm die Frau in den Arm.
„Wir schauen mal, vielleicht finde ich etwas.“
Sabrina und Maximilian sahen sich kurz an.
„Schönes Wochenende, soll ich Dich am Montag abholen?“
„Ja, das wäre klasse, und Dir auch ein schönes Wochenende.“
„Für unterwegs hast Du ja bestimmt noch genug Brötchen“, sagte Sabrina grinsend.
„Ganz dünnes Eis“, war Maximilians Antwort.
Als die Beiden gegangen waren, schauten sich Schulz und von Rosen an,
„Kaffee?“,
„Ja, kann ich jetzt gebrauchen“, entgegnet von Rosen.
„Ich fahre ja gleich ins Ruhrgebiet, ich habe da noch einiges zu regeln.“

Er hasste diese Fahrt jetzt schon, sie war langweilig und wenn er Pech hatte, verbrachte er mehrere Stunden im

Stau. Aber er fühlte sich verpflichtet heimzufahren, schließlich war er mit der Frau, zu der er jetzt fuhr, über 25 Jahre verheiratet. Sie hatten sich einmal sehr geliebt und ein Kind, das aber mittlerweile erwachsen war. Schöne Zeiten hatten sie erlebt, aber das war leider lange her. Von den schönen Zeiten war nichts geblieben, außer schöne Erinnerungen. Warum, hatte er sich oft gefragt, warum geschieht so etwas, warum entliebt man sich? Da aber auch seine noch Ehefrau keine Anstalten machte, das Klima irgendwie zu verbessern, schien die Sache aussichtslos. Man war an einem Punkt angekommen, in der das aufgestaute Eis viel zu dick war, so dass man es nicht mehr durchbrechen konnte.

An diesem Wochenende befiel ihn Trauer, tief in seinem Herzen liebte er sie immer noch. Aber er tat nichts mehr, um diese Liebe zu beleben, da sie ihm keine Signale sendete. Alle Bemühungen, die er aufgebracht hatte, um seine Ehe zu retten, waren gescheitert. So klärten sie ihre offenen Fragen, und beschlossen die Scheidung einzureichen.

Nach einer schlaflosen Nacht, die er auf dem Sofa verbracht hatte, fuhr er, ohne sich zu verabschieden, am Sonntagmorgen schon sehr früh zurück nach Usedom.
Als er ins Auto stieg, fühlt er tiefes Bedauern trotz aller Missstände. Hier hatte er mit seiner Familie viel erlebt, und war lange Zeit sehr glücklich, aber, es ist wie es ist, dachte er. Auf der Autobahn wurde ihm bewusst, dass er nicht wieder zurück ins Ruhrgebiet fahren würde, so schlecht es sich anfühlte, es musste hier und jetzt ein Ende haben und die Zeit war reif für einen Neuanfang.

Anklam 08.07.2018

Wie an fast jedem Morgen stand Sabrina Kreft schon um 6 Uhr auf und zog sich den Trainingsanzug an. Die schulterlangen Haare waren zu einem Pferdeschwanz nach hinten gebunden, als Sie zu ihrem morgendlichen Fitnessprogramm startete. Sie joggte erst 5 km durch die angrenzenden Felder und machte dann noch 20 Minuten Hanteltraining und Situps in ihrer Wohnung. Über die Jahre hinweg hatte Sie ihren Körper in eine bemerkenswerte Form gebracht. Für Ihre Körpergröße von etwa 170cm hatte Sie mehr Kraft als man vermutet hätte und ihre Ausdauer beim Laufen war ebenfalls erstaunlich. Mittlerweile hatte sich bei ihr, durch ihre bewusste Ernährung und die täglichen Situps, ein Sixpack gebildet und ihre Muskulatur war definiert.

Nach dem Training duschte Sie, aß noch ein Müsli, trank grünen Tee und machte sich für den Arbeitstag bereit. Erst seit Maximilian da war, sprühte sie immer mit Bedacht ein wenig Parfum auf ihren Hals, das hatte sie sonst nie getan. Aber sie hatte bemerkt, dass ihr Duft bei ihrem Arbeitskollegen gut ankam, und mal sehen, vielleicht geht da ja was, dachte sie und musste schmunzeln. Sie hatte schon lange keinen Partner mehr, alle die sie kennengelernt hatte entpuppten sich als Weicheier, oder als Maulhelden. Keiner hatte bisher gehalten, was er am Anfang versprochen hatte, oder lag es daran, dass sie immer viel zu enthusiastisch in eine neue Beziehung stürzte.

Aber Maximilian war so anders, als alle die sie bisher kennengelernt hatte. Max war sehr wohl erzogen, und hatte gute Manieren. Er war mit umfangreichem Allgemeinwissen

ausgestattet, und fand sich in jeder Lebenslage zurecht. Außerdem hatte er einen ziemlich schwarzen Humor, das gefiel ihr ebenfalls sehr gut. In Gedanken stellte Sie sich vor, wie es wohl wäre, mit ihm zu schlafen.
Sie verließ Ihre Wohnung und fuhr zu Maximilian von Rosen, da sie ihm versprochen hatte, ihn abzuholen.
Die Mordkommission traf sich unter Vorsitz von Maximilian von Rosen zur Auswertung der ersten Erkenntnisse. Von Rosen hat ein Flip aufgestellt, und die Bilder von Dieter Schulte und Johanna Lechner daran befestigt. Von Rosen sah in die Runde und fragte,
„Was haben wir?“
Schulz schlug sein Buch auf und fasste zusammen,
„Der Tote war 72 Jahre alt, Dr. der Zahnmedizin. Verwandte sind nicht bekannt, und scheint es auch nicht mehr zu geben. Dr. Schulte führte in Hamburg, bis zu dem Zeitpunkt, als er auf die Insel zog, eine sehr gut laufende Praxis, und war ein gefragter Implantologe. Er hat schon in Hamburg auch mit Immobilien gehandelt, und dort ein paar Millionen gemacht. Hier auf der Insel hat er sich nicht zur Ruhe gesetzt, sondern weiter Geschäfte gemacht. Er galt als harter und unfairer Geschäftspartner. Kaum einer mochte ihn, aber wer mit ihm Geschäfte machte, konnte sich sicher sein, er verdiente mit. Bankauszüge liegen alle vor, der Tote war sehr vermögend. Steuerschulden hat er keine. Weiter bin ich noch nicht, ich bleibe aber dran.

Schulz schloss sein Buch, Neisters Berichtete weiter, „Ich habe das Geschäftsgebaren des Herrn Schulte überprüft, und mit einigen Geschäftspartnern gesprochen. Geschäftlich muss dieser Mann ein echtes Arschloch gewesen sein. Viele haben mir berichtet, dass er, wenn er seinen Vorteil durchsetzen wollte, auch gute Freund brüskierte, ja so weit ging sie zu betrügen. Ich habe einige Namen aufgeschrieben, das sind die, die ihn lieber tot als lebend sehen wollten. Das sind eine ganze Menge. Der eine oder andere hätte auch ein sehr starkes Motiv. Ich bin gerade dabei die Alibis der dringend Tatverdächtigen zu prüfen, habe aber noch nicht alle erreicht."

Neisters ließ die Kopien einer Liste verteilen, die er angefertigt hatte. Auf dieser Liste befanden sich 22 Namen.
„Diese Leute sollten wir uns genauer ansehen. Dazu kommt, dass er sich dieses Jagdrevier auch unlauter unter den Nagel gerissen hat, bei den Jägern hier auf der Insel ist er ebenfalls unten durch."
Von Rosen bedankte sich bei Neisters und fasste zusammen:
„Gehen wir von dem aus, was wir gesehen haben. Herr Schulte ist wohl erschlagen worden, die Auffinde Situation lässt darauf schließen, dass es ein emotionaler Mord war, Rache, Eifersucht, Neid, alles kann der Auslöser gewesen sein.
Vor dem Ansitz war das Gras flach gedrückt, so als hätte dort eine oder mehrere Personen gelegen, und oder gerungen. Direkt oberhalb der Stelle im Gras hat die KTU Blutspuren an einer Baumrinde gefunden und Proben genommen. An zwei weiter hinten stehenden Bäumen sind Einschüsse gefunden worden, die nach KTU recht frisch sein müssen, da noch Harz aus den Einschusslöchern austritt. Diese Einschusslöcher sind in 80 cm Höhe, und die Einschusswinkel sind so, dass derjenige, der diese Schüsse abgegeben hat, gelegen haben muss, was ein Hinweis darauf wäre, dass sich dort unten irgendetwas abgespielt hat, es muss etwas gewesen sein, dass Schulte veranlasste zu Schießen.
Hat es erst unten einen Kampf gegeben und ist unser Opfer dann noch die Leiter Hoch, und hat von dort geschossen? Nein, denn der Eischusswinkel sagt eindeutig, die Schüsse kamen von unten. Also muss der Schütze, und es war Schulte,

daran besteht kein Zweifel, denn die gefundenen Patronen passen zu seinem Gewehr, flach auf dem Boden gelegen haben. Das passt irgendwie noch nicht ins Bild. Schmauchspuren an Händen eines Jägers sind so normal, dass sie keine Aussagekraft haben. Sein Gewehr ist oben im Ansitz gefunden worden. Stellt sich die Frage, haben die Kampfspuren unten im Gras Relevanz, sind es überhaupt Kampfspuren? Und dann ist da noch die Pistole die in einem Schulterhalfter steckte. Das ist schon ungewöhnlich, denn Jäger tragen selten Schulterhalfter.
Wir haben sein Haus durchsucht, aber nichts gefunden, was auf eine Bedrohung hinweisen würde, keine Drohbriefe oder ähnliches. Der Computer wird ausgewertet, aber auch davon verspreche ich mir nicht viel. Was wir außerdem gefunden haben ist ein Wandtresor, aber weder seine Lebensgefährtin noch sonst jemand kann ihn öffnen. Ich habe den Hersteller herbestellt, der wird uns heute Mittag den Tresor öffnen. Der Gerichtsmediziner sagt, die Tatwaffe ist eindeutig eine kleine Axt, eine sogenannte Schanzaxt, die von Jägern oder auch Soldaten benutzt werden.
Der Schlag muss von Vorne, Oben geführt worden sein, wobei aber niemand sagen kann ob Schulte stand, oder auf allen vieren war. Er sagt auch, dass es keine Kunst ist, mit einer Axt jemanden den Schädel einzuschlagen, dass könnte schon ein 10-jähriges Kind. Es gibt hier weitere Ungereimtheiten, wir haben keinen Blutspritzer an der Decke oder an den Wänden der Kanzel gefunden. Die müsste es aber geben, wenn man einem Menschen den Kopf spaltet, egal womit.
Abgewischt wurde auch nichts, der Luminol Test war negativ. Außerdem hat die KTU keine weiteren Spuren in der Kanzel gefunden, weder fasern noch Verschmutzungen durch Schuhe.

Sicher ist, Schulte hatte Kontakt zu einer uns unbekannten Person. Unter Schultes Fingernägeln ist fremde DNA und Blutspuren gefunden worden. Schulte hatte zudem fremde DNA an der Oberseite seines Jackenkragens, und eine Verletzung am Handrücken, die darauf schließen lässt, dass Schulte jemanden einen Fausthieb verpasst hat.
Die gefundenen DNA wird mit der DNA von Frau Lechner abgeglichen, da es sich um weibliche DNA handelt. Dieser Abgleich ist meiner Meinung nach unnötig, da Frau Lechner nach einem Fausthieb eine Verletzung aufweisen müsste, und das hat sie nicht.
Mehr haben wir erst einmal nicht, ich fahre jetzt mit Sabrina nach Neppermin und warte auf den Tresorexperten."
„Du warst heute Morgen ziemlich abwesend", bemerkte Sabrina als sie im Auto saßen.
„Ja, ich bin im Moment hin und her gerissen, ich weiß auch gerade nicht, was richtig und falsch ist, das hat nichts mit der Arbeit zu tun, ich stecke halt in einem Dilemma."

Mit Schwung fuhr von Rosen vor die Doppelgarage in der Lyonel-Feiningerstraße und stellte den Motor ab. Nur Augenblicke später fuhr ein Transporter neben seinem Wagen, aus dem 2 Personen in Blaumännern ausstiegen. Sie begrüßten sich kurz, und Sabrina Kreft schloss die Haustür auf. Der ältere von beiden Monteuren meinte kurz,
„Ja, ich erinnere mich wieder, den Tresor habe ich eingebaut, da habe ich die richtigen Schlüssel mit, und auch die Kombinationen kann ich abrufen."
Es dauerte nicht lang, da rief einer der Monteure aus dem Arbeitszimmer,
„Geschafft, er ist auf."
Von Rosen ging sofort ins Arbeitszimmer und öffnete die Tresortür bis zum Anschlag.

Im Tresor lagen unter einem riesen Stapel von Papieren, die hauptsächlich aus Planungsunterlagen für das neue Baugebiet bestanden, rund 80.000,00€ in Bar in verteilt auf mehreren Briefumschlägen. Zusätzlich fand von Rosen zwei alt aussehende Metallboxen, die verschlossen waren.
Von Rosen schaute sich oberflächlich die Boxen an, und rief einen der Monteure zurück, der drehte die Box in seinen Händen und meinte, dass diese nicht leicht zu knacken wären,
„Es wäre besser, vielleicht auch für den Inhalt, wenn Sie die Schlüssel finden würden, sonst zerstören wir wohlmöglich noch den Inhalt",
Der Hauptkommissar verdrehte die Augen, denn im Tresor hatte er keine Schlüssel gefunden, die zu den Boxen passen könnten.
„ich denke, die sind hier irgendwo im Arbeitszimmer, also los suchen wir sie", sagte er zu Sabrina,

Nach weiteren 3 Stunden intensiver Suche fand Sabrina in Schultes Schreibtisch eine versteckte Lade, in der die Schlüssel und ein großer Briefumschlag aufbewahrt wurden. Mit dem Schlüssel und dem Umschlag in der Hand trat sie in das Wohnzimmer, in dem von Rosen einen Schrank unter die Lupe nahm.
„Alte Schule, die haben alle diese versteckte Lade im Schreibtisch."
„Oh wo hast Du das denn gelernt, bei der Stasi?"
„Dafür bin ich zu jung, Du Witzbold, aber ich sag Dir was, von denen könnten wir noch was lernen."
Von Rosen öffnete die erste Metallbox und war enttäuscht. Es befanden sich alte DDR Pässe und Urkunden in der Box.
„Das ist nicht die Mühe wert, es sich anzusehen",
meinte der Hauptkommissar und warf die Papiere auf den großen Wohnzimmertisch. In der 2. Box waren eine große Menge Bilder, einige zeigten einen jungen Mann in Uniform,

auf irgendeinem Schiff der Ähnlichkeit mit Schulte hatte. Unter den Bildern lag ein kleiner Zettel mit der Notiz,
„M.J. 53.57-15.24,14.00-28.26“
Die Beiden sahen sich den Inhalt noch einmal an,
„und was soll das“, fragte Sabrina.
„Ich weiß es nicht, warum man so ein altes Zeug in extra Schachteln aufbewahrt.“
Sabrina nahm den DDR Pass in die Hand.
„Das ist ja komisch, der Schulte muss noch in der ehemaligen DDR einen engen Verwandten haben. Schau mal, der sieht ihm ziemlich ähnlich, heißt aber Manfred Teuber.“
„Du hattest doch noch einen Umschlag gefunden.“
„Ja, hier ist er.“
Von Rosen öffnete den Umschlag, überflog den Inhalt, und meinte,
„das ist ja interessant, Frau Lechner wurde vor 7 Tagen als Erbin des Schulte Vermögen eingesetzt.“
Sabrina schaute auf die Papiere und meinte,
„wenn das kein Motiv ist.“
„Wir nehmen alles mit ins Präsidium und werten die Sachen dort aus.“

Im Präsidium legte von Rosen die Papiere auf seinen Schreibtisch, das Geld hatte er in einen Umschlag gelegt, und in der Asservatenkammer abgegeben.
Papiere durchsehen war nun wirklich nicht die Lieblingsbeschäftigung von ihm, und er ahnte, dass es wahrscheinlich sinnlos war, hatte aber so viel Disziplin, sich den ganzen Berg anzusehen. Sabrina versuchte ihr Glück, den unbekannten Verwandten von Schulte zu finden. Zum Mittag trafen sich die Beiden in der Kantine.
„Ich habe im System keinen Manfred Teuber gefunden“, mit diesen Worten setzte sich Sabrina an den Tisch.

„Ich blicke bei den Papieren hier auch wirklich durch, das ist alles von Manfred Teuber, Uniabschlüsse, Wehrpass der ehemaligen DDR, Personalpapiere der ehemaligen DDR, Führerschein, sogar Fahrzeugpapiere für einen Trabbi, verstehst Du das Sabrina?"
„Vielleicht war das ein Freund, der verstorben ist, und Schulte hat das als Erinnerung behalten", meinte Sabrina.
„Ja das ist möglich, erklärt aber nicht, warum Du über Manfred Teuber nichts findest", warf von Rosen ein.
„Und außerdem, von einem Freund hebt man was anderes auf, Bilder oder Briefe, aber nicht Wagenpapiere von einem Trabbi, was hast Du von deinen Freunden", fragte von Rosen Sabrina?
„Eh, Wats Up, Instagram, Facebook."
„Ach ja, hätte ich mir denken können, das war die falsche Frage, ihr seid ja die gläserne Generation, die alles teilt und Postet."
„Lieber Maximilian, für unsere Arbeit ist das doch gut, dass jeder alles veröffentlicht. Hätte das mal dieser Teuber gemacht, dann wüssten wir jetzt wer er ist, wieviel und welche Freunde er hatte, und was er gerne isst und wo er Urlaub macht."
Von Rosen schüttelte mit dem Kopf, und verdrehte die Augen,
„Das wird noch böse enden mit der Herausgabe der persönlichen Daten, glaube mir, ich mache das jedenfalls nicht."
Maximilian redete weiter,
„ich habe mir die anderen Papiere, die bei dem Geld lagen, angesehen. Alles Papiere die das Baugebiet behandeln. Auf den Meisten werden die Häuser hin und her geschoben, so als wolle man die Bebauung festlegen. Aber wirklich erhellend ist das noch nicht. Dennoch Sabrina, irgendetwas sagt mir,

dass da was ist, dass wir nicht sehen, nein, das ist nicht ganz richtig, dass wir noch nicht sehen."
„Jedenfalls gibt es in seinen Unterlagen keinen Hinweis auf ein Motiv, das hatte ich eigentlich erhofft."
„Oh Sabrina, wir haben mindestens einen Reisebus voll Personen die ein Motiv hätten, und das auch noch auf allen Gebieten des Lebens. War einer sauer, weil Schulte ihm die Jagd weggenommen hatte, oder geht es um das Baugebiet? Hat er dort jemanden betrogen, oder liegt das Motiv ganz wo anders, ich meine wir wissen über diesen Schulte immer noch viel zu wenig, wir tappen im Dunklen. Deshalb habe ich Schulz gebeten, diesen Schulte zu durchleuchten, ich will alles wissen, von der Zeugung an bis heute, irgendwo muss dann zwangsläufig eine Spur auftauchen.
Solange Schulz sucht, kümmern wir uns um den Rest der Verdächtigen, und tragen zusammen was wir zusammen bekommen können."

Wolgast 10.07.2018

„Guten Tag Frau Lechner, wie geht es Ihnen?"
„Danke, besser. Die Ärzte sagen, ich kann das Krankenhaus bald verlassen, wobei ich Angst habe alleine in der großen Villa zu wohnen."
„Haben Sie niemanden, der sich um Sie kümmern kann, oder bei Ihnen einziehen kann, wenn es auch nur vorübergehend ist."
Da wurde die Zimmertür geöffnet, und ein sehr sportlicher, gut gekleideter Mann, der einen riesigen Blumenstrauß und eine kleine Tasche in der Hand hielt, betrat in das Zimmer,
„Oh, störe ich?"
Johanna Lechner sah auf, und schenkte dem Herrn, der eingetreten war, einen verliebten Blick.
„Nein, nein, Sie stören nicht, ich bin Hauptkommissar von Rosen und das ist meine Kollegin Frau Kreft, und Sie sind?"
„Ich bin Maik Albers, der Golflehrer von Frau Lechner".
„Wir haben noch ein paar Fragen an Frau Lechner, wenn Sie bitte solange draußen warten würden".
„Nein, nein Maik kann ruhig hierbleiben, wir haben ein keine Geheimnisse vor einander", sagte Frau Lechner.
„Ok, Frau Lechner, ist Ihnen bekannt, dass Sie als Haupterbin eingesetzt wurden, und dass vor genau sieben Tagen?"
„Nein, Sie sehen mich überrascht."
„Herr Schulte hat nichts angedeutet, oder Sie gar informiert?"
„Nein, ich hatte keine Ahnung, wir haben mal darüber gesprochen, aber ich hätte nie gedacht, dass er ernst macht. Ich will ehrlich sein, ich hatte immer gehofft, dass er mir einen Heiratsantrag macht, aber das hat er nie getan.

Vielleicht wollte er mich mit dem Erbe absichern, aber wie gesagt, er hat mich darüber nicht informiert."
„Hatte Dieter Schulte Feinde, ist Ihnen irgendetwas aufgefallen?"
„Nein, wobei ich auch sagen muss, wir haben unter dem gleichen Dach gelebt, aber eigentlich habe ich mein Leben gelebt, und Dieter seins. Ich würde sagen, es war eine Vernunftbeziehung von der Beide profitiert haben. Ich habe den Haushalt gemacht, und war privat immer für Ihn da, und er hat das Geld verdient."
„Hat Dieter Schulte hier oder in Hamburg Verwandte?"
„Das kann ich Ihnen nicht sagen, in der Zeit die ich mit Dieter zusammen war, und das waren ja immerhin zehn Jahre, habe ich nie jemanden kennengelernt, der mit ihm Verwandt ist."
Als die beiden Kommissare das Zimmer verließen, waren sie nicht wirklich schlauer.
„Sie kennt Schulte seit zehn Jahren, er hatte nie Besuch von irgendeinem Verwandten? Freunde hatte er auch nicht, über Familie hat er nie gesprochen? Das ist alles sehr seltsam. Was war mit diesem Schulte los?"
Dann drehte sich von Rosen noch einmal um, und ging zurück ins Krankenzimmer, Kreft folgte ihm und blieb vor der Tür stehen. Als von Rosen die Zimmertür öffnete, hörte er noch Wortfetzen.
„Nein ganz bestimmt, ich war das nicht."
Als er eintrat, schwiegen die Beiden betreten, wie Schüler, die erwischt wurden.
„Nur eine kurze Frage, waren sie nur im Haus um Sachen zu holen, oder wohnen Sie schon dort."
„Ich, eh, ich leiste Frau Lechner beistand, sie hat Angst allein im Haus."
„Ja, aber noch ist sie ja nicht zu Hause, danke für die Auskunft", sagte Rosen und ging. Auf dem Flur schaute er Sabrina an,

„Habe ich mir doch gedacht, der Golflehrer locht bei der ein."
„Herr Kollege Du solltest Deine Ausdrucksweise überarbeiten, sagen das Adelige etwa so?", beide lachen.
„Nein, aber eines ist sicher, er beglückt sie und wird dafür von ihr ausgehalten. Kein Golflehrer kann sich maßgeschneiderte Hosen und handgefertigte Schuhe leisten. Außerdem musste er einen Schlüssel vom Haus haben."
„Woher wusstes Du das?"
„Du Schaust nicht genau hin, heute ist es windig, hinten am Pullover hatten sich 2 Halme vom Rohrdach der Villa verfangen, und er roch ganz leicht nach Chanel No. 5, was darauf schließen lässt, dass in der Tasche die er mithatte, irgendein Kleidungsstück von Frau Lechner steckte."
„Chapeau! Du bist wirklich so gut, wie alle sagen. Wir hatten allerdings gedacht, es wären Märchen die man uns erzählt."
Die Beiden stiegen ins Auto, von Rosen nahm sein Handy in die Hand und telefonierte mit der KTU.
„Du willst das Haus jetzt noch einmal nach Fingerabdrücken untersuchen lassen? Warum?"
„Liebe Sabrina, weil ich wissen will, was unser eifriger Golflehrer im Haus gesucht hat, denn er konnte ja noch nicht wissen, dass wir die verborgene Schublade schon gefunden hatten."
Sabrina lenkte das Auto nach Heringsdorf,
„Guten Tag Herr Dinse, schön dass Sie uns in Ihrem Büro empfangen, wir haben auch nur ein paar Fragen an Sie."
„Geht es um Dieter Schulte?"
„Ja."
„Gut gleich vorweg, ja wir hatten einen riesen Streit, Dieter konnte so ein Arschloch sein, das glaubt man ja gar nicht. Er hat mich erst vor 4 Tagen aus einem Geschäft gedrückt, dass wir eigentlich gemeinsam machen wollten. Da bin ich etwas ausgerastet, aber ich habe ihn nicht getötet."

„Klären Sie mich auf, was heißt etwas ausgerastet", fragte von Rosen.
„Ich habe mich abends betrunken, ach was rede ich, voll laufen lassen habe ich mich, im Fischpalast, da habe ich dann einige Dinge gesagt, an die ich mich nicht mehr ganz erinnere. Dann bin ich zu seinem Haus gegangen, und wollte ihm eine auf die Schnauze hauen, aber dieser Feigling hat mich aus der Tür gedrückt, anstatt wie ein Mann zu kämpfen."
„Warum erzählen Sie uns das," fragte Sabrina Kreft.
„Weil das was geschehen ist halb Neppermin mitgekriegt hat, und bevor es Ihnen die Anderen erzählen, mache ich das lieber."
„Wo waren Sie den Mittwoch in der Nacht zu Donnerstag?"
„Im Büro, hin und wieder habe ich eine Besichtigung abgehalten, und abends war ich dann zu Hause."
„Leben Sie allein?"
„Ja."
„Also haben sie kein Alibi für diesen Zeitraum", warf Sabrina ein.
„Nein, brauche ich denn eins?"
„Wäre besser für Sie", entgegnete Sabrina.
„Wenn ich verdächtig bin, dann sind es die vom Hegering doch sowieso, die haben dem Schulte schließlich die Brücke angesägt, wer sagt eigentlich, dass da nicht einer weiter gegangen ist, und ihn umgebracht hat?"
„Was soll das heißen, die vom Hegering, und Brücke angesägt", fragte von Rosen.
„Befragen Sie die doch mal, da werden Sie herausfinden, dass die den Schulte los werden wollten, mehr sage ich dazu nicht."
„Wo finden wir einen aus dem Hegering", wollte von Rosen wissen.

„In Heringsdorf wohnt Herbert Friederichs, die Adresse gebe ich Ihnen, der hat die Jagd direkt neben dem Thurbruch gepachtet, fragen Sie den mal was da abging."
Die Beiden machten sich auf den Weg zu Herbert Friedrichs, den sie zu Hause antrafen.
„Guten Tag Herr Friedrichs, ich bin Hauptkommissar von Rosen, und das ist meine Kollegin Frau Kreft."
„Angenehm, kommen Sie rein", sagte Friedrichs und ging vor in ein Büro.
„Sie kommen wegen diesem Schulte?"
„Ja, aber scheinbar wissen Sie ja schon was passiert ist", antwortete von Rosen.
„Ja klar, gute Nachrichten sprechen sich schnell rum, das war schon immer so."
„Wie meinen Sie das mit den guten Nachrichten?"
„Herr Kommissar, ich will nicht heucheln, der Kerl war die Pest. Einer wie der zerstört ohne nachzudenken alte Strukturen, so war es in unserem Hegering auch. Durch sein Handeln und seine finanziellen Möglichkeiten hatten normale Menschen aus dieser Region keine Chance mehr an eine Jadgpacht zu kommen."
„Wie meinen Sie das jetzt?"
„Jagdpachten werden öffentlich versteigert. Jeder der einen Jagdschein besitzt, kann und darf an so einer Versteigerung teilnehmen. Die Jagd geht dann an den höchst bietenden. Und was macht der? Dieser laufende Geldsack, der sich Schulte nannte, hat für den Thurbruch mehr als das doppelte des üblichen Pachtzins geboten, da war doch wohl klar, wer den Zuschlag für die Pacht bekam, und es ist auch klar, das bei der nächsten Vergabe die Erwartungen vom Land ganz andere sein werden, also kann sich keiner aus dem Hegering je wieder eine Jagd pachten. Und dann die Nummer mit meinem Hirsch, den wollte er abschießen, wissen Sie wie?

Er hatte sich im Wildgatter Mellenthin drei läufige Hirschkühe geliehen, die sollten unter seinem Ansitz ein gegattert werden, und so wollte er meinen kapitalen Hirsch in sein Revier locken. Den hätte der dann eiskalt abgeschossen, meinen ganzen Stolz. Meinen Hirsch! So ein Arschloch war das, hoffentlich hat er gelitten als er gestorben ist.
Ich hatte ihm gewünscht, dass er 140 Jahre alt wird, und die letzten 60 Jahre davon an Parkinson leidet."
„Und was war mit der Brücke, von der Dinse uns erzählt hat", fragte von Rosen.
Friedrichs musste lachen,
„ja, die haben wir angesägt, als Warnung, nicht zu weit zu gehen. Das war für uns ein riesen Spaß, der ist in einem Graben aus Scheiße gelandet, genau da wo er hingehört hat, glauben Sie mir, wir hatten unseren Spaß, als wir uns das vorgestellt haben."
„Sie machen sich gerade zum Hauptverdächtigen, das wissen Sie", gab Sabrina an.
„Ja, aber ich war von Dienstag letzter Woche bis heute bei meiner Familie im Harz, ich habe also ein wasserdichtes Alibi, wie man das so nennt."
Die Beiden verlassen Friedrichs.
"Ich denke, die andren Verdächtigen laden wir zu einem Gespräch ins Präsidium ein, das wird mir zu viel, dauernd über die ganze Insel fahren zu müssen, das kostet zu viel Zeit", meinte von Rosen.
Im Büro angekommen, wurden die beiden schon von einem ungeduldigen Schulz erwartet.
„Moin, ich habe auf Ihren Wunsch tiefer gegraben, und bin zu erstaunlichen Erkenntnissen gekommen, die ich Euch sofort mitteilen wollte."
Von Rosen ging mit Sabrina in den Besprechungsraum, Schulz folgte auf dem Fuße. Als sie sich gesetzt hatten, meinet von Rosen, „Und welche Erkenntnisse haben wir?"

„Ja, da gibt es etwas Seltsames, was ich nicht erklären kann.“
„Machen Sie es doch um Gottes Willen nicht so spannend, und kommen Sie zur Sache, oder macht man das hier so in Mecklenburg, brauchen Sie einen Trommelwirbel“, entgegnet von Rosen.
„Wäre vielleicht angebracht“,
sagte Schulz, sah im Gesicht vom Hauptkommissar, dass dieser nicht für Späße aufgelegt war und nahm sein Klemmbrett und legte los,
„Dieter Schulte, geboren 1980 in Hamburg.“
Weiter kam er nicht, denn von Rosen fuhr barsch dazwischen,
„Wollen Sie mich verarschen Schulz, geboren 1980, laut Pass ist der Mann 72 Jahre alt, können Sie nicht rechnen?“
„Doch, ich kann sehr wohl rechnen, lassen Sie mich doch weiter erklären“, entgegnet Schulz beleidigt.
„also, begann Schulz noch einmal, Dieter Schulte, 1980 geboren“, Schulz hob beschwichtigend eine Hand,
„Ich erkläre das. Ich habe nichts, aber auch gar nichts aus der Zeit vor 1980 gefunden. Laut Personalausweis wurde er in Hamburg geboren, es existiert aber keine Geburtsurkunde, es gibt keinen Hinweis auf Eltern oder Großeltern.
Dieter Schulte trägt einen Doktortitel, aber es existiert kein Doktorvater, und die Doktorarbeit ist nirgendwo zu finden.
Dieter Schulte hat einen Führerschein, aber es gibt die Fahrschule gar nicht, in die er gegangen sein soll.
Dieter Schulte sammelt in Flensburg fleißig Punkte, hat auch schon einmal seinen Führerschein verloren, aber vor 1980 muss er im Verkehr ein Engel gewesen sein, kein Eintrag, nichts. Dieter Schulte hat 1980 seine Praxis eröffnet, dass er Zahnarzt ist, steht außer Frage, denn er hatte einen ausgezeichneten Ruf, aber seine Praxis wurde nicht von einer Bank finanziert.
Dieter Schultes Hamburger Hausbank, die auch die Eröffnung mitgetragen hat, hat mir bestätigt, er habe zwei Tage vor der

Eröffnung 5oo Tausend Mark auf sein Konto eingezahlt, woher das Geld stammte, wurde damals nicht gefragt.
Ich habe den Personalausweis prüfen lassen, der ist echt.
Ich habe keine Erklärung dafür, dass ich nichts finde. Wäre er zum Beispiel in einem Zeugenschutzprogramm oder V Mann, warum auch immer, und hätte eine neue Identität bekommen, dann wüssten wir es, aber auch das ist nicht der Fall. Nach dem was ich herausgefunden habe, gibt es diesen Dr. Dieter Schulte gar nicht".

Als Schulz seinen Vortrag beendet hatte, breitete sich Stille im Raum aus, beide Kommissare mussten diese Informationen erst einmal verarbeiten, und Schulz traute sich nicht, irgendetwas zu sagen.
„Jetzt würde ich gerne mein Handy nehmen, und einen geheimnisvollen Mentor anrufen, der alles weiß, und uns auf die richtige Spur bringt, leider habe ich keinen.",
meinte von Rosen, und an Sabrina gerichtet,
„Wie sieht es bei Dir aus, kennst Du jemanden, der uns hier helfen könnte, vielleicht von der Stasi?"
„Witzbold, ich bin nicht die Enkelin von Markus Wolf, denn dann würde alles ganz einfach laufen, aber wenn ich vermuten darf, Manfred Teuber ist Dieter Schulte. Das erklären diese seltsamen Papiere aus dem Tresor.
Aus irgendeinem wichtigen Grund hat man diesen Mann mit neuen Papieren ausgestattet, und scheinbar auch noch einen Koffer Geld gegeben. Wenn das so war, dann reicht das in so hohe Kreise, da finden wir niemals etwas heraus. Keiner wird uns helfen."
„Das war 1980, war er vielleicht Agent, oder was auch immer. Erst einmal bin ich ratlos, aber ich werde jeden Stein umdrehen, irgendjemand weiß etwas, den müssen wir finden, meinet von Rosen."

„Da nur die alten Papiere einen Hinweis liefern, gehen wir die jetzt zusammen durch",
sagte Sabrina und stand auf um die Papiere zu holen.

Von Rosen stellt eine Tafel auf, und schrieb oben in großen Buchstaben Manfred Teuber hin. Sabrina breitet die Papiere und Fotos auf einem großen Tisch aus.
„Das Autokennzeichen von seinem Trabbi war SE 0-75, das dürfte ein Hinweis sein. Nach einem kurzen Telefonat mit dem Straßenverkehrsamt wusste Sabrina, dass die Kennung SE in der DDR für Leipzig Ortsteil Delitzsch stand.
„Ich würde sagen, da sprechen wir mit den Kollegen in Leipzig."
Rosen warf ein, dass der Informationsfluss unter den Polizeibezirken nicht gerade gut ist, aber Sabrina beruhigte ihn,
„im Westen ist das vielleicht so, aber das ist im Osten etwas anders, hier hilft man sich gerne mal, ich rufe gleich in Leipzig an."

Sabrina ging in ihr Büro und kam nach einer halben Stunde zurück,
„hat etwas gedauert, aber ein Kollege aus alter Zeit war noch da, der konnte den Hinweis geben, dass dieses Kennzeichen aus Delitzsch aktenkundig ist, Manfred Teuber hat dort einen Unfall verursacht und deshalb ist auch seine Adresse aus dem Jahr 1971 dort noch im System. Die Kollegen sind so nett, und befragen dort die Nachbarschaft. Das kann allerdings ein wenig dauern, denn auch dort sind die personell unterbesetzt. Ich habe Kontakt zur Stadtverwaltung Delitzsch geknüpft, und darum gebeten, uns einen Auszug aus den Registern zu senden, kommt auch in ein paar Tagen."
Von Rosen griff zum Telefon,
„Guten Tag Herr Dinse, sie haben gesagt, dass Dieter Schulte Sie aus einem Geschäft gedrängt hat, worum ging es dabei?"

„Aha, ja gut, und Sie sagten das Baugebiet ist oberhalb des Balmer Golfplatzes, danke für die Auskunft, ach was Sie haben auch die Adressen der potenziellen Käufer, stellen Sie uns diese bitte zur Verfügung“, er legte auf und schaute Martina an.
„Los wir fahren nach Balm und sehen uns dieses Baugebiet einmal an, dann gehen wir nochmals in den Fischpalast.“
„Ich denk Du isst keinen Fisch.“
„Ich will nichts essen, ich will mich mal umhören, das Lokal war für Schulte fußläufig erreichbar, würde mich doch sehr wundern, wenn der da nicht öfter gegessen hat. und bei der Gelegenheit, wenn Dich der kleine Hunger packt, kannst Du ja Fisch essen, ich nehme wieder Fritten, wir ihr hier zu sagen pflegt.“
„Du mit deinen Pommes, das ist langsam peinlich.“

Sabrina schüttelte ihren Kopf und lachte, sie konnte es kaum glauben, dass Maximilian sich so ungesund ernährte. Obwohl sie so unterschiedlich in ihrer Art und Ernährungsweise waren, fühlte sie sich mehr und mehr zu Maximilian hingezogen. Vielleicht war es seine direkte Art oder sein trockener Humor, der sie so begeisterte.
„Vielleicht haben die ja auch Fischstäbchen, die würde ich mir bestellen, kann ich ja mal fragen“, gab von Rosen zurück.
„Wenn Du im Fischpalast nach Fischstäbchen fragst, teeren und federn die Dich und binden Dich an den Mast der Weißen Düne, Du machst das nicht, oder, nein bitte blamier mich nicht im Fischpalast, die kennen mich da.“
„Gut, ich lasse es, aber dafür musst Du mit mir am Samstagabend ein Steak essen gehen, und was ist die Weiße Düne?“
„Ach die Weiße Düne, das ist ein großes Zweimast-Segelschiff, dass in Neppermin ankert, und essen gehen mit

Dir, dazu könnte ich mich durchringen“, meinet Sabrina grinsend und fügte hinzu,
„ich gehe natürlich gerne mit Dir essen.“

Als die Beiden die Auffahrt zum Baugebiet hochfuhren, kam ihnen ein VW Transporter vollbesetzt mit Arbeitern entgegen. Vor dem Bauwagen, der am Anfang der Straße stand, stieg gerade ein Arbeiter in sein Fahrzeug. Von Rosen, hielt an und ging auf das Auto zu.
„Guten Tag, Kripo Anklam, und Sie sind?“
„Ich bin hier der Bauleiter, und mache gerade Feierabend, was kann ich für Sie tun?“
„Eigentlich nicht viel, wir wollten uns hier nur einmal umschauen.“
„Kein Problem, suchen Sie etwas Bestimmtes?“
„Nein, wir wollten uns nur einen Eindruck verschaffen.“
„Ja, machen Sie, sollten Sie mit dem Gedanken spielen ein Haus hier zu kaufen, muss ich Ihnen leider sagen, dass Sie zu spät kommen, alle Häuser sind bereits verkauft.“
„Nein, ein Haus hier, das passt nicht so ganz in unsere Gehaltsklasse, wir schauen nur mal.“
„Ja, dann fahre ich jetzt“,
der Bauleiter fuhr los, und bremste sofort wieder.
„Sollte Ihnen ein alter, ziemlich heruntergekommener Mann begegnen, der ist nicht ganz richtig im Kopf, besser Sie fangen erst gar nicht an, sich mit ihm zu unterhalten, der lässt sich nicht mehr abschütteln.“
„Danke für den Hinweis“, sagte von Rosen.

Und tatsächlich, am hinteren Ende des Baugebietes, kurz bevor das Grundstück zum Achterwasser abfiel, stand ein älterer Herr in schmutziger Kleidung, und beobachtete die Beiden.
„Komm wir gehen zu dem Kerl“, sagte Sabrina.

Als der Mann bemerkte, dass Sie auf ihn zu kamen, ging er ihnen entgegen.
„Guten Tag, mein Name ist Sabrina Kreft, und Sie sind?“
„Ich bin Hubert Nast.“
„Darf ich fragen, was Sie hier machen“, fragte Sabrina.
„Ja, das fragen mich alle, ich warte“, sagte der Alte.
„Auf was warten Sie“, fragte Sabrina.
„Nicht auf was, auf wen, ich warte auf meine Tochter Maike, sie wird wiederkommen, hierher, und da wir ja umgezogen sind, muss ich hier auf sie warten, sie weiß ja nicht wo wir jetzt wohnen, und dann findet sie uns hinterher nicht.“
Von Rosen mischte sich ein,
„warum warten Sie hier auf Ihre Tochter?“
„Sie ist damals hier verschwunden, die haben damals gesagt, sie ist mit ihrer besten Freundin in den Westen abgehauen, aber das war eine Lüge, das hätte Maike nie getan.“
„Was ist denn damals passiert“, fragte von Rosen.
Der Alte machte eine wegwerfende Handbewegung,
„Maike und Judit verschwanden spurlos, und alle sagten, Maike hätte Judit überredet mit in den Westen zu fliehen, in einem Paddelboot, über das Achterwasser. Das geht doch gar nicht“,
das Letzte hatte er fast geschrien.
Sabrina sah Maximilian an, und sagte,
„Dann wünsche ich Ihnen viel Erfolg, wir gehen jetzt, wenn ihr Tochter kommt, grüßen Sie sie von uns.“
Dann wandten die Beiden sich ab und stiegen ins Auto.
„Amer Kerl“, sagte von Rosen.
„Ja, das kannst Du wohl sagen, er tut mir leid.“

Im Fischpalast angekommen, hatten die Beiden den alten Mann schon vergessen, und bestellten ihr Essen, und von Rosen fragte die Bedienung nach Informationen über Dieter Schulte. Aber keiner der Angestellten wusste überhaupt irgendetwas über Dieter Schulte. Als sie wieder im Büro waren, lag schon die Namensliste der Immobilienerwerber auf von Rosens Schreibtisch. Er nahm die Liste, überflog sie kurz, entdeckte aber kein Name, der ihm bekannt vorkam, oder im Laufe der Ermittlungen schon einmal aufgetaucht war das hatte er sich gewünscht, aber so legte sie auf den Schreibtisch.

Anklam 11.07.2018

„Wir haben die ersten Erkenntnisse aus Leipzig“, mit diesen Worten betrat Sabrina Maximilians Büro.
„Gut, was haben die Kollegen ans Licht gebracht?“
„Manfred Teuber war ein netter junger Mann, er hat Zahnmedizin in Leipzig studiert. Die Partei schien ihm egal zu sein, oder anders ausgedrückt, er war kein glühender Verehrer von Honecker und Co. In seiner Studienzeit ist er nie unangenehm aufgefallen, nur mit seinem Trabbi, den er von seinem Vater geerbt hatte, hat er einen Unfall gebaut, wegen anderer Delikte ist er nie Aktenkundig geworden.
Die Befragung der Nachbarschaft hat ergeben, dass es sich auf den Bildern die wir haben tatsächlich um Manfred Teuber handelt. Ein sehr fleißiger zielstrebiger junger Mann. Er war immer freundlich und hilfsbereit, hatte eine Freundin die Uta Totzke hieß. Als die Beiden 1979 Leipzig verließen und nach Rostock zogen, waren die Beiden verlobt. Ob sie auch geheiratet haben, ist den ehemaligen Nachbarn nicht bekannt. Nach Rostock zogen die Beiden, weil Manfred Teuber dort eine Stelle angeboten bekommen hatte, was für eine Stelle das war konnte keiner sagen.“
„Hast Du die Kollegen in Rostock gesprochen“, fragte von Rosen.
„Ja, habe ich, aber auch dort ist nicht viel bekannt, Manfred Teuber war nie polizeilich auffällig. Im Rostocker Standesamt gibt es eine Heiratsurkunde, der Offizier Manfred Teuber hat seine Verlobte geheiratet. Beide verschwanden aber 1980 ohne eine Spur zu hinterlassen. Von da an gibt es keine Spur mehr, weder von Manfred, noch von Uta Teuber.

Bei der Befragung der Nachbarn ist wenig herausgekommen, denn die Beiden haben in einem sehr begehrten Stadtteil gelebt, in dem heute Überwiegend Touristen leben. Das Haus in dem die Eheleute Teuber gewohnt haben wurde, wie so viele Häuser in der Gegend umgebaut zur Ferienwohnanlage."
„Hast Du dein Glück mal bei den Ärztekammern versucht", wollte von Rosen wissen.
„Ja, Manfred Teuber war in der Zahnärztekammer im Osten als Schiffszahnarzt gemeldet, Dieter Schulte war als Zahnarzt und Implantologe in der Kammer in Hamburg gemeldet. Die nötigen Papiere für die Anmeldung und Zulassung als Zahnarzt wurden allerdings in den 80gern nicht so genau geprüft wie heute, auch sein Doktortitel wurde im Westen klaglos übernommen."
„Gut, bis hierhin ist das ja alles schön, aber weißt Du was uns fehlt Sabrina?"
„Nein."
„Die Gewissheit, der Beweis, eine Bestätigung, jemanden der uns wirklich klar sagen kann, dass Dieter Schulte tatsächlich Manfred Teuber ist, oder umgekehrt, das macht mich noch ganz wuschig, dieses hin und her. Ansonsten ist das hier",
dabei machte er eine Handbewegung zum Flipchart,
„alles reine Spekulation, verstehst Du. Wir haben nichts in der Hand. Wir sagen Dieter Schulte ist Manfred Teuber, das kann aber auch ganz anders sein."
Die letzten Worte hatte er vor Erregung immer lauter gesprochen.
„Du kannst einem aber auch die Laune verderben", meinte Sabrina.
„Ja Sabrina, wir müssen aber bei der Wahrheit bleiben, alle Vermutungen, so wahrscheinlich sie auch sein können, helfen uns nicht."

„Das weiß ich auch Max, hast Du eine Idee was wir jetzt machen?“
„Wenn Teuber wirklich Schulz ist, dann kann uns eventuell mein Onkel helfen“, sagte von Rosen.
„Wo ist der beschäftigt?“
„Beim BND, den könnte ich mal anrufen.“
Nach einer halben Stunde kam von Rosen zurück, und war ziemlich deprimiert.
„Die Schlapphüte, die darüber etwas wissen, oder sagen könnten sitzen irgendwo in Berlin. Mein Onkel sagt, das sei zu lange her, wenn es darüber Akten gab, sind diese nach 25 Jahren vernichtet worden. Das ist so üblich, nur bei sehr wichtigen Persönlichkeiten werden Akten 50 Jahre aufgehoben, und so wichtig kann Manfred Teuber, alias Dieter Schulte nicht gewesen sein.“
„Dieter Schulte hätte uns einen großen Gefallen getan, wenn er sich vor 2005 hätte umbringen lassen,“ meinte Sabrina.
„Ja, dann hätten wir den Knoten nicht zu lösen.“
In diesem Moment betrat Schulz den Raum,
„Es hat einen Mord gegeben, sie müssen sofort nach Heringsdorf“.
„Weiß man schon etwas, z.B. wer umgebracht wurde“ fragte Rosen zurück.
„Ja, Holger Dinse“.
„Was!“
Entfuhr es beiden gleichzeitig, sie nahmen ihre Sachen und verließen rennend den Raum.

Holger Dinse lag auf seinem Schreibtisch, der Kopf hing bis fast auf den Boden, unter dem Kopf, aus dem das Blut heraustropfte hatte der Täter wie zum Hohn einen Putzeimer gestellt. Im Eimer hatte sich eine Menge Blut angesammelt. In dieser Blutlache schwammen Teile von Dinses Gehirn.
„An diesen Anblick werde ich mich nie gewöhnen“,

bemerkte von Rosen, dabei sah er Sabrina an und fragte, „riechst Du das auch?"
„Was?"
„Ich kann das nicht beschreiben, als ich rein kam habe ich etwas gerochen, etwas dass ich kenne."
„Nein, ich habe nichts wahrgenommen", meinte Sabrina, „wenn ich mir das so anschaue, sieht das aus wie bei Schulte, die gleiche Wunde, die gleiche Körperhaltung, langsam wird mir das unheimlich".
„Du hast recht Sabrina, das mit dem Eimer, so sinnlos, als ob…" von Rosen brach ab.
„Als ob was"; fragte Sabrina.
„Ach nichts, nur so ein Gefühl, als wollte er das Opfer noch im Tod verhöhnen", sagte von Rosen.
„Ich frag mich nur, wie er das gemacht hat ohne gesehen zu werden. Man kann durch das Schaufenster den Schreibtisch sehen, das muss doch einem aufgefallen sein."
„Der Mörder muss so lange gewartet haben, bis Niemand vor dem Schaufenster vorbeikam ", meinte Sabrina.
„Ja aber der Täter kann doch nur im Laden gewartet haben, wenn Dinse ihn kannte",
bemerkte von Rosen und sagte weiter,
„wie stellst Du Dir das vor, dass der Mörder sagt, eh, Sekunde noch Herr Dinse, gleich machen wir das, wir warten nur noch bis die Frau da draußen von Ihrem Fenster weggegangen ist."
„Manchmal bist Du echt blöd",
sagte Sabrina, und war ganz schön wütend auf Maximilian.
„Tschuldigung, mir sind die Pferde durchgegangen, sagte von Rosen."
„Schon gut Max, ich würde sagen, wir teilen uns auf, ich befrage die Nachbarn, und Du die Zeugen die sich gemeldet haben."
„OK."

Sabrina begann mit der Befragung der Frau im Nachbarladen, diese hatte das Verbrechen gemeldet.
„Guten Tag, ich bin Frau Kreft von der Kripo Anklam, können Sie mir erzählen was sie gesehen, oder eventuell auch gehört haben, oder sind Sie noch nicht in der Lage dazu?"
„Guten Tag, ich bin Frau Averbeck. Doch, doch es geht, aber es fällt mir schwer zu glauben was hier passiert ist, der Herr Dinse war so ein lieber Mensch, und dann sowas. Ich kann es gar nicht fassen".
„Wann haben Sie das Verbrechen bemerkt"?
„Ich habe in meinem kleinen Laden aufgeräumt, da hörte ich Stimmen. Das ist aber nichts Ungewöhnliches, beim Dinse wurde es schon mal laut. Aber diesmal war es anders, ich weiß auch nicht wie ich das beschreiben soll, es klang bedrohlich. Dann hat es sich so angehört als ob Herr Dinse seinen Schreibtisch verrückt, und dann war es still. Ich habe so etwa 10 Minuten später einen Kleiderständer rausgeschoben, und dabei einen Blick in Dinses Büro geworfen, da habe ich ihn auf dem Schreibtisch liegen sehen, da habe ich sofort die Feuerwehr gerufen".
„Sind Sie nicht in den Laden gegangen"?
„Nein, ehrlich gesagt, war ich dazu zu feige, und der nette Herr von der Feuerwehr sagte mir, dass es gut war, dass ich nicht reingegangen bin, denn den Anblick hätte ich nicht ertragen".
„Sie konnten also nur den Körper auf dem Schreibtisch sehen, aber nicht, was mit Herrn Dinse passiert ist".
„Das konnte ich nicht, das halbe Fenster ist ja mit Reklame zugeklebt, ich habe nur sehen können, dass Herr Dinse auf dem Schreibtisch liegt".
„Haben Sie Herrn Dinse heute Morgen gesehen, oder gesprochen"?
„Ja, wir kommen fast immer zur selben Zeit in unsere Läden, manchmal trinken wir auch einen Kaffee zusammen".

„Und heute Morgen“?
„Heute hatte er keine Zeit, er hatte viel zu tun, sagte er mir, weil er doch das Baugebiet von diesem Schulte übernehmen wollte. Mein Gott der wurde ja auch ermordet, da kriegt man ja noch mehr Angst.“
„Wie war Herr Dinse heute Morgen, normal, oder nervös?“
„Ich würde sagen, er war sehr guter Dinge, er hat mir gesagt, dass er jetzt richtig durchstarten wird, dass dieses Baugebiet eine Schatztruhe sei.“
„Gut Frau Averbeck, ich glaube das reicht fürs Erste, wenn ihnen noch etwas einfällt, oder wenn sie Fragen haben, hier ist meine Karte, rufen Sie mich ruhig an“.

Von Rosen bat die eingetroffenen Beamten, die Namen der Leute auf der Straße zu notieren, die vielleicht etwas gesehen haben könnten. Da Dinses Ladenbüro in der Fußgängerachse zum Bahnhof lag, waren eine Menge Namen zusammengekommen.
Von Rosen gesellte sich zum Gerichtsmediziner, der hatte den Leichnam vom Schreibtisch auf den Boden legen lassen.
„Können Sie schon etwas sagen“?
„Ja“, er zeigte auf Dinse und sagte knapp,
„tot, mehr kann ich nicht sagen, in 20 Minuten weiß ich etwas mehr.“
Nach einer guten halben Stunde rief Abel von Rosen zu sich.
„Sehen sie die Spuren im Gesicht. Der Täter muss ihn einen, oder mehrere Faustschläge verpasst haben. Dann hat er ihn am Kragen gepackt, angehoben und den Schädel gespalten“.
„Wie kommen Sie auf dieses Szenario?“
Abel antwortete,
„Weil Dinses Schneidezahn dort auf dem Boden liegt, der ist bestimmt nicht von alleine rausgefallen, und vorne auf dem Schreibtisch waren Blutspuren, die angetrocknet waren, was mich ein wenig wundert, Dinse lag auf diesen Blutspritzern.

Dinse muss den Schlag völlig unvermittelt bekommen haben und war bestimmt sofort bewusstlos. Danach müssen mehrere Minuten verstrichen sein, denn es dauert bis Blut antrocknet. Der Täter hat gewartet bevor er ihm den Schädel gespalten hat, warum, darüber könnt Ihr spekulieren.
Da ich keine Abwehrspuren gefunden habe, kann es nur so gewesen sein, aber näheres wird die KTU mitteilen."

Ein Polizeibeamter trat kurz ein, und gab von Rosen die Liste der Namen, die etwas gesehen haben wollen. Er überflog kurz die Liste, und stutzte bei einem Namen.
Er rief den Beamten zurück,
„Haben Sie die Zeugen fortgeschickt, oder sind die noch da?"
„Alle sind weg, die Allermeisten waren auf dem Weg zur Arbeit, aber wir haben ja alles was wir brauchen, Name Adresse Telefonnummer."
„Ja, aber hier bei dieser Person, Uta Totzke, da haben wir nichts, weder Straße noch Telefonnummer."
„Ja, die war komisch, die wollte ihre Brieftasche holen, da sie erst frisch auf die Insel gezogen ist, und sich ihre Telefonnummer noch nicht merken konnte, aber die ist nicht wiedergekommen."
„Wie sah die aus?"
„Ich würde sagen zwischen 60 und 70, die war ziemlich aufgelöst, und wenn ich mich recht erinnere trug sie ihren Mantel über dem Arm das Futter nach außen. Ich habe mich schon gefragt warum sie den Mantel nicht anhatte es ist doch heute Morgen ziemlich kühl."
„In welche Richtung ist sie fort", fragte von Rosen?
„Richtung Innenstadt."
„Worauf warten Sie, nehmen Sie sich einen Kollegen und suchen Sie die Frau, ich will sie sprechen."
Und an Sabrina gewandt, die gerade von der Befragung der Nachbar zurück war,

„Sabrina weißt Du wer in der Stadt ist?“
„Frank Sinatra?“
„Bleib doch mal ernst, Uta Totzke ist in der Stadt.“
„Und wer ist Uta Totzke, ich habe das gerade nicht auf dem Schirm.“
„Mein Gott, Uta Totzke, so hieß die Verlobte von Dieter Schulte, nein ich meine die Verlobte von Manfred Teuber. Und diese Uta Totzke hat sich sehr auffällig verhalten sagte einer der Beamten.“
Sabrina schaute auf den Zettel,
„Und suchen wir sie?“
„Ja, zwei Beamte sind schon los, hoffentlich finden die Frau Totzke.“

Nach einer Stunde wurde die Suche nach Uta Totzke ergebnislos abgebrochen, aber allein das Erscheinen dieser Frau ließ von Rosen nicht zur Ruhe kommen.
„Wir sehen uns jetzt erst einmal die Wohnung von Dinse an“, sagte von Rosen zu Sabrina.
„Ok, mit dem Büro bin ich fertig, hier gibt es nichts Auffälliges, vielleicht haben wir in der Wohnung mehr Glück.“
Bei der Wohnungsdurchsuchung wurden etliche Ordner und viele Kunststoffbehälter mit Fotos sichergestellt, und mit ins Präsidium genommen.
„Das schaue ich mir in den nächsten Tagen an, für heute reichts“,
meinte Maximilian, und Sabrina pflichtete ihm bei.

Anklam 12.07.2018

„Guten Morgen Sabrina."
„Morgen Maximilian, Schau mal, Schulz hat die Telefonlisten reingereicht."
„Und Auffälligkeiten?"
„Alles sieht normal aus, bis auf ein Gespräch, das wurde am Mittwochabend vor dem Mord geführt, es war nur 15 Sekunden lang, und Rate mal, wer angerufen wurde?"
„Frank Sinatra, nein Dieter Bohlen",
sagte von Rosen lachend, und meinte weiter,
„nein weiß ich natürlich nicht."
„Du Blödmann, der Golfklub in Balm, und dort der Anschluss unseres Golflehrers, sehr erstaunlich oder?"
„ja, Sabrina, da werden wir Frau Lechner doch mal fragen müssen, was sie da mit ihrem Golflehrer besprochen hat."
„Dann hat noch Dr. Abel hat angerufen, wir sollen sofort in die Gerichtsmedizin kommen."
„Oh mein Gott auch das noch, Leichengeruch vermischt mit einer undurchdringlichen Wolke aus Tabakrauch, und dass auch noch vor dem Frühstück, das halte ich nicht aus."
„Oh armer Maximilian, hat Dir Keiner Frühstück gemacht, Du solltest mal bei mir übernachten, da gibt es immer Frühstück, allerdings wird das nichts für Dich sein, es gibt Müsli und Tee."
„Müsli, Hühnerfutter, nein danke ich verzichte, da übernachte ich erst bei Dir, wenn es morgens ordentliches Essen für Männer gibt", sagte von Rosen.
„Hühnerfutter, ich lach mich tot, und was Du mit einem ordentlichen Frühstück meinst, kann ich Dir nicht bieten, ich habe keine Fritteuse um Dir Pommes zu machen",

meinte Sabrina lachend,
„lass uns fahren, und was ist jetzt eigentlich mit Samstag, gehen wir Essen oder hast Du es Dir anders überlegt“, fragte Sabrina.
„Wenn Du Dich damenhaft kleidest und nicht wie immer in Jeans rumläufst verspreche ich Dir es wird richtig schick.“
„Ich nehme Dich beim Wort lieber Maximilian.“
Mit dem Ende des Satzes waren die Beiden auf dem Parkplatz der Gerichtsmedizin angekommen.
„Morgen Doc.“
„Morgen, ich habe da was, dass ihr Wissen solltet.“

In Sektionsraum der Gerichtsmedizin standen die Drei um den Edelstahltisch, auf der die Leiche von Holger Dinse lag. Der Kopf war gereinigt, und die Wunde war jetzt deutlich Besser zu erkennen, außerdem, und das war von Rosen sehr recht, jetzt sah die Wunde nicht mehr so bedrohlich aus.
Dr. Abel begann zu referieren,
„Zuerst zum Tatwerkzeug, der Axt. Es handelt sich um eine kleine Axt, ich tippe auf eine Schanzaxt, oder eine Kleine Axt die viele Jäger benutzen. Ich habe mir ein Vergleichsobjekt besorgt, und an einem Schweinekopf ausprobiert. Abel holte vom Schreibtisch einige Fotos, sehen Sie, dass ergibt ein identisches Muster.“
Dann hielt er die Axt über Dinses Wunde, und sagte,
„sehen Sie, passt genau.“
„Zu den Toten muss ich meine Ausführungen etwas länger gestalten, es gab da eine Überraschung. Ich muss meinen Befund zum Tod Schultes revidieren, die Todesuhrsache schien auf den ersten Blick eindeutig, aber er ist nicht an dem Hieb mit der Axt gestorben, als ihn die Axt traf war er schon tot.“
„Wie, er war schon tot?“

„Ja kurz bevor ihm mit der Axt der Schädel geöffnet wurde, hatte er einen tödlichen Herzinfarkt, das kann man am Herzmuskel eindeutig sehen, den hatte ich aber Anfangs nicht untersucht, weil es so Eindeutig war.“
Von Rosen fragt ungläubig,
„Das heißt also, Schulte geht die Leiter hoch, und oben fällt ihm das Gewehr aus der Hand, weil er einen Herzinfarkt hatte, dann während er fällt schlägt ihm der Täter, den Schädel ein.“
„Es könnte auch sein, dass sich Schulte oben im Ansitzt befunden hat, und der Täter ist auf den Ansitz gestiegen. Schulte öffnet die Tür, und sieht den Täter, was bei ihm einen solchen Schock auslöst, das er einen Herzinfarkt bekommt. Dabei fällt er taumelt nach vorne, in Richtung des Täters, und der schlägt zu“, meinte Abel.
„Ja, so könnte es sich abgespielt haben.“
„Aber,“ fragte von Rosen, eher sich selbst als in die Runde,
„wer erschlägt jemanden der gerade an einem Herzinfarkt gestorben ist?“
„Das kann man nicht erkennen, dass Schulte einen Herzinfarkt hatte, es ist durchaus möglich, dass der Täter in dem taumeln einen Angriffsversuch gesehen hat, aber diese Frage ist Euer Problem.“ Dann dreht sich Abel zum Leichnam auf dem Tisch, „Jetzt zu Dinse, wie Dieter Schulte ist er mit einem einzigen Schlag getötet worden. Es war wieder eine messerscharfe Axt, und höchstwahrscheinlich, ist es dieselbe Axt die auch Schulte tötete. Das einzige was den Unterschied macht, Herr Dinse hat noch gelebt, und weist außerdem eine Gebrochene Nase und einen ausgeschlagenen Zahn auf.
Er ist also vor dem tödlichen Schlag misshandelt worden. Der erste Faustschlag ließ ihn KO gehen, das ist sicher, denn der zweite Faustschlag traf Dinse, wahrscheinlich als er schon nach vorne fiel, denn dieser Schlag kam aus einem anderen Winkel, der brach ihm den Unterkiefer. Aber es gibt eine Spur, derjenige der den Schlag ausgeführt hat, hat sich an

Dinses Zähnen selbst verletzt. Der, der geschlagen hat muss ein Mann sein, ein sehr kräftiger Mann. Ich habe nämlich fremde männliche DNA auf Dinses ausgeschlagenen Zahn gefunden.“

„Die DNA von Dinses Zahn ist schon Ausgewertet, ich habe sie mit den Spuren die wir am Hochsitz im Wald gefunden haben verglichen. Die DNA die wir am Baum, der neben dem Hochsitz stand, gefunden haben, ist eine unbekannte weibliche Person, sicher ist, es ist nicht die DNA von Frau Lechner.“

„Das hatte ich erwartet“, sagte von Rosen.

„Aber“,

Abel kramte ein Blatt von seinem Schreibtisch und gab es von Rosen mit den Worten,

„derjenige der bei Dinse zugeschlagen hat, ist genetisch mit Dieter Schulte verwandt, ich tippe auf einen Bruder, der aber eine andere Mutter haben muss.“

Ungläubig schaute von Rosen auf das Papier, das ihm Abel gegeben hatte, dann platzte es aus beiden gleichzeitig heraus,

„Manfred Teuber es gibt ihn doch, und er ist hier, ja klar, seine Exverlobte ist ja auch hier“,

es war eher ein lauter Gedanke, aber jetzt wurde den Beiden einiges klar.

Abel schaute ziemlich verdutzt, da er nicht verstand, was die Beiden meinten.

„Klärt ihr mich auf“, fragte er.

„Das ist eine lange schwierige Geschichte Doc, aber hier die Kurzform, Dieter Schulte hat einen entfernten oder nahen Verwandten, Manfred Teuber, der ihm auch in gewissem Maße Ähnlich sieht, wir dachten dass Schulte und Teuber ein und dieselbe Person sind. Dann hat ein Beamter von uns seine ehemalig Verlobte gefunden, das heißt gefunden hat er sie noch nicht, aber sie ist in Heringsdorf, jetzt ist die Sache klarer.“

„Eh ja“,
antwortete Abel, zog an seiner Zigarette und tat damit kund, dass er nichts verstanden hatte.
„Wir müssen zurück ins Präsidium, für Erklärungen ist jetzt keine Zeit, wir erklären Ihnen später alles.“
Am Ende des Satzes klappte schon die Tür zu, und Abel war allein im Raum, er drehte sich zu Dinses Körper und sagte lakonisch,
„Ich weiß nicht was die Beiden rauchen, aber egal was es ist, sie nehmen eindeutig zu viel davon, oder haben sie das verstanden.“

Im Büro angekommen, berieten die Beiden wie sie Frau Totzke finden könnten,
„Zur Fahndung können wir sie nicht ausschreiben, die hat ja nichts gemacht“, meinte von Rosen.
„Das wissen wir nicht, der Beamte sagte, sie hat sich auffällig verhalten, reicht das nicht?“
„Fragwürdig, aber andersherum, ne, lass uns mit einer Anfrage bei den Meldebehörden starten. Stell bitte Montag sofort die Anfrage, heute ist da schon zu.“
Dann fragt von Rosen,
„Was ist jetzt mit morgen?“
„Ja, wir gehen schick Essen, ich habe richtig aufgerüstet“, meinte Sabrina.
„Kommst Du zu mir, oder hole ich die ab?“
„WOW, zu Dir, auf einen Kaffee oder mehr, Du gehst ja ran“, sagte Sabrina und lachte.
„Wenn Du mich Ladylike ausführen willst, dann ist es ja wohl selbstverständlich, dass ich abgeholt werde, um punkt 19:30 Uhr, mit einer Kutsche natürlich, wie Ihr das so immer macht ihr adeligen, und rasiere Dich vorher.“
„Ich dachte taffe Frauen stehen auf eine drei Tage Bart und Motorrad“, konterte von Rosen.

„Ja schon, aber Du gefällst mir ohne Bart irgendwie besser, und auf dem Motorrad leidet mein Outfit."

Beide fuhren heim. Zu Hause angekommen, zog er sich leger an, nahm sich ein Buch, das er sich in Heringsdorf gekauft hatte, goss sich ein Glas Rotwein ein, und schaute in den Kühlschrank. Dort lagen noch 5 belegte Brötchen, denen konnte er aber nichts abgewinnen, so nahm er das Telefon in die Hand, und bestellte sich eine Pizza. Da Mellenthin nicht gerade der Nabel der Welt ist, dauerte es schon eine ganze Weile, bis seine Pizza aus Usedom geliefert wurde. So verging der Abend wie im Flug.

In der Nacht erreichte ihn eine SMS, die er sich aber erst am Samstagmorgen ansah, es war seine Ex Frau, die lakonisch geschrieben hatte, er hätte sich ja auch wenigstens abmelden können. Dem ersten Impuls folgend wollte er sich zurückmelden, ließ es aber, sonst gingen diese endlosen Diskussionen wieder los, und das würde seine gute Laune nur verderben.

Gegen 18:00 Uhr hatte er sich frisch gemacht, und entschied sich für ein Sakko aus englischem Tweed, dazu eine dunkle Hose, weißes Hemd mit passender Krawatte. Er steckte seine Geldbörse ein, und machte sich auf den Weg nach Polen, die Kutsche zu besorgen.

Um punkt 19:30 Uhr öffnete Sabrina die Haustür, stutzte kurz, als sie die Kutsche sah. Von Rosen hatte die Kutsche noch geschmackvoll mit Blumen dekorieren lassen, und neue saubere Wolldecken beschafft, die der Kutsche einen edlen Look verliehen. Sabrina ging direkt und sehr zielstrebig auf die Kutsche zu. In ihren Augen konnte von Rosen echte Freude erkennen.

„Wow, Du hast wirklich eine Kutsche aufgetrieben, hast Du die so schön dekoriert, oder der Fahrer, entschuldige ich meine natürlich den Kutscher."
„Ja, das mit der Kutsche war leicht, die stehen in Polen ja in Scharen rum, dekoriert habe ich sie natürlich, aber viel schwieriger war es einen nüchternen Kutscher zu finden, die Meisten hatten ein solche Fahne, dass Du direkt in Ohnmacht gefallen wärest."
„Naja, dann hättest Du freie Bahn gehabt."
„Ach bei Bewusstsein bist Du mir lieber", Maximilian machte eine Pause, „ich muss Dir ein großes Kompliment machen, Du siehst klasse aus."

Sabrina trug ihre Frisur im wetlook, und war dezent geschminkt, sie trug einen eleganten Hosenanzug und unter der Jacke einen tiefausgeschnittenen Angora Pulli, der ihre sportliche Figur und ihre Brüste betonte. Um die Schultern hatte sie sich ihren Mantel gelegt, ohne in die Ärmel zu schlüpfen. Als sie an ihm vorbeiging, nahm er ihr umwerfendes Parfum wahr, dass den Look perfekt abrundete. Von Rosen hatte sich ebenfalls in Schale geworfen, und seine Angst overdressed zu sein, war verflogen.
„Und" fragte Sabrina „wo geht's hin?"
„Ins Meat Love, ein Steakhaus der Extraklasse."
„Ja, dann lass uns fahren, ich habe, wie Du immer sagst Schmacht, in den Ausschnitt kannst Du mir beim Essen auch noch starren", sagte Sabrina lachend.
„Du bist ein liebenswürdiges Biest, nein ich verbessere mich, Du bist ein verdammt gutaussehendes liebenswürdiges Biest, und Dein Parfum verleiht Dir eine unwiderstehliche Aura."
„Danke", sagte Sabrina leicht gerührt von solchen Komplimenten,

„wenn das Essen so gut ist wie Dein Umgang mit Frauen, und Du weiterhin hinreichend nett bist…“, Sabrina lächelte geheimnisvoll.

Im Lokal angekommen, ließen sich die Beiden zum Tisch führen. Von Rosen rückte den Stuhl, auf dem Sabrina sitzen würde zurück, so dass sie bequem Platz nehmen konnte. Sabrina war von der Selbstverständlichkeit dieser Handlung begeistert. Dann nahm er ihr den Mantel ab, und trug ihn zur Garderobe. Als er an einem anderen Tisch vorbeikam, hörte er Gesprächsfetzen und den Namen Teuber, das ließ ihn aufhorchen. Zurück am Tisch fragte er den Kellner,
„Entschuldigen Sie meine Neugier, aber die Herren dort am Tisch, kennen sie vielleicht jemanden von denen?“
„Ich kenne Beide gut, dass sind Stammkunden, der rechte ist Gerd Wiltsbach, Inhaber des Kaffeerestaurants an der Promenade, der andere ist Heribert Mauk, dem gehört eine Autowerkstatt direkt neben dem Marktplatz in Heringsdorf.“
„Danke, Sie haben mir sehr geholfen“,
sagte von Rosen, und zu Sabrina gewandt,
„Ich habe Uta Teuber gefunden, dazu aber am Montag mehr, jetzt Essen wir, und Dienst ist erst Montag wieder, solange kann Frau Teuber warten.“
Beide begannen zu Essen, und Sabrina fragt,
„ist Konversation beim Essen unschicklich, oder kann man sich unterhalten während man isst?“
„Das war jetzt eine echte Frage, oder willst Du mich an der Nase herumführen?“
„Nein, es war eine echte Frage, ich habe tausend Fragen an Dich, und die Angst, dass der Abend nicht reicht, wenn wir beim Essen nicht reden.“
„Frage was immer Du wissen willst, wenn es nicht zu privat ist, stehe ich Dir gerne Rede und Antwort.“

Sabrina schaute Maximilian schon fast verliebt an,
„War Deine Kindheit hart?“
„Wie man es nimmt, eigentlich war ich ein glückliches Kind. Ich bin in Frankreich in der Gascogne aufgewachsen. Wir hatten ein schönes Haus, nur wenige Meter zum Strand. Meine Erziehung hatte schon strenge Regeln die ich zu befolgen hatte, aber ich bekam auch viel Lob, wenn ich etwas richtig gemacht habe.“
„Warst Du in der Schule gut?“
„Naja, ich praktizierte das Mini Max Prinzip, minimaler Aufwand bei maximaler ausbeute, hat nicht immer geklappt, um ehrlich zu sein, eigentlich war ich stinken faul, was meinen Vater immer auf die Barrikaden trieb.“

Sabrina fragte und fragte und fragte, und Maximilian gab mit Engelsgeduld Antworten. Als es auf Mitternacht zuging, und sich das Lokal langsam leerte, beendete Sabrina lachend den letzten Satz mit,
„Und wann verführst Du mich?“
„Vorerst gar nicht, liebe Sabrina, nicht das Du es nicht Wert wärest, im Gegenteil, Du bist aller Mühen wert, aber ich habe gerade eine gescheiterte Ehe hinter mir, oder besser, ich lebe gerade im Scheitern, auch wenn einem da manchmal der Sinn nach einer Frau steht, möchte ich das was da zwischen uns in der letzten Woche gewachsen ist nicht kaputt machen. Ich werde erst wieder eine Frau verführen, wenn ich mir sicher bin, dass es die Richtige ist.“
„Du bist unglaublich“, gab Sabrina zurück, „und irgendwie faszinierend, so wie Du mich behandelts hat mich noch nie jemand behandelt.“
„Ich könnte jetzt sagen, alte Schule, vielleicht ist es das auch, aber eigentlich ist er nur eine gute Erziehung, und Respekt vor dem anderen Geschlecht.“

Nach diesem wunderbaren Essen machten die beiden noch einen ausgedehnten Spaziergang am Meer, sie waren zufrieden, jeder auf seine Art. Zum Abschluss gingen die Beiden noch auf die Seebrücke in Heringsdorf. Maximilian sagte,
„Eine laue Sommernacht, der Mond, der strahlend scheint, Du an meiner Seite, ich glaube ich bin ein Glückspilz."

Sabrina sagte nichts, aber ihre Augen füllten sich mit Wasser, sie fühlte Glück in jeder Faser ihres Körpers, und wenn er sie jetzt gefragt hätte, wäre sie gerne in seine Arme gesunken, und hätte sich gehen lassen. Sabrina musste bei diesem Gedanken schmunzeln, was Maximilian nicht verborgen blieb.
„Warum lächelst Du?"
„Weil ich mir immer vorgespielt habe, eine taffe Frau zu sein, die diesen ganzen Romantikkram nicht braucht, und dann kommst Du, und ich werde weich wie Pudding, ich weiß nicht wie ich damit umgehen soll, aber ich lerne das, ich bin Dir aber dankbar dafür, dass Du diese Seite an mir zum Klingen gebracht hast."

Dann verließen die Beiden den Strand, und Maximilian rief ein Taxi, und sie fuhren beide heim. Sabrina lag an diesem Abend noch lange wach, sie konnte ihre Gedanken kaum sammeln. Maximilian war so besonders, so etwas hatte sie noch nie erlebt.
Sonntagmittag beschloss von Rosen, sich die Insel anzusehen, er machte sich auf Kaminke zu erkunden, ein sehr schöner Ort. Abends fuhr er in seine Lieblingsgaststätte, aß zu Abend und fuhr zurück zu seinem Buch.

Anklam 16.07.2018

Nach der Dienstbesprechung im Revier fuhren von Rosen und Sabrina zum Kaffeerestaurant in Heringsdorf.
„Guten Tag Herr Wiltsbach, mein Name ist von Rosen, das hier ist meine Kollegin Frau Kreft. Wir suchen im Zusammenhang mit dem Mord an Holger Dinse eine Frau Teuber und haben gehört, dass sie hier beschäftigt sein soll."
„Ja", antwortete Wiltsbach,
„das war sie, jedenfalls bis vorgestern".
„Wieso, was ist passiert."
„Sie ist vorgestern einfach nicht zur Arbeit erschienen, und so etwas lasse ich nicht durchgehen."
„Sie hat sich auch nicht gemeldet?"
„Nein, einfach weggeblieben ist die. Die war sowieso seit dem Vortrag von Dieter Schulte so seltsam, Sie hätten mal sehen müssen, wie sie diesen Schulte angestarrt hat, als wäre er ein Geist. Nach diesem Tag hat sie alles verwechselt, so als ob sie mit ihren Gedanken nicht bei der Sache ist, und dann kommt sie auch noch mit schrammen und Beulen, so als wenn Sie eine Schlägerei gehabt hätte".
„Sie sagen der ermordete Dieter Schulte hat in Ihrem Kaffee einen Vortrag gehalten, würden Sie uns bitte sagen, worüber er referiert hat, fragte Sabrina?"
„Das war weniger ein Vortrag, er hat eine Reihe alter Menschen eingeladen, die ihr Geld für das neue Baugebiet geben sollten."
„Und Sie sagen, nach diesem Vortrag war Frau Teuber verändert", meinte Sabrina.

„Ja, ich kann mich gut erinnern, als der Schulte ins Lokal kam, wurde die weiß wie eine Wand, dann ist sie auf die Toilette gerannt, und danach war sie völlig verändert, als hätte sie Angst, oder so etwas."
Von Rosen fragte, „Haben Sie Frau Teuber angesprochen um zu erfahren was los ist?"
„Ja, aber die hat blockiert, die hat nichts gesagt, da habe ich sie in Ruhe gelassen."
„Sonst hat Frau Teuber nichts hier erzählt, privates oder etwas von früher?" Fragte von Rosen.
„Mit mir hat sie nur dienstlich gesprochen, da müssen Sie die Kollegen fragen."
„Ist jemand da, von den Kollegen?"
„Ja, einen Moment ich rufe Frau Heinemann."
„Noch eine Frage, wann kam Frau Teuber mit Beulen und Schrammen arbeiten, fragte Sabrina?"
„Am Freitagmorgen zur Frühschicht, man die sah aus, als hätte sie drei Runden gegen Henry Maske geboxt."
„Interessant", meinte von Rosen.

Frau Heinemann war ein Frau Mitte Dreißig, etwas zu flippig für ein solches Kaffeerestaurant, aber sehr nett und offen.
„Nein, sie hat nie über früheres gesprochen, aber ich kann Ihnen sagen, da war was, in der Zeit bevor sie hier war."
„Wie kommen Sie darauf?"
„Sie hatte Narben am linken Handgelenk so als ob sie ich versucht hätte sich selbst zu töten. Ich habe sie vorsichtig darauf angesprochen, aber sie hat nichts erwidert, sie sagte das sie schlimme Zeiten durchgemacht hat."
„Wie ist sie sonst?"
„Sie ist sehr misstrauisch, verschwiegen und ich glaube, sie hatte ein Geheimnis, hin und wieder telefonierte sie mit jemanden, dabei flüsterte sie immer."

„Haben Sie mal irgendetwas verstanden, ich meine natürlich zufällig, im Vorbeigehen?“
„Nein, sie ging dann immer auf den Hof, dorthin wo die Kühlmaschinen rattern, da versteht man nichts, ich habe mich immer gewundert, dass sie dann was verstanden hat.“
„Danke, sollte Ihnen noch etwas Wesentliches einfallen, dann lassen Sie es mich wissen“, mit diesen abschließenden Worten überreichte von Rosen seine Karte und wandte sich dem Gastwirt zu.
„Ich brauche die Adresse, die Bankverbindung, und wenn Sie haben auch eine Telefonnummer von Frau Teuber.“
„Habe ich schon rausgesucht, hier ist alles drauf, Rufnummer hat sie nur das Festnetz angegeben, obwohl sie ein Handy hatte.“
Als sie das Lokal verlassen hatten, meinte Maximilian,
„Was ist eigentlich bei Euch los hier, da geht die Frau zum Telefonieren, auf den Hof wo Kühlmaschinen rattern, so wie in einem Agenten Film, bei Nebengeräuschen kann man nicht abgehört werden. Ich verstehe das noch nicht.“
„Das steckt noch tief in den Leuten, das kann man denen nicht übelnehmen. Die sind Jahrzehnte abgehört und bespitzelt worden, da ist Vorsicht zur Gewohnheit geworden.“
„Liebe Sabrina, ich sage Dir, die hat was zu verbergen, aber das werden wir in Erfahrung bringen.“
„Jetzt fahren wir aber erst einmal zu unserer schwarzen Witwe, mit der sollten noch einmal sprechen, mal sehen was für eine Lüge sie uns wegen der Telefonverbindungsliste auftischt, und ich habe da noch ein paar Fragen.“
„Sollten wir nicht zuerst Frau Teuber aufsuchen, jetzt da wir wissen wo sie wohnt?“
„Ja das können wir auch.“

Vor der Haustür in Karlshagen begegnete den Beiden eine ältere Frau, und aus einem Impuls heraus fragte von Rosen,
„Entschuldigung, sind Sie Frau Teuber?"
Die ältere Frau schaute erschrocken, und sagte mit leiser Stimme nur
„ja".
Beide zeigten ihre Marken und stellten sich als Polizisten vor, was Frau Teuber nur noch mehr in Panik versetzte.
„Wir würden gerne mit Ihnen sprechen", meinte von Rosen.
„Aber ich mit Ihnen nicht",
war die abweisende Antwort. Da standen die Beiden ziemlich ratlos da, und Frau Teuber legte nach,
„Werfen Sie mir irgendetwas vor, habe ich irgendetwas verbrochen?"
„Nein, es ist nur eine Befragung", sagte Sabrina.
„Ich habe keine Lust auf Befragungen, kommen Sie wieder, wenn Sie mir etwas vorwerfen können".
„Frau Teuber wir brauchen Ihre Hilfe, sie waren in Heringsdorf, als in der Fußgängerzone ein Herr Dinse ermordet wurde, wir wollten Sie nur fragen, ob Sie etwas gesehen haben?"
„Nein habe ich nicht, war dass alles, ich wollte jetzt weg."
Sagte Frau Teuber knapp, und setzte ihren Weg fort. Zurück blieben 2 staunende Kriminalisten.
„Sowas habe ich auch noch nicht erlebt", sagte von Rosen,
„die hat ja Haare auf den Zähnen."
„Die ist sich sicher, wir können sie nicht zwingen, und wenn sie dabeibleibt, nichts gesehen zu haben, dann sehen wir alt aus"; meine Sabrina.
„Ich habe da eine Idee, wir fahren nach Heringsdorf, ins Kaffeerestaurant."

„Guten Tag Herr Wiltsbach, entschuldigen Sie, wenn wir Sie noch einmal belästigen, aber ich muss mir noch einmal den Spind von Frau Teuber ansehen."
„Aber bitte gerne, Sie wissen ja wo der steht", entgegnete Wiltsbach.
„Was willst Du in diesem Spind finden?" Fragte Sabrina.
„Ich such nach einem Gegenstand mit der DNA von Frau Teuber, ich hoffe ich finde eine Haarbürste, eine Zahnbürste wird sie ja nicht hier haben".
„Ja, aber es gibt keinen Grund die DNA untersuchen zu lassen, wie soll das gehen?"
„Knetgummi, meine Liebe Sabrina wir dehnen etwas die Vorschriften, und dann geht das schon, und ich bin mir sicher die KTU wird uns helfen."
„Und womit willst Du die DNA dann vergleichen?"
„Mit der DNA die im Thurbruch gefunden wurde, an dem Baum neben dem Ansitz."

Die Beiden fanden eine Haarbürste, und steckten diese in einen Plastikbeutel, der ebenfalls im Spind lag. Dann fuhren Sie nach Neppermin, um mit Frau Lechner noch einmal zu reden.
„Guten Tag Frau Lechner, eine Frage nur, warum haben Sie am Abend des Mordes mit dem Golflehrer telefoniert?"
Frau Lechner war wie vom Donner getroffen, und man sah ihr an, dass sie nach einer Ausrede suchte,
„Ach das war nur, ja also, ich hatte meine Geldbörse in seinem Büro vergessen, und da hatte ich Angst, dass sie wegkommt."
„Sonst nichts", fragte von Rosen.
„Nein bestimmt nichts anderes, Sie können gerne eh, Herrn Albers fragen."
„Danke das werden wir."
Mit diesen Worten verließen die Beiden das Haus.

„Die lügt wie gedruckt“, sagte Sabrina.
„Ja weiß ich, aber wir locken die Schon aus der Reserve, warte es nur ab, ich habe da so meine Methoden“.

Die Beiden fuhren noch bei der KTU vorbei, und gaben die Haarbürste ab, und von Rosen regelte auf seine Art, dass die DNA verglichen wurde.
Tage später kam das Ergebnis, von Rosen eilte in Sabrinas Büro,
„Treffer, jetzt werden wir Frau Teuber zum Gespräch einladen.“
3 Stunden später saß Uta Teuber im Verhörzimmer der Wache in Anklam.

Anklam 24.07.2018

Uta Teuber fühlte sich im Vernehmungszimmer der Polizeistation sichtbar unwohl. Ihre blasse Gesichtsfarbe und ihre dunklen Augenränder ließen darauf schließen, dass sie die letzten Tage nicht viel Schlaf bekommen hatte. Nachdem Sie Schulz ins Zimmer gebracht hatte, wurde Sie ein paar Minuten alleine im Raum sitzen gelassen und durch eine verspiegelte Glasscheibe von Kreft und von Rosen beobachtet.
„Was meinst du? So nervös und fertig wie die aussieht, ist sie doch in die Sache verwickelt," meinte Kreft.
„Das Gefühl habe ich auch, mal sehen wie gesprächig Frau Teuber ist," sagte von Rosen.

Uta Teuber schaute die verspiegelte Glasscheibe an und ahnte, dass sie beobachtet wurde. Sie schaute auf den Tisch vor ihr unter dem sie ständig ihre Beine hin und her bewegte. Die wenigen Minuten, die sie im Verhörzimmer warten musste, kamen ihr wie eine Ewigkeit vor. Sie kratzte sich im Gesicht und in den schlecht gekämmten Haaren, schaute mehrfach auf Ihre Uhr und verschränkte die Arme vor ihrem Körper.
Nachdem Kreft und von Rosen genug Eindrücke von ihrem Verhalten bekommen hatten, betraten beide das Vernehmungszimmer und stellten sich Uta Teuber vor, wobei sich von Rosen ihr gegenüber an den Tisch setzte und Kreft sich an den Türrahmen anlehnte. Nach der zweiten Frage verließ sie den Raum wieder, und stellte sich hinter die Glasscheibe.

„Guten Tag Frau Teuber, mein Name ist von Rosen das ist meine Kollegin Frau Kreft, wir haben ein paar Fragen zum Mordfall Holger Dinse. Sie wurden kurze nach dem Mord von einer Streife in der Nähe des Tatorts aufgefunden. Können sie uns sagen, warum sie dort waren und wohin sie wollten?"
Uta Teuber blinzelte und überlegte ein paar Sekunden, bevor sie antwortete,
„Ich habe nicht viel gesehen, wie jeden Morgen lief ich durch die Straße auf dem Weg zu meiner Arbeit im Kaffeerestaurant Dünenblick. Es waren einige Menschen auf der Straße und plötzlich hörte ich einen furchtbaren Schrei. Als ich mich umdrehte sah ich eine völlig aufgelöste und schreiende Frau. Deswegen blieb ich stehen und schaute zurück."
„Können Sie uns sagen, ob sie eine Verdächtige Person gesehen haben? Vielleicht jemanden der schnell wegging oder in einem Auto davonfuhr," fragte von Rosen.
Uta Teuber konnte ihre Nervosität nicht verbergen, ihre Hände waren zusammengefaltet auf dem Tisch und ihre Stimme klang brüchig.
„Nein, ich… ich habe wirklich niemanden gesehen. Also keinen Verdächtigen, meine ich."
„Wieso einen Verdächtigen? Es könnte ja auch eine Frau gewesen sein oder mehrere," warf von Rosen ein.

Er schaute kurz zu Kreft und wandte sich dann wieder an Frau Teuber.
„Sie haben eine Kratzwunde am Hals und eine Abschürfung an der Wange. Woher stammen die Blessuren?"
„Ich hatte einem Arbeitsunfall, beim Reinigen der Treppen vor dem Kaffeerestaurant Dünenblich bin ich gestürzt und der Besenstiel streifte meinen Hals."
Sie hatte keine bessere Antwort parat, was sie noch unruhiger werden ließ.

Von Rosen zog die Augenbrauen hoch, und sagte, „Sie sind also gestürzt und mit dem Besenstiel haben sie sich sowohl den Hals als auch die Wange verletzt?"
Uta Teuber antwortete nicht und schaute auf die Tischplatte.
Nach einem kurzen Moment fragte von Rosen,
„Was sagt ihnen der Name Manfred Teuber?"
Jetzt begann Uta Teuber zu zittern, sie blinzelte und sagte.
„Was wollen sie von mir hören? Warum fragen sich mich nach meinem Ex-Mann? Das Schwein hat mich vor langer Zeit verlassen und sich nie wieder blicken lassen."
„So? Nie wieder?" Fragte von Rosen.
„Und jetzt sagen Sie mir bitte nur noch kurz, wie kommt es, dass wir Ihre DNA an einem Baumstamm im Jagdrevier von Herrn Dieter Schulte gefunden haben? Lassen sie mich raten, die Verletzung in Ihrem Gesicht stammt von einer handgreiflichen Auseinandersetzung mit Herrn Schulte?"

Uta Teuber schwieg und schaute auf die Wand, die ihr gegenüberlag, sie wollte den Blicken ausweichen. Von Rosen stand auf, nahm den Aktenordner, und verließ das Zimmer. Sabrina hatte den letzten Teil der Befragung hinter der Glasscheibe miterlebt, als von Rosen aus dem Raum kam, sagte sie zu ihm,
„Ich glaube da ist mehr, soll ich es mal versuchen, so von Frau zu Frau?"
„Wenn Du meinst, ich versuche in der Zwischen Zeit mehr zu erfahren über Frau Teuber."
Als Sabrina den Raum betritt, dreht sich Frau Teuber demonstrativ zur Wand.
„Ich werde nichts mehr sagen",
mehr sagte sie auch nicht.
Sabrina setzte sich, und begann zu sprechen,
„Sie brauchen auch nichts sagen, ich werde erzählen was ich denke. Ich denke, Sie haben Dieter Schulte widererkannt als

er ins Kaffee kam, und Sie sind ihm gefolgt, erst nach Neppermin, und dann auch in sein Jagdrevier. Dort kam es zum Streit, und er hat sie geschlagen. Was ich nicht weiß, ob Sie dann fortgelaufen sind, oder ob Sie ihm auf den Ansitz gefolgt sind. Eins ist aber sicher, Sie haben Dieter Schulte nicht umgebracht, das hat eigentlich keiner, denn als Dieter Schulte den angeblichen tödlichen Schlag erhielt, war er tot, ein Sekundentot, sein Herz hatte Sekunden vorher aufgehört zu schlagen.
Wer immer mit der Axt zugeschlagen hat, man könnte ihn höchstens wegen Störung der Totenruhe belangen."

Als Sabrina geendet hatte, bemerkte sie, wie Uta Teubers Schultern begannen unter einem Weinkrampf zu zucken, sie stand auf, ging um den Tisch herum, und legte ihr behutsam die Hand auf die Schulter, in der Erwartung, dass diese barsch abgeschüttelt würde, aber Uta bewegte sich nicht. Dann drehte Sie sich zu Sabrina, und schaute sie an, und sagte,
„Ja ich war im Wald, ich wollte ihn zur Rede stellen, aber sie glauben ja nicht, wie sich Manfred verändert hatte. Er war hartherzig und abweisend.
Dann plötzlich ohne einen Ansatz hat er mich mit der Faust ins Gesicht geschlagen, und dann hat er mich gewürgt, und immer geschrien, Du bekommst nichts, keinen Cent, ich habe mir alles alleine erarbeitet, Du kriegst nichts. Dabei hat er meinen Kopf gegen den Baum geschlagen, da habe ich ihm in die Eier getreten, da ließ er von mir ab und Krümmte sich, das habe ich genutzt und bin fortgelaufen. Mehr war da nicht, das müssen Sie mir glauben."
„Ich glaube Ihnen, aber was ist passiert, warum war Manfred Teuber plötzlich Dieter Schulte, können Sie das Aufklären."
„Ja, das kann ich aufklären."

„Darf ich meinen Kollegen dazu bitten, wir möchten nur gerne die Wahrheit erfahren, mehr möchten wir nicht, und noch einmal, wir halten Sie nicht für die Täterin.“
Uta Teuber nickte, und Sabrina stand auf, und suchte Maximilian. Den fand Sie in seinem Büro.
„Kommst Du bitte, Uta Teuber will auspacken.“
„Wie hast Du das gemacht?“
„Weibliches Einfühlungsvermögen, nein, eigentlich habe ich gepokert, und die richtige Karte gezogen, also komm bevor Sie es sich anders überlegt.“

Beide betraten den Raum, sie hatten Kaffee und eine Schale mit Gebäck dabei, und stellte sie auf den Tisch, von Rosen schaltet das Mikrofon aus und sagte,
„So jetzt wird nichts aufgezeichnet, wir möchten nur begreifen was geschehen ist 1980.“
„Das ist eine schmerzliche lange Geschichte, sie begann 1980, im Mai, Manfred war auf See, er hatte sich hochgedient, mittlerweile war er Flottenzahnarzt, und mit dem Versorgungsschiff -Vorwärts- unterwegs. Das war ein Schiff mit Operationssälen ausgestattet, und auch mit Zahnarztpraxen. Im Mai lief das Schiff Norwegen an, da ist Manfred abgehauen, er ist von Bord gegangen und nicht wieder zurückgekehrt. Warum er gegangen ist weiß ich nicht, eigentlich gab es keinen Grund für ihn zu gehen. Uns ging es gut, nach Maßstäben der DDR hatten wir alles was wir brauchten.
Stunden später, nachdem Manfred die Vorwärts verlassen hatte, stand die Stasi in Rostock vor unserer Tür, und hat mich mitgenommen.
Anfangs habe ich gedacht, die machen Witze, oder es läge eine Verwechselung vor, ich konnte nicht glauben, dass Manfred abhaut, das habe ich nicht geglaubt. Meine Fragen wurden nicht beantwortet, ich kam nach Bautzen, und wurde

dort verhört, dort erfuhr ich, dass man mir Fluchthilfe vorwarf, ich hätte Manfred dazu überredet zu fliehen, in der Hoffnung dann nachgeholt zu werden. Aber man sagte mir, das wird nicht klappen, ich würde die DDR nie verlassen. Eigentlich suchten sie nur einen Dummen, dem sie die Schuld geben konnten. Denen war ja schließlich ein Offizier abhandengekommen, und Linientreu war der auch immer. Also warf man mir negativen Einfluss vor. Ich kam in Einzelhaft, und wurde unter Druck gesetzt irgendetwas zu gestehen, nach 5 Monaten brach ich zusammen, und gestand alles was man mir vorwarf.
Im Prozess wurde ich schuldig gesprochen und erhielt wegen Anstiftung und Beihilfe zur Republikflucht eines Offiziers 10 Jahr Haft. Ich habe dann versucht mir das Leben zu nehmen, das hat aber nicht geklappt, sie haben mich im letzten Moment gerettet, und so habe ich die 10 Jahre abgesessen.
In Bautzen gab es nicht einen Tag an dem ich Manfred verflucht habe, und ja, ich habe ihm den Tod gewünscht, aber ich hätte ihn niemals umbringen können. Jetzt schon gar nicht, ich bin körperlich gar nicht mehr dazu in der Lage.
Und dann, hier auf Usedom, da läuft er mir über den Weg, ihm ging es gut, ich hatte nichts, ich wollte aber kein Geld von ihm, ich wollte nur eine Entschuldigung, denn er wusste was die Stasi mit Angehörigen anstellt, wenn der Ehemann Republikflucht begeht, aber er ist sofort ausgerastet, und der Rest ist ja bekannt."
„Haben Sie sich nie scheiden lassen", fragte von Rosen.
„Nein, das ging ja gar nicht, keiner wusste wo Manfred war, und ich hatte auch nie mehr das Verlangen auch nur einen Tag eine neue Beziehung einzugehen, für mich waren alle Männer gestorben."
„Dann rate ich Ihnen, gehen Sie zu einem Anwalt, denn als Ehefrau sind Sie in jedem Fall Erbberechtigt."
„Das meinen Sie nicht ernst", antwortete Uta Teuber.

„Doch Frau Teuber das meine ich ganz besonders ernst."
Dann schwiegen alle und nach einer Pause sagte von Rosen, „Frau Teuber trinken Sie den Kaffee aus, und dann fahre ich Sie nach Hause."
Nach dem sie Uta Teuber zu Hause abgesetzt hatten, fuhren sie ins Büro.
„Tja, das war die heißeste Spur die wir hatten, und jetzt", fragte Sabrina.
„Wir gehen jetzt erst einmal nach Hause, das muss man verdauen, was man da gehört hat."

Am nächsten Morgen im Büro,
„Wenn die Lechner an dem Mord beteiligt ist, oder ihn sogar in Auftrag gegeben hat, dann doch nur, weil sie an ihr Erbe will. Sie wird mit Sicherheit reagieren, wenn sie erfährt, dass sie leer ausgeht", meinte von Rosen.
„Da hast Du Recht, aber wenn sie den Mord in Auftrag gegeben hat, dann wird es für Uta Teuber gefährlich."
„Ja, aber das müssen wir riskieren, ich werde Schulz vor dem Haus von Frau Teuber positionieren aber in Zivil, und verdeckt, und Frau Teuber werde ich informieren, dass sie das Haus nur verlässt, wenn sie uns vorher Bescheid gegeben hat, dann kann Schulz sie verdeckt begleiten."

Als alles erledigt war, und Schulz meldete, dass er Position bezogen hatte, fuhren die Beiden nach Neppermin.
„Ich halte Frau Lechner für dringend Tatverdächtig, sie profitiert am Meisten vom Tod Schultes, oder sollte ich Teuber sagen, das weiß ich gar nicht so genau", meine Sabrina.
„Wir werden sehen wie sie reagiert, sagte von Rosen."
Johanna Lechner war ungeschminkt, sie trug einen Morgenmantel und machte den Eindruck, als sei sie gerade erst aufgestanden, obwohl es schon 10:30 Uhr war.

„Guten Tag Frau Lechner, wir wollten nicht lange stören, sind Sie allein, oder sollen wir erst draußen warten?"
„Ich bin allein, Herr Albers musste schon zum Golfplatz, kommen Sie gerne rein."
Von Rosen begann,
„Frau Lechner, ich habe nicht ganz so gute Neuigkeiten für Sie. Im Zuge der Ermittlungen hat sich ergeben, dass Dieter Schulte in Wirklichkeit Manfred Teuber heißt, und seit 1979 verheiratet ist. Das wirft natürlich ganz neue Fragen auf. Haben Sie jemals von seiner Frau gehört?"
„Sie machen Witze, das kann nicht stimmen",
antwortete Johanna Lechner, dabei war sie blass geworden.
„Nein, das steht fest, Dieter Schulte war eine neue Identität die Manfred Teuber von der BRD erhalten hat, wofür können wir nicht sagen aber sicher ist auch, die Teubers haben sich nicht scheiden lassen, und das bedeutet, Manfred Teuber alias Dieter Schulte ist rechtskräftig verheiratet. Aber nochmals meine Frage, Sie haben nie etwas von seiner Ehefrau gehört?"
„Nein, das sage ich doch schon die ganze Zeit."
„Gut Frau Lechner mehr wollten wir eigentlich nicht, vielen Dank für Ihre Zeit."
Draußen sagte Sabrina,
„die war ja wie vom Blitz getroffen hast Du gesehen wie nervös die geworden ist?"
„Ja, sie wird auch gleich das Haus verlassen."
„Woher willst Du das Wissen?"
„Weil sie nach ihrem Autoschlüssen geblickt hat, als ich mit ihr gesprochen habe, das ist ein sicheres Zeichen, Du wirst sehen. Fahr da vorne bei dem Nachbarn aufs Grundstück."
„Hier sieht sie uns, wenn sie das Haus verlässt", sagte Sabrina.
„Die wird gar nichts sehen, die hat Stress, da sieht man nichts."
Kurz darauf öffnete sich das Garagentor,

„Ich wette die fährt zum Golfplatz", sagte von Rosen.
Sabrina antwortet nicht, sondern startete den Wagen und nahm die Verfolgung auf. An der Kreuzung nach Balm bog Frau Lechner Richtung Golfplatz ab.
„Lass Dir Zeit, wir wissen ja wo sie hinfährt, vielleicht bekommen wir etwas mit."

Als die Beiden am Golfplatz angekommen waren, konnten sie vom Parkplatz sehen, wie Johanna Lechner in das Büro von Golflehrer Albers ging. Durch die Fensterscheibe konnten sie beobachten, wie Johanna wild mit den Armen fuchtelte, und sich scheinbar mit Albers stritt. Dann verließ Albers das Büro, und Johanna folgte ihm, immer noch stark gestikulierend, beide stiegen auf einen Golfwagen, und fuhren Richtung Abschlag.
„Das war es, mehr werden wir wohl nicht mitkriegen, ich würde sagen, die hat was mit dem Mord zu tun",
sagte von Rosen,
„lass uns ins Büro fahren, wir werden Beide übermorgen vorladen."
„Warum erst übermorgen", fragte Sabrina.
„Weil ich sehen will, ob die versuchen an Frau Teuber ran zu kommen. Ich habe da meine Angeln ausgelegt."
„Was für Angeln", fragte Sabrina.
„Irgendwie müssen die Beiden ja an die Adresse kommen von Frau Teuber, und das geht nur über das Einwohnermeldeamt, und wenn jemand versucht, mit welcher Ausrede auch immer, die Adresse von Frau Teuber zu erfahren, dann werden wir informiert".
Auf dem Weg ins Büro fragte von Rosen Sabrina,
„was machst Du heute Abend."
„Ich hatte nichts vor, vielleicht laufen, das Wetter ist ja prima dafür. Wieso fragst Du?"

„Ich würde Dich auf einen Eisbecher einladen, wenn Du Lust dazu hast."
„Lust habe ich immer",
als sie das geantwortet hatte, wurde sie rot, wegen der Zweideutigkeit.
„Ich verstehe das schon richtig, keine Sorge."
„Gut, dann fahre ich nur kurz nach Hause, und komme dann nach Mellenthin, ja?"
„Das finde ich völlig in Ordnung, dann kann ich ein Bier trinken, wenn Du fährst."
„Puh, das ist ja schon wie bei einem alten Ehepaar, ich fahre und Du trinkst Bier",
sagte Sabrina und lachte.
Sie setzte Maximilian zu Hause ab, und fuhr mit einem Plan im Kopf eilig nach Hause.
„Ich werde Dich weich klopfen mein Lieber, ich will mit Dir ins Bett",
sagte Sabrina zu sich selbst. Sie war froh über jede Chance, die sie bei Maximilian bekam.
„Irgendwann kannst Du mir nicht mehr widerstehen, das schwöre ich Dir."

Maximilian hatte ihren Ehrgeiz geweckt, und sie war eine Frau und sich sehr wohl bewusst, dass sie ihre Reize hatte, und sie hatte erkannt, dass er auf ihre Parfums abfuhr, und sie musste sich eingestehen, dass sie sich in Maximilian verliebt hatte, das war ihr noch nie passiert.
Sabrina duschte kurz, trug die Haare nass nach hinten gekämmt, und legte ganz dezent einen Duft auf, kein Make-up oder Lippenstift, dann machte sich auf den Weg zu Maximilian.
Maximilian, war zu Hause angekommen, als Erstes öffnete er seine E-Mails, und sah eine Mail seiner noch Frau, er löschte

diese ohne sie zu lesen, er wollte sich die gute Laune nicht verderben lassen.

Es war ein Wagnis mit Sabrina auszugehen, sie legte es darauf an, dass er sie mit in sein Bett nahm, aber er wollte heute Abend nicht allein sein, und er hatte sich vorgenommen zu widerstehen, obwohl er es sich wünschte schwach zu werden. Aber er war noch verheiratet, und so schlecht seine Ehe auch war, das hatte bei ihm immer noch einen sehr hohen Stellenwert,
„ich werde bis nach der Scheidung warten“,
sagte er im Selbstgespräch. Sabrina war eine wunderbare Frau, aber er war sich nicht sicher, ob es sinnvoll war, mit Sabrina etwas anzufangen, denn 24 Stunden mit seinem Partner zusammen zu sein, das konnte er sich einfach nicht vorstellen.
Kurz nach 19:00 Uhr klingelte Sabrina, er öffnete die Tür, und sah eine erwartungsfrohe sehr schöne Frau. Sie trug sehr dezent, ein tolles Parfum. Maximilian musste innerlich schmunzeln und dachte, dieses kleine Biest, aber süß ist sie ja.
„Wo soll ich eure Lordschaft hin kutschieren“, fragte Sabrina.
„Ins Utkik, was meinst Du?“
„Ja, finde ich gut, da hat man eine schöne Aussicht auf den Strand“.
Als die Beiden sich ein schönes Plätzchen gesichert hatten, schaute Sabrina Maximilian an und sagte,
„was lernt man auf so einem Profiling Lehrgang eigentlich?“
„Tatumstände einschätzen und bewerten, dann Menschen einschätzen, und einen Zusammenhang sehen zwischen der Tat und dem Täter.“
„sehr witzig, so hätte ich das auch aus einer Zeitung erfahren können, geht das auch konkreter“,
fragte Sabrina.

„Ja, natürlich, nur man kann es in 5 Minuten nicht erklären. Aber ich versuche es. Also, zuerst muss man innerlich bereit sein, das heißt neutral. In Amerika haben wir vor jeder Bewertung eines Falles einen ausgiebigen Spaziergang gemacht, und wer Aggressionen in sich spürte ging in die Muckibude. Danach kam, alles Ausblenden was uns ablenken kann, und unsere Gedanken auf Abwegen schicken kann. Alles was uns persönlich beeinflussen kann, muss man ablegen.
Zum Beispiel, wenn Du Streit mit deinem Partner hast, ist es unvermeidlich, dass Du nicht mehr objektiv sein kannst. Ebenfalls, wenn Du schlechte Laune hast, oder Zahnschmerzen. Auch leichte Schmerzen lenken ab.
Aber das wesentliche ist, zu erkennen, dass schon das Aufnehmen von Fakten von Deinem Gehirn unmerklich gesteuert wird. Dem muss man endgegenwirken.
Dein Gehirn sortiert unbewusst schon die Fakten vor, und trennt Wichtiges von unwichtigem. Das ist aber eine Gefahr, denn was Wichtig und was unwichtig ist, kannst Du am Anfang eines Falles noch gar nicht entscheiden.
Diese Gefahr wird immer größer, je mehr Erfahrung man in seinem Berufsleben gesammelt hat. Man muss sich immer wieder sagen, jeder Fall ist anders, jedes Motiv ein eigenes.
Darum habe ich Dir gesagt, dass Du Dich nie schon am Anfang festlegen sollst, lass Dir Zeit, wir haben sie."
„Das ist ziemlich abstrakt, kannst Du das an einem konkreten Fall erklären",
meinte Sabrina.
„Ja, an einem sehr traurigen, bei dem damals noch alles falsch gemacht wurde.
Ich war damals junger Kommissar, und gerade aus Amerika zurück. Die alten Hasen lachten hinter meinem Rücken über mich, ich war der Spinner. Dann haben wir eine Leiche gefunden, die bei einem Hausumbau in einem Kellerraum frei

gelegt wurde. Nach Ansicht der Anthropologen war sie dort ca. 15 Jahre verborgen.
Eigentlich fanden wir keine Leiche, sondern eine teilverweste Mumie an deren trocknen Köper noch Kleidungsfetzen hingen.
Das Einzige was sicher war, dass sie erschossen worden ist, und zwar mit einem Kopfschuss. Aber wir hatten nicht einmal das Projektil. Der Täter hatte alles mitgenommen. Es gab keine Hinweise darauf wer sie war, und wer ihr das angetan hatte.
Ich war damals der Erste am Tatort, und bin mit meiner Kamera rumgelaufen, und habe alles, aber auch wirklich alles immer und immer wieder fotografiert, aus allen Winkeln, da ich der Meinung war, dass man einen Tatort mit einem so außergewöhnlichen Fund nicht komplett überblicken kann, da entgeht einem immer etwas, denn die Mumie sah wirklich außergewöhnlich und faszinierend aus.
Mein Chef, der später zum Tatort kam, fühlte sich von meiner Fotografiererei schon belästigt, und ließ mich das auch deutlich spüren.
Weil der Fund so außergewöhnlich war, erschien nach und nach ungefragt das ganze Kommissariat, jeder wollte die Leiche sehen, und alle trampelten am Tatort herum, und jeder hatte eine andere Theorie wie sie dahin gekommen war.
Die alten Hasen haben damals alles versucht, über Kleidung und das Gebiss, dann haben wir uns einen Spezialisten geholt, der ihr Gesicht rekonstruiert hat. Anschließend haben wir ein Foto von dem Gesicht veröffentlicht. Aber nichts hat etwas zur Klärung beigetragen.
Als wir nicht weiterkamen, habe ich mir die Fotos immer wieder angesehen, weil ich dachte, etwas gesehen zu haben. Ich wusste aber nicht mehr was es war. Dann, habe ich es entdeckt, neben dem Schuttberg, der durch den Umbau noch

in dem Keller lag, sah ich einen kleinen Ohrring, er war winzig, keiner hatte ihn bemerkt.
Als ich mir die Vergrößerungen mir angesehen habe, konnte man deutlich sehen, dass es sich um einen Ohrring handelte.
Durch die Verwesungsflüssigkeit die über den Fußboden gelaufen war, hatte er sich dunkel verfärbt, und war nicht leicht zu entdecken.
Der Ohrring wäre vielleicht eine Chance gewesen, denn wir haben den Fall nie aufgeklärt. Ich habe mir geschworen, dass passiert dir nie wieder. Ich habe meinem damaligen Chef die Bilder und die Vergrößerungen kommentarlos auf den Schreibtisch gelegt.
Nur 2 Stunden später gab es eine Mitarbeiter Besprechung, und von da an wurde anders gearbeitet, und der Satz, das sieht man doch, wenn man Erfahrung hat, aus dem Sprachschatz des Reviers verbannt. Ich habe in dieser Besprechung nur gesagt, dass der Fehler darin bestand, schon am Anfang scheinbar wichtige Fakten von unwichtigen Fakten zu trennen, dass man aber gar nicht sicher sein kann, was wichtige Fakten sind und was Unwichtige sind.
Man muss also offen sein für alles was man sieht und hört. Mein damaliger Chef ist über diesen Fehler nie hinweggekommen. Das hat ihn so belastet, dass er frühzeitig in Pension gegangen ist.“
Sabrina hing an seinen Lippen, als er geendet hatte, schaute sie ihn an, und sagte,
„Bring mir bitte bei, so zu arbeiten.“
„Gerne, ich kann Dir auch jede Menge Bücher leihen, aber, der Großteil ist in englischer Sprache.“
„Dafür bin ich leider nicht geeignet, ich kann kein Englisch, das habe ich nie gelernt.“
„Was hast Du für Zukunftspläne“, fragte Sabrina.

„Ich werde mir hier irgendwann, wenn die Gelegenheit günstig ist, ein Haus bauen oder kaufen kommt darauf an, was günstiger ist."
„Und dann, willst Du allein in diesem Haus wohnen, oder suchst Du Dir dann eine neue Lebensgefährtin?"
„Nein, wenn ich ein Haus gefunden habe, baue ich es zum Kloster um, kauf mir eine Kutte, und lebe als Eremit",
sagte von Rosen lachend.
„Dann musst Du Dir aber auch eine Tonsur schneiden lassen, darf ich das erledigen",
meinte Sabrina lachend,
„oder besser, ich ziehe dann als Nonne bei Dir ein."
„Du als Nonne, das möchte ich sehen, nein im Ernst, sobald ich geschieden bin, suche ich mir ein Haus, und dann denke ich auch über eine neue Beziehung nach, solange ich noch verheiratet bin, werde ich mir keine neue Lebensgefährtin zulegen, da bin ich etwas altmodisch. Aber ich will nicht dauerhaft alleine bleiben."
„Was, so lange soll ich noch warten",
sagte Sabrina lachend,
„Ich gehe mal für kleine Mädchen", sagte sie weiter und stand auf.

Maximilian war froh, dass es raus war, jetzt hatte er sich Zeit verschafft, die Zeit brauchte er um nachzudenken, denn er fand Sabrina super, und fühlte sich in ihrer Gegenwart wohl.
„Wie machen wir in unserem Fall weiter", fragte Sabrina, als sie wieder platzgenommen hatte.
„Ich würde sagen, Du kommst morgen Früh nach Mellenthin, dort laufen wir zusammen ein Runde, dann machen wir einen Strandspaziergang, und dann setzen wir uns gemütlich ins Büro und bewerten den Fall."

„Ok, ich freu mich darauf", sagte Sabrina, und die Beiden fuhren nach Hause.

Anklam 27.07.2018

Morgens saßen die Beiden nach ihrem Sport und Abreaktionsprogramm in Maximilians Büro, und sahen die Fakten durch.
„Wir haben es die ganze Zeit vor den Augen gehabt, seit gestern schon. Uta Teuber hat uns bestätigt, dass Dieter Schulte Manfred Teuber war, bleibt nur noch die Frage, wessen DNA haben wir an Dinses Zahn."
Sabrina antwortete schnell,
„glaubst Du, was ich glaube?"
„Was glaubst Du denn?"
„Wir sollten die DNA die bei Dinse gefunden wurde auch mit der DNA von Uta Teuber vergleichen."
„Cleveres Mädchen, also los."
„Das wird einige Tage dauern, was machen wir solange?"
Maximilian antwortete,
„wir halten die Füße still, und warten auf das Ergebnis."
„Sag mal, wie viel Geld würdest Du für Dein neues Haus ausgeben",
fragte Sabrina.
„Warum fragst Du",
antwortete Maximilian.
„ich habe von einem Freund erfahren, dass in Ahlbeck, 300 Meter vom Strand weg ein tolles Haus verkauft wird."
Maximilian wurde hellhörig,
„Was will der Verkäufer denn haben, weißt Du das?"
„Nein das soll von einem Makler verkauft werden, ich habe aber hier die Telefonnummer",
Sabrina reichte Max einen Zettel.
„Oh, sehr gut, den ruf ich den mal an."

Max kam in Sabrinas Büro,
„komm, wir haben ja ein wenig Zeit, da schauen wir uns mal das Haus an, der Makler sagt, es gibt sehr viele Interessenten, wenn ich es wirklich sehen will, sollte ich sofort kommen.“
„Toll, das mache ich gerne, wohnt da noch einer?“
„Nein es steht leer.“
„Schade, ich wollte meine weibliche Neugier befriedigen und schauen wie andere wohnen.“

Am Haus angekommen, wurden die Beiden schon erwartet, der Makler, ein junger dynamischer Mann, der jedes Klischee erfüllte. Dunkler Anzug, großes Auto, viel Gel in den Haaren. Nach dem sie sich gegenseitig vorgestellt hatten, begann der Makler sofort mit seinen Lobpreisungen,
„Das Haus hat 5 Zimmer, 3 Bäder, 265 m² Wohnfläche, das Grundstück hat 1300 m². Das Haus ist mit allem ausgestattet was das Herz begehrt.
Wir haben es hier mit einer außergewöhnlichen Immobilie zu tun“,
und damit hatte er Recht.

Das Haus hatte ein geschmackvolles Äußeres, und die Raumaufteilung war mehr als gut. Die Bäder waren anders als befürchtet, geschmackvoll gefliest, und nicht mit kitschigen vergoldeten Wasserhähnen ausgestattet. Die Fußböden waren alle mit dem gleichen Eichenparkett ausgelegt, und in den Schlafräumen lagen anspruchsvolle Teppiche. Maximilian war begeistert, vor allem davon, dass man durch das Wohnzimmerfenster Meerblick hatte.
„Ich neige nicht zu Schnellschüssen, aber dieses Haus gefällt mir derart, dass ich es kaufen muss“,
sagte Maximilian leise zu Sabrina,
„Ich darf ihm nur nicht allzu großes Interesse zeigen, das wirkt sich immer negativ auf den Preis aus.“

Zum Makler gewandt,
„was soll das Haus kosten? Und sparen Sie sich das herumreden, nur den Preis bitte.“
„Also in der Lage“,
als der Makler den Blick von Maximilian auffing, beeilte er sich zu sagen,
„1,25 Millionen Euro“.
„Das habe ich erwartet, ich weiß nicht ob das Haus diesen Wert hat, aber ich muss telefonieren“,
sagte Maximilian, und verließ das Haus.
Als er nach 20 Minuten zurückkam, sagte er ruhig aber und knapp,
„meine Familie biete 1,1 Millionen Euro, und hat mich ermächtigt jetzt einen Vorvertrag zu unterzeichnen, eine Anzahlung von 300 Tsd.€ kann morgen telegraphisch auf einem Notaranderkonto sein.
Bedingung, das Haus stellt sich baulich und technisch so dar wie sie es anpreisen, was bedeutet, ich werde einen Sachverständigen beauftragen sich das Haus gründlich anzusehen. Wenn Sie mit dem Eigentümer telefonieren müssen, dann bitte. Und noch eines, wer ist der Verkäufer?“
„Ich habe alle Vollmachten vom Eigentümer, und natürlich auch die Preisuntergrenze hat mir der Eigentümer mitgeteilt, und kann sagen, Sie sind genau dort gelandet, für 1,09 Mio. würde der Eigentümer es nicht abgeben.
Der Verkäufer möchte anonym bleiben, das Haus wird von einer Firma aus der Schweiz verkauft.“
„Damit kann ich leben, nur der Kaufvertrag wird nach deutschem Recht geschlossen.“
„Ja, natürlich.“
„Ich muss also nicht anrufen, Herr von Rosen, das kann ich alles hier und jetzt entscheiden, herzlichen Glückwunsch zum Kauf.“

„Wenn die Anzahlung eingegangen ist, hätte ich gerne schon einmal den Schlüssel."
„Das kann ich vertreten, nur bis zur Abwicklung dürfen keine Umbauarbeiten vorgenommen werde, und auch noch kein Bezug stattfinden."
„Versprochen",
sagte Maximilian.
„Gut, dann fahren wir jetzt in mein Büro, und machen den Vorvertrag, und einen Termin zum Kaufvertrag."
„Mir ist schwindelig",
sagte Sabrina, als sie wieder im Auto saßen, und ins Kommissariat fuhren.
„Wow, Du bist ja eine richtig gute Partie, da weiß ich gar nicht, ob ich zu Dir passe, ich, das einfache Mädchen aus dem Arbeiter und Bauernstaat."
Maximilian hatte Sabrina angesehen, dass sie es ernst meinte.
„Das ist doch Quatsch, Du bist Du, und wie Du bist ist viel wichtiger als das was Du hast."
„War das jetzt ein Lob?"
„Ja, und wenn Du bleibst wie Du bist, ist alles gut, und um deine andere Frage die Dir in den Augen steht zu beantworten, ja, mein Vater ist sehr vermögend, und hatte mir schon früher in Aussicht gestellt, mir ein Haus zu bezahlen."
Das Wochenende nahte, und von Rosen fragte Sabrina,
„Was machst Du am Wochenende?"
„Was hast Du vor?"
„Ich fahre ins Haus, und schau mich mal um. Ich habe eine Klappe gesehen die zum Dachboden führt, und ich wollte den Kram der in der Garage steht schon einmal durchsehen. Vielleicht ist da noch was bei, was man gebrauchen kann."
„Prima, da helfe ich Dir",
sagte Sabrina.

„Hier stehen 6 Umzugskisten, die sind alle voll, nimmst Du sie bitte an“, rief Sabrina vom Dachboden.
„Ja warte ich komme.“

Sie stellten die Kisten ins Wohnzimmer. Sabrina hatte einen Campingtisch und 2 Campingstühle mitgebracht, eine Wolldecke, damit die Campingmöbel keine Kratzer auf dem Parkett hinterlassen, 2 Flaschen Rotwein, Gläser, Teller und Besteck. Max hatte Essen bestellt, und so saßen die Beiden, schauten aufs Meer und aßen.

Nach dem Essen schauten sie die Kisten durch, aber außer altmodischer Damenkleidung aus der ehemaligen DDR, und Damenunterwäsche waren nur noch Kinderspielsachen in den Kisten.
Maximilian nahm einen der BHs, und warf ihn bis zum Wohnzimmerfenster,
„Schlechte Flugeigenschaften“,
sagte er.
„Wieso Flugeigenschaften?“
„Ich hatte mir immer mal wieder vorgestellt wie sich so Rockstars fühlen, wenn sie mit BHs beworfen werden.“
„Das kannst Du haben Max, hol eine Gitarre, stell Dich auf die Terrasse und ich werfe BHs, allerdings auf die harte Tour.“
„Auf die harte Tour, was soll das sein?“
„Ich nähe vorher Hufeisen ein, dann fliegen die auch weiter.“
„Sabrina, Du bist ein Scheusal, ob wohl die Vorstellung ist schon geil, wenn so ein zugekiffter Rockstar von so einem BH getroffen wird, gehen die Lichter aus.“
Maximilian musste laut lachen.

Aus der letzten Kiste rieselte etwas Sand, darin befanden sich Strandspielsachen, und eine Rolle mit Porträts,

die ein selbsternannter Strandkünstler wahrscheinlich vor vielen Jahren gezeichnet hatte.
„Guck mal, sagte Sabrina, dass gab es schon in der DDR, und ich dachte, das wäre erst nach der Wende zu uns herübergeschwappt.“

Die Kinder Porträts waren niedlich, dann rollte Sabrina das Porträt einer Frau aus, und meinte,
„die sah gar nicht schlecht aus, oder was meinst Du“,
mit diesen Worten zeigte Sabrina Max die Zeichnung.
„Das gibt es nicht“, sagte dieser.
„Naja, so gut sieht sie nun auch wieder nicht aus“, meinte Sabrina.
„Das meine ich ja auch gar nicht, ich meine die Frau auf dem Bild, die sieht aus wie die Frau aus dem Fall von dem ich Dir erzählt habe.
Diese Zeichnung ist ein Abbild der Gesichtsrekonstruktion die wir damals gemacht haben, da bin ich mir sicher. Warte, ich habe das Bild auf meinem Handy“,
sagte Maximilian, und holte sein Handy. Beide schauten vom Handy auf die Zeichnung und wieder aufs Handy,
„sieht ihr schon sehr ähnlich“, meine Sabrina.
„Ja, aber Du darfst auch nicht vergessen, dass hier hat ein Strandkünstler gemalt, die haben meist ein Schema nachdem sie malen, so dass viele Bilder fast gleich aussehen. Und das kann jetzt wirklich nicht sein“, sagte Maximilian weiter,
„die Leiche haben wir in Bochum gefunden.“
Sabrina war mit dieser Antwort nicht einverstanden, und meinte,
„Lass uns doch so tun als wäre das eine Spur, und wir würden in diesem Fall ermitteln, was wäre der erste Schritt“, fragte Sabrina.

Maximilians Begeisterung hielt sich in Grenzen, so tun als ob, war nicht so seine Arbeitsmethode. Er wollte aber Sabrina nicht in ihrem Eifer bremsen, und sagte,
„Wir reden über einen Mord, da kann man nicht so tun als ob, das finde ich der Sache nicht angemessen."
Sabrina antwortete,
„Ok, dann nehme ich es jetzt als Fall auf, denn eine deutsche Kommissarin muss bei einem Verdacht tätig werden, und ich habe hier einen Verdacht."
Maximilian verdrehte die Augen, er kannte aber Sabrina gut genug, dass er wusste, dass sie ihm auf die Nerven gehen würde, so willigte er ein.
„Ok, tun wir so, aber das bleibt unter uns, versprochen."
„Ja, warte bevor wir starten, ich habe einen Block und einen Kuli im Auto."
Sabrina lief nach draußen den Block zu holen, Maximilian wunderte sich, war das Interesse an der Arbeit, oder wollte sie ihn beeindrucken, und so an ihn rankommen. Sabrina legte den Block auf den Tisch und schaute Max an,
„Also."
„Blatt Nummer eins, Überschrift, wer war, oder ist diese Frau. Zweitens, Wie wahrscheinlich ist es, dass diese Frau die Leiche ist die wir in Bochum gefunden haben. Dazu musst Du die Lebensumstände, dieser Frau klären, und vor allem die Identität."
„OK. Habe ich notiert, was dann?"
„Blatt 3, wem gehörte dieses Haus um 1989 - 90, denn die Leiche fanden wir 2006. Gehen wir davon aus, dass die Anthropologen recht gehabt haben, dann käme das mit 1989-90 hin."
„Warum 1989-90", fragte Sabrina.
„Weil man erst zu diesem Zeitpunkt die DDR verlassen konnte. Dann, wenn wir wissen wer sie war, kommt das Schwierigste, wir müssen eine Verbindung herstellen

zwischen dieser Frau aus dem Osten, und der Frau aus dem Westen."
Sabrina sagte,
„Und danach müssten wir wie in jedem Fall, ermitteln wer es gewesen sein kann. Das ist alles, mehr steht nicht auf der Agenda. Darf ich mich darum kümmern",
fragte Sabrina.
„Ja, aber wenn die Zeit es erlaubt, und dann bitte unterm Radar, alles was Du machst, mache diskret, wenn wir falsch liegen, werden wir ausgelacht, das möchte ich uns ersparen."

Zwei Tage später lag der Befund zur Untersuchung der DNA vor, und gab das erwartete Ergebnis preis, bei der sichergestellten DNA an Holger Dinses Schneidezahn war auch mit Uta Teubers DNA verwandt. Da Dieter Schulte eindeutig Manfred Teuber war, war also klar, die Beiden hatten ein Kind.
„Da müssen wir unbedingt mit Frau Teuber reden, denn es stehe zu einem großen Prozentteil fest, dass dieses Kind an der Ermordung von Holger Dinse zumindest beteiligt war. Ich schicke Schulz los, der soll Uta Teuber herbringen."
„Und wenn sie nicht will",
warf Sabrina ein.
„Dann verhaften wir sie, wegen dringendem Verdacht der Tatbeteiligung. Der Streifenbeamte hat damals gesagt, sie hätte sich Auffällig benommen, vielleicht hat sie ihr Kind bei der Tatausführung gesehen."
„Oder sogar den Rücken freigehalten", meinte Sabrina.

Uta Teuber saß im Verhörraum wie beim letzten Mal. Die Handtasche auf dem Schoß, der Blick grade aus auf die Wand gerichtet. Als von Rosen eintritt, bewegt sie sich nicht. Von Rosen beginnt sofort,

„Sie haben mit Manfred Teuber ein Kind, einen Sohn. Wollen Sie dazu etwas sagen?“
„Nein“,
sagte Uta Teuber knapp.
„Frau Teuber, das macht keinen Sinn, reden Sie, wir finden es ja doch heraus.“
Keine Reaktion.
„Frau Teuber so lange Sie nichts sagen, solange sind Sie Tatverdächtige, ich muss Sie hierbehalten.“
Uta Teuber stand auf, drehte sich zu von Rosen und sagte, „das bin ich gewohnt, meine besten Jahre habe ich in einer Zelle verbracht, wo ist die Zelle, zeigen Sie mir wo ich hinsoll?“
„Frau Teuber Sie lassen mir keine andere Wahl,“
Sagte von Rosen und rief Schulz, und der brachte Uta Teuber in die Arrestzelle. Maximilian war niedergeschlagen, er wollte dieser Frau, die schon so viel Unrecht hatte ertragen müssen, eigentlich die Zelle ersparen, er konnte nicht anders.

Er ging in sein Büro. Kaum hatte er sich hingesetzt, wurde die Tür aufgerissen, und Sabrina stand aufgeregt vor seinem Schreibtisch.
„Was ist mit dir los“,
fragte Maximilian.
„Du glaubst es nicht, was ich habe, warte ich setze mich.“
„Dann leg mal los.“
„Der ehemalige Besitzer Deines Hauses heißt Weber, Dr. Walter Weber“,
sagte Sabrina.
„Ach, ich dachte Du hast was im Fall Schulte Teuber“,
antwortete Maximilian enttäuscht.
„Ja aber ich dachte ich sollte das mal ermitteln?“
„Entschuldige, ich bin gerade nicht so sehr interessiert an der anderen Sache“,

sagte Maximilian.
„Das wird sich gleich ändern“,
warf Sabrina ein,
„Dr. Walter Weber hat eine dicke Akte in der Berliner Gauk Behörde. Ich habe mir aus Berlin die Akte übermitteln lassen, und habe sie ausgedruckt. Schau sie Dir an.“
Mit diesen Worten legte Sabrina die Akte auf Maximilians Schreibtisch, und schlug den Deckel auf.
„Warte, warte, wie bist Du an den Namen von dem vorherigen Besitzer gekommen?“
„Ich habe im Grundbuchamt angerufen, und denen erzählt, dass es von Wichtigkeit ist, und da haben die mir den Namen gegeben.“
„Das war aber nicht nach Dienstvorschrift.“
„Ja, da kannst Du mal sehen welchen schlechten Einfluss Du auf mich ausübst“,
sagte Sabrina lachend.
„Aber jetzt schau“,
sie zeigte auf die Seite,
„auf der ersten Seite ist ein Bild, so sieht er aus, oder besser so sah er aus. Denn das Bild ist 29 Jahre alt, da hat man ihn das letzte Mal fotografiert. Die Akte zeigt den Weg auf, den Weber in der DDR genommen hatte, und gibt das Bild eines Menschen preis, dem nichts heilig war.
Weber hat jeden ausspioniert ohne Skrupel, und hat dann an die Stasi Berichte verfasst die lückenloser nicht sein konnten. Als Gegenleistung stieg er im Kader auf, und machte Kariere, er schaffte es ins Leistungszentrum des Rudersports, und führte dort ein staatlich gesteuertes Dopingprogramm ein, bis 1989 der Staat zusammenbrach.
Danach verließ er Ostdeutschland, und jetzt wird es interessant, er siedelte sich im Ruhrgebiet an, und eröffnete eine Praxis in Bochum.“

Als Sabrina das vorlas, sprang von Rosen wie von der Tarantel gestochen auf.
„Ließ bitte weiter“,
sagte er zu Sabrina, dabei stellte er sich ans Fenster und schaute nach draußen.
Sabrina las weiter,
„In Bochum führte er mit seiner Frau eine Praxis bis ins Jahr 2004, danach zog er in die Schweiz, und eröffnete dort eine Praxis für Allgemeinmedizin und Sportmedizin, und dort ist er bis heute.
Außerdem beinhaltete die Akte einen Trauschein, und ein Hochzeitsfoto, und zwei Geburtsurkunden, die beiden haben 2 Töchter.
Weber hatte im Jahr 1983 sein Frau Susanne geheiratet, mit der er immer noch zusammen ist.“
„Gibt es ein aktuelles Foto von den beiden“,
fragte Maximilian.
„Ja“,
sagte Sabrina,
„auf der Homepage der Praxis in der Schweiz habe ich diese Bild entdeckt“.
Sabrina zeigte Max das Foto.
„Naja, damit ist bewiesen, Weber hat mit der Sache nichts zu tun, und seine Frau ist auch nach 35 Jahren noch an seiner Seite“,
sagte Maximilian.
„Also Sackgasse, aber danke für Deine Mühe, liebe Sabrina.“
„Ich würde auch nichts mehr sagen, aber eines beunruhigt mich“,
sagte Sabrina.
„Was denn?“
„Auf der Homepage, die Rubrik über uns, dort steht folgendes, Herr Dr. Walter Weber und seine Frau Susanne haben ihr Leben voll und ganz der Sportmedizin gewidmet“,

Sabrina machte eine Pause und schaute Maximilian an, um seine Reaktion einzufangen, dann sagte sie gedehnt,
„das Kinderlose Ehepaar arbeitet mit aller Kraft in ihrer Praxis.
Es ist unzweifelhaft, dass es die beiden sind, aber wo sind die Kinder. Ich habe mich in Bochum erkundigt, und ja, bevor Du fragst, auch denen habe ich einen Bären aufgebunden. Die Bochumer haben geschrieben, 1990 wurden die Kinder in Bochum angemeldet, und 2004 abgemeldet, mit dem Hinweis Umzug in die Schweiz."
Maximilian ließ sich in seinen Stuhl fallen, drehte ihn zum Fenster, und man sah seinem Hinterkopf förmlich an, wie sein Gehirn arbeitete.
„Mein Gott",
sagte Maximilian, und es klang als ob er nach Fassung rang,
„wir hätten damals den ganzen Keller durchsuchen sollen, jetzt wird mir gerade schlecht",
mit diesen Worten griff er zum Telefon.
„Ich muss telefonieren, Du kannst ruhig hierbleiben."
Max wählte nervös eine Nummer,
„Hallo Werner, ja, ich bin es Max. nein ich habe es mir nicht anders überlegt, und Heimweh habe ich auch nicht, ich brauche nur ein paar Auskünfte."
Maximilian nickte mehrfach, dann sagte er,
„weißt Du, ob das Ärztehaus noch steht, in der Innenstadt, dieser hässliche blaue Kasten, in der wir damals die Mumie gefunden haben."
Maximilian nickte, dann brach es aus ihm heraus,
„was, das musst Du unbedingt verhindern, ja, bitte glaube mir verhindere die Sprengung. Wann soll die sein, was morgen, verbiete das, nein ich bin nicht verrückt geworden, und ich trinke auch nicht. Pass auf, Ich habe den Verdacht, dass eventuell in diesem riesen Kellergewölbe noch 2 weitere Leichen eingemauert sind.

Ja, ich weiß auch, dass die Fallhöhe sehr hoch ist, und die Blamage groß, wenn es nicht stimmt, dann stell mich an den Pranger, aber wenn das Haus gesprengt wird, dann werden wir die Leichen niemals mehr finden, und dieser Weber kommt ungestraft davon. Wer dieser Weber ist, erkläre ich Dir, wenn Du die Leichen wirklich gefunden hast."
Maximilian Nickte wieder als der andere sprach, dann sagte er,
„ich danke Dir Werner, ich weiß, wir riskieren alle viel, aber wenn wir richtig liegen, sind wir Helden."
Maximilian legte auf, und sah Sabrina an,
„pass auf, ich mache das hier mit Teuber und Co. Du nimmst meinen Schlüssel, wir haben doch bei der Kleidung auch eine Dose gefunden mit der Aufschrift Zahnfee, wenn da Milchzähne drin sind, dann kann die KTU die DNA aus dem Zahnmark extrahieren, dann haben wir DNA von den Kindern. Ich ruf Werner noch einmal an, und frage ihn, ob damals von der Mumie DNA gesichert haben, ich denke aber schon, das war auch damals schon Standardverfahren."
„Maximilian, soll ich weiter im Untergrund arbeiten, ich glaube, wir sagen dem Chef Bescheid, denn wir brauchen Rückendeckung, wenn was schiefgeht."
„Ja, ich weiß, und ich gehe gleich rüber."
Nachdem von Rosen seinen Chef informiert hatte, und dieser das Vorgehen abgesegnet hatte, sagte er Sabrina Bescheid, und ließ dann Frau Teuber aus der Zelle in den Verhörraum bringen.
„Frau Teuber, wollen Sie jetzt bitte mit mir sprechen, ich möchte Sie nicht in der Zelle schmoren lassen. Ich kann auch einen Anwalt für Sie anrufen, wenn Sie das möchten."
„Das ist vergebene Mühe", sagte Frau Teuber kurz angebunden,
„ich werde nichts sagen, und ich muss auch nichts sagen, denn ich muss meinen Sohn nicht belasten, soviel weiß ich."

„Sie haben recht, aber wenn Sie sich nicht äußern, kann ich Sie nicht gehen lassen, schließlich sind Sie eine Tatverdächtige."
Stille, Frau Teuber saß verkrampft auf dem Stuhl und rührte sich nicht, von Rosen verließ den Verhörraum, und ging zu seinem Chef, der hinter der Scheibe stand.
„Hallo Ralf, hast Du eine Idee, ich komme mit der nicht weiter. Als Tatverdächtige muss ich den Staatsanwalt informieren, was sollen wir machen?"
„Sage ihr, dass das was sie bis jetzt erlebt hat war Kindergeburtstag, wenn der Staatsanwalt ins Spiel kommt, dann fährt sie ein, für viele Jahre."
„Gut, OK."
Von Rosen kehrte in den Verhörraum zurück und sagte,
„ich gebe Ihnen 48 Stunden Bedenkzeit, sagen Sie uns dann wo sich Ihr Sohn aufhält, dann werten wir das im Falle eines Falles Strafmildernd, sagen Sie uns dann nichts, werden wir Ihren Sohn zur Fahndung ausschreiben und ihn jagen."
Bei dem Wort jagen, war Uta Teuber kaum merklich zusammengezuckt, dennoch hatte von Rosen diese Reaktion wahrgenommen. Er ließ Uta Teuber abführen, als sie den Raum verließ, sagte er,
„Frau Teuber, das waren keine leeren Worte."
Nach 2 Stunden war Sabrina wieder zurück, und schwenkte stolz ein kleines Plastikdöschen in der Hand,
„es sind 16 Zähne, wir können davon ausgehen, dass von jedem Kind mindestens ein Zahn dabei ist."
„Gut, bring die Dose sofort zur KTU."

Bochum 31.07.2018

In Bochum brach nach von Rosens Anruf Hektik aus, Kriminaldirektor Werner Nagel rief von Rosens ehemaligen Kollegen Eberhard Ginger zu sich.
„Eberhard, Max hat gerade angerufen, es scheint, als hätte er im Fall der 2004 gefundenen Mumie neue Erkenntnisse. Kannst Du Dich an den Fall erinnern?“
„Ja, sehr gut sogar.“
„Also es steht zu vermuten, dass wir damals in dem Keller nicht die ganze Dimension des Verbrechens erfasst haben, was ja auch gar nicht möglich war. Jedenfalls scheint es so, dass in dem Keller noch 2 weitere Leichen versteckt sind.“
„Du weißt schon, dass die den Bunker morgen früh sprengen wollen, das hat groß und breit in der WAZ gestanden“,
gab Ginger zu bedenken.
„Ja, und das ist das Dilemma, wir müssten die Sprengung absagen, oder besser stoppen, oder verschieben“,
antwortete Nagel.
„Und wenn wir nichts finden“,
fragte Ginger.
„Ja, dann haben wir einen Haufen Kosten gemacht, und der Spot der Presse ist uns sicher, aber ich denke das müssen wir riskieren, denn Max hat eine wirklich logische Erklärung, und die Spur die er gefunden hat, scheint die richtige zu sein.“
„Was sagt der Staatsanwalt, fragte Ginger?“
„Der sagt, entscheiden Sie das, ich bin dabei.“
„Ja dann los.“
„Gut meinte Werner Nagel, dann bestelle ich mal für morgen früh das große Orchester, und telefoniere jetzt mit der ausführenden Firma.“

An der Baustelle angekommen sah sich Nagel von etlichen Fernsehkameras und Reportern umgeben. Zielstrebig wandte sich Nagel an den Bauleiter, der leicht zuerkennen einen roten Schutzhelm trug.
„Guten Morgen, ich bin Herbert Schmidt, der Bauleiter, wie ich bin Werner Nagel, wir hatten telefoniert."
Herbert Schmidt war ein großgewachsener Mittfünfziger mit braunen Haaren, als er Werner Nagel ihm die Hand reichte, meinte dieser,
„Dieses Haus ist wie der VFL Bochum, unsprengbar."
„Wie meinen Sie das", fragte Werner Nagel den Bauleiter.
„Ach ich hatte schon einmal den Auftrag dieses Haus zu sprengen, im Jahr 2004, aber damals haben die Eigentümer das Haus dann doch noch so verkauft wie es war. Und jetzt kommen Sie, das ist schon seltsam."
„Ich bin jedenfalls froh, dass es noch steht",
sagte Nagel.
„Sagen Sie, wann sollte denn im Jahr 2004 das Haus gesprengt werden?"
„Im September",
hatte Schmidt geantwortet,
„wir hatten alle Mieter informiert, dass sie bis zum 15. August ausgezogen sein mussten. Viele sind dann viel früher weggezogen, vor allem die Arztpraxen, denn die haben den längsten Vorlauf, die standen teilweise schon im Juni leer."
„Und was haben die gesagt, als sie erfuhren, dass das Haus stehen blieb",
fragte Nagel.
„Die Meisten haben das gar nicht mitbekommen, und den anderen war es wohl egal."
„Gut, dann Sagen Sie mir zuerst, wie so eine Sprengung abläuft?"

„Gerne, wir schauen uns die Baupläne an, und suchen die Statischen Druckpunkte, dort bohren wir vor allem in das Untergeschoss und den Keller hunderte Löcher, in denen der Sprengstoff platziert wird.
Dann werden alle Sprengstoffeinheiten mit Kabel verbunden. Ja, und dann drücken wir auf den Knopf, und hoffen, dass unser Plan aufgeht, und das Haus wie geplant einstürzt."
„Die oberen Geschosse werden also nicht gesprengt",
fragte Nagel.
„Nein, wenn wir das Haus destabilisieren, besorgt den Rest die Schwerkraft, das Haus stürzt in sich zusammen."
„Was passiert mit Gegenständen, die ich unten im Keller versteckt habe?"
„Egal was es ist, es wird pulverisiert, da finden Sie nichts mehr wieder, das garantiere ich Ihnen."
„Wie gehen wir vor",
fragte Werner Nagel.
„Ich kann natürlich nicht die Sprengladungen wieder entfernen, zumal diese mit Druck in die Bohrlöcher gestopft wurde, die kriegen wir aus den Löchern gar nicht mehr heraus, aber seien Sie unbesorgt, wir haben die Kabel abgezogen, es kann nichts passieren."
„Naja, ein angenehmes Gefühl ist das ja gerade nicht, wenn einem bei der Arbeit hunderte Stangen Dynamit anlachen",
warf Nagel ein,
„aber wir haben schon unter allen Bedingungen gearbeitet. Letzte Frage, Handys sind kein Problem, nicht dass im Keller mein Handy schellt, und ich beende das Gespräch auf Wolke sieben?"
„Keine Sorge, wenn wir Dynamit in den Löchern hätten, kämen Sie gar nicht mehr in den Keller, und, wir nehmen ja auch Funkgeräte mit auf die Baustelle. Ein Problem bekämen wir nur, wenn einer den Zündautomaten bedient, aber der ist gar nicht hier."

Werner Nagel winkte Ginger herbei, und sagte ihm, „Anfangen, und je schneller wir arbeiten, umso schneller können die hier weiter machen“, und an Schmidt gewandt, „Sie haben niemandem gesagt, was wir hier wirklich machen und suchen.“
Schmidt hob abwehrend die Hände,
„natürlich nicht, ich habe wie vereinbart gesagt, dass die Vermutung besteht, dass unter dem Kellerboden eine Weltkriegsbombe liegt.“
„Prima, ich muss telefonieren“,
Werner Nagel dreht sich um, und ging langsam auf die Kellertreppe zu, das Handy dabei in der Hand.
Kurz darauf schellte in Maximilians Büro das Telefon,
„von Rosen, ach Werner, Du hast die Sprengung gestoppt, das ist sehr gut, wir haben hier Genmaterial von hoffentlich beiden Kindern, haben wir eigentlich damals von der Mumie DNA gesichert.“
„Ja, verzeihen Sie Herr Direktor“,
sagte Maximilian lachend,
„dann bin ich mal gespannt, wie es weiter geht.“

In der folgenden Nacht schlief Maximilian unruhig, immer wieder wachte er auf, und konnte kaum wieder einschlafen. War das wirklich möglich, gibt es so etwas, dass ein Mann seine Frau und seine Kinder tötet, und dann mit einer anderen Frau weiterlebt, als wäre nichts geschehen, konnten Menschen so Gefühlslos sein?
Die Antwort gab er sich selbst, ja, in seinem Beruf hatte er schon alles erlebt. Es war 4:00 Uhr, als ihn nichts mehr im Bett hielt, schade dass er noch nicht in seinem Haus am Meer wohnte, dann würde er jetzt an den Strand gehen. Das hatte er früher immer gemacht. Egal ob er Probleme zu bewältigen hatte, oder ihm eine Aufgabe gestellt wurde, die er zu lösen hatte. Das Meer mit seiner für ihn beruhigenden

Geräuschkulisse hatte ihm oft beigestanden, und wenn er wütend war, dann ging er ans Meer und schrie es an. So konnte er seine Aggressionen loswerden. Stattdessen schaltete er seinen Computer an, was nicht annähernd ein Vergleich war.
Er sah erneut eine Mail von seiner noch Frau, diesmal öffnete er sie.

Die ersten Sätze die gespickt waren mit Schuldzuweisungen und Beschimpfungen überlas er. Des Weiteren stand in der Mail, dass seine noch Frau die Scheidung wollte, sofort, sie war bereit, zu sagen, dass sie beide, schon seit über einem Jahr getrennt lebten, und von dem Haus in dem sie wohnte, wollte sie auch nichts, sie wollte nur weg von ihm. Er schrieb kurz zurück, einverstanden zu sein. Den Rest würde sein Familienanwalt regeln. Als er das Mail Programm schloss, fühlte er sich befreit, als wäre eine Last von seiner Schulter genommen worden.
„Schade“,
sagte er laut, schaute auf die Uhr, es war 5:30 Uhr, er zog seine Sportsachen an, und ging laufen.

Anklam 01.08.2018

Gegen Mittag erschien Sabrina im Büro, völlig aufgelöst und den Tränen nahe. Von Rosen stand von seinem Schreibtischstuhl auf, und nahm sie in den Arm,
„was ist los“,
fragte er mitfühlend.
„Ich habe die Mutter von Susanne Weber geb. Bauerdick gefunden, eine liebe alte Dame von 91 Jahren. Sie lebt seit dem Tod ihres Mannes in Teterow in einem Alten und Pflegeheim. Sie ist geistig noch fit, und hat mir die Geschehnisse aus der Zeit von 1990 bis 2004 erzählt, und ich sage Dir, wenn dieser, Typ, dieser Weber, wenn der mir die Chance gibt ihm eine rein zu hauen, dann verarbeite ich den zu Brei, das ist so ein Schwein“,
bei diesen Sätzen begann sie zu weinen, und hielt sich an Maximilian fest.
„Ich weiß, dass es schwer ist, aber wir müssen uns im Zaun halten, tun wir das nicht, sind wir nicht mehr objektiv. Aber jetzt setz Dich bitte und erzähl was die alte Dame gesagt hat, das hilft meist schon.“
„Ja, Du hast Recht.“
Sabrina holte ihren Block hervor, und begann,
„die Familien Weber und Bauerdick hatten ein mittelprächtiges Verhältnis. Bauerdicks waren über das Wirken ihres Schwiegersohnes in der DDR nicht gerade begeistert, akzeptierten aber, dass ihre Tochter diesen Mann liebte, und arrangierten sich mit ihm so gut es ging.
Als 1989 die Mauer fiel, wollte Herr Dr. Weber nur noch weg, er hat geahnt, dass er Probleme wegen des von ihm initiierten und praktizierten staatlichen Dopingprogramms bekommen

würde, schließlich gab es auch ein paar Todesfälle, die aber in der DDR nie untersucht wurden.
Anderen Ärzten, die in Dopingfälle verstrick waren wurde die Approbation entzogen, das wollte Weber natürlich vermeiden. Jedenfalls brach er im Osten alle Zelte ab, und zog nach Bochum. Für die Familie Bauerdick begann eine sehr schwere Zeit, denn ab dem 04. Oktober 1990, wurde das Bundesamt für Stasiunterlagen gegründet, und jeder der Berechtigt war, bekam jetzt Akteneinsicht. Von dem Tage an wurden Bauerdick angefeindet, weil ihr Schwiegersohn als IM jeden, aber auch wirklich jeden bei der Stasi gemeldet hat. Er ging sogar so weit, wenn es seiner Karriere nutzte, wurden Kollegen mit erfundenen Beweisen unter Druck gesetzt. Das Verhältnis wurde immer schwieriger, und auch die Tochter hatte langsam die Nase voll. 1991 haben die Beiden, damals lebte Herr Bauerdick noch, ihre Tochter das letzte Mal gesehen.

Danach wurde nur noch telefoniert. In diesem Jahr sagte ihre Tochter am Telefon, dass sie sich scheiden lassen wolle und wieder zurück will in den Osten, da ihr Mann ein Verhältnis mit einer anderen Frau angefangen habe.
Sie sagte weiter, dass sie ja noch das Haus in Ahlbeck haben, was ja nur vermietet ist, dort wollte ihre Tochter dann wieder einziehen.
Das war das letzte Lebenszeichen, dass sie von ihrer Tochter bekommen haben. Dann brach der Kontakt unter mysteriösen Umständen ab, und auch zu den Enkeln hatten sie keinen Kontakt mehr. Sie waren sicher, dass dieser Herr Weber dahintersteckte.
Sie haben bis 2004 ständig auf dem Handy ihrer Tochter angerufen, aber diese sei nicht mehr ran gegangen, obwohl das Handy immer eingeschaltet war.

Im August 2004 sind die Beiden dann nach Bochum gefahren, um mit ihrer Tochter zu sprechen, da war aber schon die Praxis leer, und die Wohnung geräumt. Im September 2004 bekamen die Beiden einen Brief, in dem Stand, dass sich die Tochter entschieden habe zu ihrem Mann zu halten, und sie wolle ihre Eltern nie mehr wiedersehen.
Das hat die Bauerdicks schwer getroffen, und sie haben nie geglaubt, dass dieser Brief wirklich von ihrer Tochter geschrieben wurde. Sie sind damals zur Polizei gegangen, und die hat auch versucht den neuen Wohnort der Familie zu ermitteln, aber vom Meldeamt aus Bochum kam nur die Antwort, unbekannt in die Schweiz verzogen."

Als Sabrina geendet hatte, schaute sie Maximilian an, und meinte,
„ich freu mich auf den Tag, an dem ich ihm die Handschellen anlegen kann."
„Hast Du der Mutter gesagt, dass ihre Tochter wahrscheinlich umgebracht worden ist?"
„Nein Maximilian, das habe ich nicht übers Herz gebracht, Sie ist eine so liebe und herzensgute Frau. Außerdem wissen wir ja auch noch gar nicht, dass es ihre Tochter ist, die damals gefunden wurde."
„Mach Dir nichts vor Sabrina, Du weist ganz genau, dass wir ihre Tochter gefunden haben. Aber Du hast recht, was sollen wir jetzt schon die alte Dame belasten. Übrigens die Bochumer sind schon seit 2 Tagen im Keller des ehemaligen Ärztehauses und suchen."
„Weist Du was Max, es ist das erste Mal in meinem Berufsleben, dass ich mich freuen würde, wenn sie nichts finden."
„Ich habe auch etwas Positives, ich habe die Kuscheltiere der Töchter, die hatte Frau Bauerdick mit im Heim, damit die Erinnerung an ihre Enkel nicht verblasst. Die können uns

helfen, wenn das mit den Milchzähnen nicht mehr klappt, weil die zu alt sind.
Ich habe Ihr erzählt, dass wir damit in der Lage sind Ihre Enkel zu finden, das hat sie geglaubt. Beide weisen sehr deutliche Flecken auf, ich denke es sind Speichelspuren."
„Das ist großartig, denn damit haben wir in jedem Fall Beweise in der Hand die unwiderlegbar sind, bringst Du sie bitte zur KTU",
sagte von Rosen.
„Ja, ich muss mit denen sowieso reden, die müssen die DNA so extrahieren, dass die Kuscheltiere nicht beschädigt werden, es ist das letzte Andenken an ihr Enkel, die will ich ihr nicht nehmen."
„OK, mach das, aber dann Sabrina müssen wir uns wieder um Teuber und CO. Kümmern, der Fall steht für uns an erster Stelle."
„OK, ich werfe mir nur schnell etwas Wasser ins Gesicht, dann geht es los."

Von Rosen schickte Schulz nach Neppermin, Frau Lechner und Herrn Albers ins Präsidium zu bringen.
„Guten Tag zusammen",
sagte von Rosen, als er den Verhörraum betrat.
„Was soll das",
fragte Albers empört.
„Was das soll, das fragen Sie noch, Sie stehen unter dem dringenden Verdacht, am Tod von Manfred Teuber alias Dieter Schulte zumindest beteiligt, wenn nicht sogar dabei gewesen zu sein."
„Wie kommen Sie darauf",
fragte Frau Lechner.
„Weil wir am Briefumschlag in dem das Testament war Ihre Fingerabdrücke gefunden haben. Und gleich zu Ihnen Herr

Albers, sie konnten ja nicht wissen, dass wir den Umschlag schon hatten, Sie haben danach gesucht.
Denn anders ist es ja nicht zu erklären, dass wir Ihre Fingerabdrücke im gesamten Arbeitszimmer von Herrn Teuber/Schulte gefunden haben.
Und, weil, bevor Sie die Information hatten, dass Teuber/Schulte verheiratet war, Sie der Profiteur gewesen wären, und weil Sie sich mit Ihrem tun verdächtig gemacht haben. Oder wie erklären Sie, dass sie sofort nachdem Sie erfahren haben, dass es eine Frau Teuber gibt zum Golfclub gefahren sind, und ziemlich lautstark mit Herrn Albers gestritten haben. Davon haben wir Tonaufzeichnungen."
„Was, Sie haben uns abgehört?"
„Nein, aber Sie waren so laut, wir brauchten nur neben dem Fenster stehen, da haben wir schon alles gehört."

Das war eine Lüge, aber die war gut vorgetragen, und hat Ihre Wirkung nicht verfehlt. Lechner und Albers schauten sich an, und waren unsicher, was sie sagen sollten. Dann ergriff Frau Lechner das Wort.
„OK, wenn Sie es sowieso schon gehört haben, dann sage ich wie es war. Ja, wir hatten die Absicht Dieter bei einem Unfall sterben zu lassen, aber keiner von uns hat ihn ermordet. Da ist uns einer zuvorgekommen."
„Sie wussten also doch vom Testament",
warf Sabrina Frau Lechner vor.
„Ja, ich habe gesehen wie Dieter es vom Notar nach Hause brachte, und ich wusste wo er solche Sachen versteckt. Als er aus dem Haus war, habe ich das Testament gefunden, und Maik angerufen, dass er es getan hat.
Das war der Anruf, den Sie in den Einzelverbindungen gefunden haben. Und ja, von da an bestand die Absicht, dass Dieter etwas passiert, aber wir haben ihn nicht erschlagen, wir

wollten irgendetwas mit seinem Auto machen, denn Dieter ist immer gerast wie ein Verrückter.
Sie können das prüfen, auf Maiks Laptop können Sie die Suchanfragen finden, nach Bremsen etc."

Von Rosen und Sabrina verließen den Verhörraum. Auf dem Flur meinte Sabrina,
„das ist so doof, irgendetwas mit den bremsen, das könnte stimmen, so einen Mist kann man sich kaum ausdenken."
„Ja, aber wir brauchen den Laptop von Herrn Albers, sollen wir den losschicken den holen",
antwortete von Rosen.
„Ja, würde ich auch sagen."
Sabrina fragte weiter,
„was machen wir solange mit Frau Lechner, die könnten wir auch wegschicken, denn Ansätze haben wir keine."
„Du hast recht, ich gehe wieder rein, und schicke Beide fort unter der Auflage, dass Albers uns bis morgen Früh seinen Laptop bringt."
Albers versprach seinen Laptop am nächsten Morgen ins Kommissariat zu bringen, und die Beiden konnten gehen.

Als von Rosen in Mellenthin in den Briefkasten schaute, fand er einen Dicken Umschlag, in dem, der Familien Anwalt die Scheidung vorbereitet hatte. Seine noch Ehefrau hatte schon unterschrieben. Er las die 25 Seiten durch, und war ebenfalls einverstanden.

Er unterschrieb, und brachte das Schreiben in einem neuen Umschlag sofort wieder zum Briefkasten, je eher er diese Frau los war desto besser. Als er wieder zu Hause war, stand für ihn fest, dass jetzt ein neuer Lebensabschnitt begann, und das motivierte ihn. Von jetzt an war er frei und sein eigener Herr.

Am nächsten Morgen betrat von Rosen den Verhörraum, Frau Teuber saß wie immer auf dem Stuhl, reglos, und mit mürrischer Mine.
„Haben Sie es sich überlegt, Frau Teuber, wollen Sie uns endlich sagen, wo wir Ihren Sohn finden."
„Nein, und jagen können Sie ihn auch nicht, Sie wissen ja nicht einmal wie er aussieht, und Sie können alle meine Sachen durchsuchen, ich habe kein Bild von meinem Sohn, den finden Sie nie."

Von Rosen war ziemlich aus der Fassung gebracht worden, denn natürlich hatte sie recht, wie sollte er eine Fahndung einleiten, wenn er nicht einmal ein Bild hatte. Er stand auf, und verließ den Raum. An der Scheibe stand Sabrina,
„was machen wir jetzt, die wird den nie verraten, die hat viel gelernt in Bautzen."
„Wir müssen rauskriegen, wie der Junge aussieht, haben wir ein Bild, dann haben wir auch Frau Teuber",
sagte von Rosen.
„Ja, aber wie, wie sollen wir an ein Bild kommen, wir wissen ja nicht einmal wo er geboren ist, im Melderegister von Rostock ist keine Geburt verzeichnet."
„Es kann ja nur ein Kind von Manfred und Uta sein, denn einen anderen hatte Sie ja nie. Also hat sie ihr Kind in Bautzen bekommen",
sagte Sabrina.
„Du hast recht, die kann das Kind nur in Bautzen bekommen haben."
„Dann brauchen wir aber verdammt viel Glück, denn wurde ein Kind im Gefängnis geboren, wurde es der Mutter direkt nach der Geburt abgenommen, und sofort in eine Linientreue Familie gegeben. Das wurde der Art verschleiert, dass wir keine Chance haben die Spur jemals zu finden",

antwortete Sabrina.
„Ich habe eine Idee, ich muss noch einmal zu Frau Teuber", meinet von Rosen, und ging wieder in den Verhörraum.
„Frau Teuber ich habe nur eine Frage, Sie haben sich versucht das Leben zu nehmen, und Sie sagten, dass es sehr knapp war, Sie waren so gut wie tot, stimmt das, und noch eines, war das noch in der Untersuchungshaft, oder nach dem Urteil."
„Ich weiß nicht was diese Frage soll, ja, ich war eigentlich schon Tod, aber die haben experimentiert, hat man mir gesagt, und unglücklicherweise habe ich das tatsächlich überlebt, und es war direkt nach dem Urteil, und jetzt will ich zurück in meine Zelle."
„Gut, ich lasse sie gleich abholen",
sagte von Rosen.
Sabrina Schaute irritiert, als von Rosen wieder neben ihr stand,
„und was wolltest Du damit erreichen?"
„Ich habe eine Idee im Kopf, und dann stelle ich auch schonmal unnötige Fragen, das ist meine Art Zeit zu gewinnen, damit ich meine Gedanken sortieren kann, jetzt weiß ich wie wir an den Jungen kommen, komm wir müssen zu Abel."
„Hallo Herr Abel, ich habe ein paar Fragen haben Sie gerade Zeit?"
„Da haben Sie Glück ich habe gerade eine Leiche die noch etwas auslaufen muss."
Von Rosen fragte lieber nicht, was mit Auslaufen gemeint war.
„Meine Frage, Uta Teuber, hat versucht sich das Leben zu nehmen, in der Art, dass sie sich die Pulsadern aufgeschnitten hat.
Nach ihren Angaben, wurde sie knapp gerettet, eigentlich sagte sie, sie war eigentlich schon Tod. Was wäre mit dem

Kind, wenn Frau Teuber zu diesem Zeitpunkt schwanger gewesen wäre?"
Abel zögerte etwas, und meinte dann,
„Schneidet sich jemand die Pulsadern auf, erstickt er, weil er sein Blut komplett verliert, und wenn sich kein Blut mehr im Körper befindet, wird auch kein Sauerstoff mehr transportiert. Die Leute wissen gar nicht, was das für ein hässlicher Tod ist. Ist diese Person schwanger, wird sie, bevor sie das Bewusstsein verliert feststellen, dass das ungeborene im Leib beginnt zu strampeln, denn auch ungeboren reagieren sehr heftig auf Sauerstoffmangel.
Wird die Person dann im letzten Moment gerettet, nimmt das Kind in jedem Fall einen Dauerhaften Schaden, wie schwer der ist, hängt von der Dauer des Saustoffentzugs ab."

Dann schaute Abel kurz auf ein Blatt, das er auf dem Schreibtisch liegen hat, und sagte weiter,
„man kann sie ja nur gerettet haben, wenn man ihr Blutkonserven gegeben hat, das erklärt, dass in der DNA an Dinses Zahn kleine Abweichungen waren."
„Das heißt aber, das Kind ist in jedem Fall behindert, wie, das kann man auch nicht abschätzen",
fragte von Rosen.
„Ja, die Bandbreite würde reichen, von leichten bis schwere körperliche Behinderungen, ebenso sind aber auch leichte oder schwere geistige Behinderungen möglich."
Von Rosen stand auf,
„danke, das reicht bis hierhin erst einmal."
Vor der Tür des gerichtsmedizinischen Institutes fragte Sabrina,
„ich verstehe jetzt nicht so ganz, worauf Du hinauswillst, kannst Du mich aufklären?"
„Ja, es wird im Kommunismus nicht anders gewesen Sein, wie im Kapitalismus, Behinderte Kinder will keiner. So

schlimm das ist, das kann unser Vorteil seien, denn wenn keiner das Kind wollte, ist er in einer Einrichtung für Behinderte gelandet, und die sind uns bekannt.“
„Aber Du willst jetzt nicht in jeder dieser Einrichtungen suchen, oder?“
„Nein, Morgen hole ich Frau Teuber aus der Zelle, und dann Poker ich ein wenig mit ihr, mal sehen ob sie weich wird.“
Von Rosen startete den Motor, und die Beiden fuhren ins Büro.
Im Auto schellt Sabrinas Handy, und Sabrina stellte auf Laut,
„dann kann Maximilian auch mithören“,
sagte sie.
„Also Ihr Beiden“,
die Stimme war unverkennbar,
„Hallo Abel“,
sagte von Rosen knapp,
„was habt Ihr für uns?“
„Wir haben die DNA von den Milchzähnen mit der DNA auf den Kuscheltieren verglichen, die DNA stimmt überein, wir können sicher sein, dass die Zähne von den Mädchen sind, ich schicke die Ergebnisse jetzt nach Bochum, Professor Heuser warte schon, der hat die DNA der Mutter extrahiert, was nicht einfach gewesen sein kann, aber der Mann ist Experte für sowas. Mehr kann ich von hier aus nicht tun, aber ihr haltet mich doch auf dem Laufenden?“
Von Rosen antwortete,
„na klar, das geht uns ja hier auch etwas an, das waren schließlich Menschen aus Mecklenburg-Vorpommern.“
„Danke Euch beiden“,
Abel hatte aufgelegt, es knackte in der Leitung. Direkt im Anschluss ging von Rosens Handy,
„Heute ist aber auch was los, ja, von Rosen hier, ach Werner Du bist das, warte, wir sind im Auto, ich stelle eben auf Laut, dann kann ich fahren, und Sabrina hält das Telefon.“

„Hallo Sabrina“,
sagte Werner Nagel,
„wir kennen uns noch nicht, aber ich hoffe sie kommen mit diesem etwas komplizierten Menschen klar.“
„So kompliziert ist er gar nicht, nur manchmal“,
beide lachten.
„So jetzt zu den traurigen Nachrichten, Max, Du hattest wie immer Recht, ich muss Euch leider sagen, wir haben die Mädchen gefunden.
Im hintersten Teil des Kellers, hat der Täter sie eingemauert, die beiden sind etwas besser erhalten wie die Mutter, im hinteren Teil konnte weniger Sauerstoff durch die Wand eindringen. Beide trugen Schlafanzüge, und beide wiesen eine Schussverletzung im Kopf auf.
Wer immer das war, hat die Mädchen hoffentlich im Schlaf erschossen.“
„Werner danke, Abel hat Euch schon die DNA der Mädchen geschickt, ich Denke mal Heuser ist in der Lage die DNA von den Mädchen zu extrahieren, danke nochmals Werner, wir sind ein hohes Risiko eingegangen.“
„Max, ich habe zu danken, ohne Deine Spürnase wären die Mädchen jetzt Staub.“
Als Werner Nagel aufgelegt hatte, war es still im Auto, Sabrina hatte Tränen in den Augen.
„Wir müssen es der Frau Bauerdick beibringen, ich würde sagen, je schneller wir das hinter uns haben, je besser ist das, wir fahren sofort nach Teterow.“
Sabrina konnte nur Nicken.
Als die Beiden das Zimmer von Frau Bauerdick betraten, saß diese in ihrem Rollstuhl, und blickte aus dem Fenster. Als sie Sabrina und von Rosen sah, richtete sie sich etwas auf, sie machten einen kämpferischen Eindruck, und die Geste zeigte, wieviel Stolz noch in der alten Dame steckte.
„Sie brauchen nichts zu sagen“,

sagte Frau Bauerdick leise aber nicht ohne Kraft,
„sie sind alle tot, habe ich Recht?“
Sabrina rollte eine Träne über die Wange,
„Ja sagte sie ebenfalls leise“,
als wolle sie die Totenruhe der liebsten Menschen die diese Frau hatte nicht stören.
„Ich habe es gewusst, schon damals, meine Tochter hätte nie, um nichts in der Welt, den Kontakt zu uns abgebrochen, sie hätte eher ihren Mann verlassen als uns. Mein Mann wollte das nie wahrhaben, ich habe es gewusst, eine Mutter spürt, wenn ihrem Kind etwas passiert.“
Sabrina reichte Frau Bauerdick die Kuscheltiere, die sie liebevoll in den Arm nahm,
„warum“,
fragte sie verzweifelt,
„warum tun Menschen so etwas“,
dann begann sie hemmungslos zu weinen, und Sabrina legte den Arm um sie, und tröstet sie. Maximilian stand wie angewurzelt im Raum, aber in seinen Augen konnte man grenzenlosen Hass ablesen, gegen jeden der so ein Leid verursacht.
Frau Bauerdick fragte,
“kann ich die Drei hier begraben, dann habe ich einen Ort an dem ich trauern kann.“
„Ja“,
antwortete von Rosen,
„Wenn die Untersuchungen abgeschlossen sind, werden die Drei hierher überführt.“
„Danke, danke für alles“,
sagte Frau Bauerdick, und an Sabrina gewandt,
„Sie fangen ihn, nicht wahr, oder kann man ihn in der Schweiz nichts anhaben?“

„Doch Frau Bauerdick, das kann man, und das werden wir, ich verspreche ihnen, den fangen wir, und bringen ihn hierher vor Gericht."
„Danke, dann will ich Sie nicht länger aufhalten."
Im Auto war die Stimmung erdrückend, dann sagte Maximilian,
„Ich kriege in einer Stunde die ersten Möbel für das Haus, da könnte ich Hilfe gebrauchen."
„Ja gerne, ich brauche Ablenkung, sonst platze ich vor Wut."

Sabrina hatte sich schnell zu Hause etwas Bequemes angezogen, und traf, mit dem LKW, der Maximilians Möbel brachte, in Ahlbeck ein. Sie war etwas ruhiger, aber unterschwellig war die Anspannung noch zu spüren, so redeten die Beiden wenig, und trugen Karton um Karton ins Haus, ohne eine Pause zu machen.
Immer wenn die Möbelpacker einen Schrank aufgestellt hatte, füllte er sich im Nu mit Sachen, die in diesen Schrank gehörten. Sehr anstrengend waren die Sachen aus der Küche, beiden lief der Schweiß in Strömen, aber sie ließen nicht nach, es war, als ob ihre ganze Wut in Bewegung umsetzten.

Selbst die Möbelpacker waren beeindruckt. Es ging schon auf Mitternacht zu, als alle Möbel aufgebaut waren, und die Möbelpacker sich verabschiedeten, dann waren die Beiden allein im Haus. Maximilian räumte seinen Fernsehschrank ein, sortierte die CDs in die Schublade, und schloss die Anlage an. In der Zwischenzeit räumte Sabrina die Küche weiter ein, dazu hatte Maximilian keine Lust, gegen 2 Uhr in der Früh, ließen sich Beide auf das XXL Sofa fallen.
„Bist Du müde",
fragte Maximilian.
„Nein, überhaupt nicht. Ich mache uns Kaffee und einen kleinen Snack",

meinte Sabrina und verschwand in der Küche.
„Ist auch besser, dass Du das machst, ich weiß ja nicht einmal wo meine Sachen jetzt stehen.“
„Ja wo sollen sie wohl stehen, Du Faulpelz, in der Küche, wenn man sucht, findet an sie auch. Aber so seid ihr Männer, kaum ist eine Frau im Haus, ist die Küche Tabu.“
Als Sabrina zurückkam, hatte Maximilian Kerzen auf den Wohnzimmertisch gestellt und angezündet, am Himmel kündigte sich der neue Tag an. Beide saßen einträchtig nebeneinander,
„geht es Dir besser“,
fragte Maximilian.
„Ja, ich mache das immer so, wenn sich Aggressionen stauen, dann power ich mich aus, dann geht es meist wieder. Ich weiß, dass ich als Kriminalbeamtin kühl und berechnend sein muss, aber das gelingt mir nicht immer, endschuldige bitte, dass ich die Fassung verloren habe, ich werde daran arbeiten, dass das nicht wieder passiert.“
„Nein, bleib so wie Du bist, ändere nichts, denn das wichtigste ist, dass Du Emotionen in Dir trägst, das macht Dich zu einem besseren Polizisten, ich brauche keinen Rambo in meinem Team, der ohne etwas zu fühlen los schießt.“

Beide tranken noch eine Tasse Kaffee, und aßen ein wenig, dann fielen beiden die Augen zu, und sie schliefen auf dem Sofa ein. Maximilian erwachte zuerst. Der Tag begann verheißungsvoll, blauer Himmel, die Sonne schien und die Luft fühlte sich sehr warm an, als er die Terrassentür öffnete. Von diesem Geräusch erwachte auch Sabrina, und rieb sich die Augen,
„wie spät haben wir“,
fragte sie.

„Halb Elf, ich mache Kaffee, wenn Du willst kannst Du Dich frisch machen, wo meine Klamotten hängen weißt Du ja, nimm Dir was Dir passt."
Sabrina fuhr nach dem Frühstück heim. Zu Hause angekommen, kam ihr die Wohnung leer und kalt vor. Sie konnte an nichts Freude finden, dann hatte sie eine Idee.
In Teterow angekommen ging sie zielstrebig in das Zimmer, dass ihr schon so vertraut war, Frau Bauerdick saß an einem kleinen Tischchen, und aß Kuchen. Als sie Sabrina sah, lächelte sie, und bot ihr einen Stuhl an.
„Frau Bauerdick, darf ich Sie etwas fragen?"
„Natürlich, fragen Sie los."
„Mich interessiert, wie sich ihre Tochter und Herr Weber kennengelernt haben. Je mehr ich über die Beiden weiß, umso einfacher ist es für mich."
„Da muss ich aber weit ausholen",
sagte Frau Bauerdick,
„ich denke, ich bestelle uns noch ein Kännchen Kaffee und ich erzähle Ihnen die Geschichte."
Als der Kaffee eingetroffen war, begann Frau Bauerdick zu berichten,
„In der DDR wurde Sport großgeschrieben, und alle jungen Menschen hatte nur eines im Sinn, nämlich durch den Leistungssport berühmt zu werden.
Denn nur dann konnte man Reiseerleichterungen erhalten, und man durfte im Ausland zu Wettkämpfen fahren. Alleine diese Wohltaten der Partei waren ausschlaggebend, dass viele Junge Menschen in den Leistungssport drängten. Meine Tochter, war am Wasser geboren, in Neubrandenburg am Tollensesee. So war es nur normal, dass sie schon als 10-jährige Rudern ging.
Susanne war immer sehr kontaktfreudig, und so war sie schnell in einer Gruppe, heute würde man Clique sagen.

Dort hat sie dann Walter Weber kennengelernt. Mit dieser Jungendbekanntschaft hat Sie jede freie Minute verbracht. Als sie dann die Schule beendet hatte, hat Susanne Medizin studiert, wie ihr Walter.
Jetzt änderte sich der Freundeskreis, aber dem Rudern blieben die Beiden treu. Als Walter Weber sein Studium abgeschlossen hatte, wurde er Sportmediziner, und Susanne arbeitet im Krankenhaus in Anklam.
Irgendwann gab Susanne das Rudern auf, einen wirklichen Grund hatte sie uns nie genannt, aber wir glaubten, Susanne kam Leistungsmäßig nicht mehr mit den anderen mit. Das war hart für sie, aber sie hat es weggesteckt.
Dann haben die Beiden geheiratet, und Susanne bekam ihre Kinder."
Sabrina fragte,
„wie kam es, dass die Beiden das Haus in Ahlbeck bezogen haben?"
„Walter Weber machte für uns eine unerklärliche, aber enorme Karriere, als Sportmediziner, und auch in der Partei kam er mit großen Schritten weiter. Er war auch in der Kommission zur Sichtung von Nachwuchstalenten für den Sport.
In dieser Zeit kamen hässliche Gerüchte auf, dass Walter einige Mädchen unsittlich angefasst hätte, und noch schlimmeres. Der Urheber der Gerüchte, war der Vater eines Mädchens, der selbst beim MFS war. Später wurde der Mann als Spion entlarvt, zum Tode verurteilt, und in Leipzig erschossen. Man hatte in seiner Wohnung streng Geheime Unterlagen gefunden.
Obwohl der Mann beteuerte, nichts von diesen Unterlagen gewusst zu haben, wurde er Verurteilt. Das weiß ich aus den Akten der Gauk Behörde. Dort stand auch, dass Walter Weber dem armen Kerl die Akten die bei ihm in der Wohnung gefunden worden waren, untergeschoben hat, Weber war

schuld an dieser Hinrichtung, das lässt erkennen welch ein Mensch dieser Herr Doktor ist.
Aber, brave Gefolgsleute der DDR Führung, hatten so ihre Freiheiten, Weber und somit auch meine Tochter lebten im Luxus. Teure Westprodukte waren Standard, Herr Weber wurde immer mehr zum Exzentriker.
Ich weiß noch, als das Haus in Ahlbeck, das an Luxus keinen Wunsch offenließ, eingeweiht wurde. Alle Ihre Freunde waren da, auch die polit Prominetz. Die Freunde aus dem Ferienlager, in Balm waren auch da."
„Wieso war Ihre Tochter im Ferienlager in Balm",
fragte Sabrina.
„Urlaub auf Usedom wurde nicht gebucht, er wurde ja wie Sie wissen vergeben, und Usedom war begehrt. Der Ruderverein Neubrandenburg hatte gute Beziehungen zum FDGB, und so wurden Urlaubsreisen an die Ostsee gemacht, immer mit dem ganzen Klub, oberhalb von Balm, dort stand, oder vielleicht steht es ja noch, ein Ferienlager das dem FDGB gehörte. Das war zu DDR Zeiten halt so.
Und die Ferienanlage in Balm hatte den Vorteil sie lag am Achterwasser, da konnten die Kanuten trainieren, ohne gegen das Verbot zu verstoßen.
Auf der Ostsee war die Benutzung von Booten streng verboten, und wurde als Republikflucht angesehen. Soweit ich mich erinnere, fuhren die vom Ruderklub immer dorthin. Susanne war schon dort, als sie 11 Jahre alt war. Dort kamen natürlich auch andere Sportvereine hin, die Anlage war groß. Eine besondere Attraktion war dann immer die Regatta gegen die Einheimischen, das hatte Volksfestcharakter. Dort lernte man auch viele Usedomer kennen, was später mal helfen sollte, wenn man auf eigen Faust Urlaub machen wollte.
Die Einheimischen hatten aber selten eine Chance bei der Regatta, das waren alles Sportler die Leistungsmäßig nicht so

gut waren. Ich habe von diesen Sommerlagern hunderte Bilder, wenn Sie sich die ansehen wollen."
„Gerne Frau Bauerdick",
sagte Sabrina,
„mich interessieren Bilder, als Susanne älter war, so 16 – 18 Jahre."
„Da haben Sie Glück, dass mein verstorbener Mann ein Buchhalter war. Der hat alle Fotos und Fotoalben nach Jahren und Monaten sortiert, schauen Sie dort in den Schrank, das sind die Jahre 1975-1977."

Sabrina suchte die genannten Bände heraus, und begann zu blättern. Die Schwarzweißaufnahmen hatten ihren eigenen Charme, viel waren etwas unscharf, aber sie zeigten junge Menschen in FDJ Hemden oder Blusen, die lachten und ihren Spaß hatten.
Sabrina schaute sich die Fotos interessiert und konzentriert an, so dass es sogar Frau Bauerdick auffiel.
„Was versuchen Sie zu finden liebe Sabrina",
fragte sie.
„Ich weiß es nicht, aber irgendetwas war da, oder ist da passiert, ich suche nach einem Hinweis, ich kann ihnen aber nicht sagen, was ich suche.
Ist Ihnen etwas bekannt, hat sich dort auf dem Lagerplatz irgendetwas ereignet, etwas ungewöhnliches?"
„Nicht das ich wüsste, es hat da ein paar Probleme gegeben, dass einige Jugendliche über die Stränge geschlagen haben, aber das war normal.
Und da waren noch die 2 Mädchen die mit ihren Booten abgehauen sind, das waren gute Sportler, die sind mit ihren Booten nachts das Achterwasser hoch, und dann über die Ostsee verschwunden."
„Hat man je wieder etwas von den Mädchen gehör",
fragte Sabrina.

„Nein, das war aber auch üblich, wenn jemand geflohen war gab es den einfach hier nicht mehr, und es durfte niemand darüber reden. Susanne sagte mir damals, dass die Beiden auch Webers Notizbuch mitgenommen hatten. In dem Buch waren alle seine Ergebnisse vom Trainingsprogramm aufgeschrieben. Wahrscheinlich wollten sie das im Westen veröffentlichen, da wir ja im Rudersport sehr erfolgreich waren.“
Sabrina sah Frau Bauerdick an, und fragte,
„Liebe Frau Bauerdick, eine Frage noch, kommt Ihnen der Name Dinse bekannt vor?“
„Ach die Vielköpfigen, den Namen habe ich lange nicht mehr gehört.“
„Die Vielköpfigen“,
fragte Sabrina,
„was heißt das?“
Frau Bauerdick schmunzelte,
„die Dinses, die Familie lebte in Neubrandenburg, wir nannten sie die Vielköpfigen, da sie 9 Kinder hatten, und alle waren im Ruderklub.
Aber über dieser Familie strahlte kein glücklicher Stern.“
„Was meinen Sie damit?“
„Naja, die ersten beiden Töchter waren sehr begabt, und auch schon mehrfach bei den Spartakiaden durch ihre Leistung aufgefallen, aber beide erkrankten in den 80gern an Leukämie, und starben.
Die Familie machte den Sportverein dafür verantwortlich, dies aber nur unter der Hand, offen wurde nichts gesagt.
Ich habe daraufhin mal meine Tochter gefragt, und die sagte, darüber dürfe sie nicht reden. Das hat mich getroffen, dass einem das eigene Kind nicht mehr vertraut, aber in dieser Sache blieb sie hart.“
„Welche Kinder hatten denn die Vielköpfigen noch, und leben die alle noch“,

fragte Sabrina.
„Ach Gott das weiß ich nicht, ob die alle noch leben, ich weiß aber sicher, der Lutz, der war auch ein begabter Ruderer, der ist auch an Krebs gestorben die anderen weiß ich nicht.
Mal sehen ob ich die Namen noch zusammen kriege, geben Sie mir bitte mal das Album von 1978, da hat sich die Clique mal zusammen fotografieren lassen, das Foto muss ziemlich am Anfang des Albums sein."
Sabrina reichte Frau Bauerdick den gewünschten Band, und die fand das Foto schnell.
„Sehen Sie, hier sind alle."
Mit dem Finger zeigt Frau Bauerdick auf die Personen, die abgelichtet waren,
„also, das ist, Ronnie, das ist Marta, das ist Gabriele, das ist Uwe, das ist Reich, und hier der kleinste, das ist Holger. Sehen Sie, neben Holger Dinse steht Maike Nast. Maike Nast ist damals verschwunden, das traf Holger Dinse schwer, er war unsterblich in Maike verliebt."
„Und daneben?"
„Ach das sind die Familien Totzke und die Familie Günther."
Der Name Totzke ließ Sabrina aufhorchen,
„das Mädchen da wissen Sie wie das heißt?"
„Ja, das ist Uta Totzke, die hat hinterher auch so einen Parteibonzen geheiratet, Magret und Herbert Totzke waren Stolz wie ein Pfau, ihr Schwiegersohn war ein Offizier."
„Sie können sich aber noch gut an die Namen erinnern."
„Ja, wir haben ja auch viele zum Teil auch glückliche Jahre gemeinsam verbracht, daraus sind oft Freundschaften entstanden, man hat sich besucht, und hat auch Familienfeste gemeinsam gefeiert.
Die Uta war ein Jahr jünger wie Susanne, wir waren damals zur Jugendweihe eingeladen, und sind auch gerne hingegangen."

„Und besteht der Kontakt noch, oder ist er abgebrochen“, fragte Sabrina.
„Als die DDR zerfiel, zerfielen auch alle Freundschaften. Nichts war mehr so wie es vorher war, die Menschen wurden egoistischer, und man fragte sich schon, ob diese ganze Freude an der Gemeinschaft nur gespielt war.
Jedenfalls haben wir niemanden mehr wiedergesehen, und auch Susanne hat Uta nie wiedergesehen. Und dann ist Susanne ja nach Bochum gegangen, und hat jeden Kontakt zu den Leuten von früher verloren.“
„Eine Praxis in Bochum zu eröffnen, und das mit 2 Kindern, das stelle ich mir nicht einfach vor, woher kam das Geld“, fragte Sabrina.
Frau Bauerdick schaute sie an,
„Walter Weber hatte vorgesorgt, es gab damals Gerüchte, dass er Parteigelder an sich gebracht hatte, das wurde aber nie verfolgt, aber er hatte Geld, viel Geld, ich weiß nicht woher, und wie er es verdient hat, aber es war da.
Er richtet die Praxis in Bochum sehr fein ein, dann mietete er im 4 Stock diese Wohnung, die hatte 180 m², die möblierte er mit teuersten Möbeln, und er kauft 2 Mercedes Benz. Und das alles bevor er auch nur einen Tag gearbeitet hatte. Fragen Sie mich bitte nicht wie das ging, es ging halt.“

Frau bauerdick sah müde aus, die Erinnerungen hatten sie auch aufgewühlt, Sabrina räumte die Fotoalben wieder in den Schrank, bedankte sich, und fuhr nach Ahlbeck. Sie schelte bei Maximilian, der lange brauchte, bis er an der Haustür war, das Handtuch noch in der Hand, und die Haare nass und strubbelig.
„Hallo Du, komm rein.“
„Was gibt’s?“

„Maximilian, ich war bei Frau Bauerdick und habe viel erfahren, unter anderem, dass sich Susanne Walter und Uta Totzke kannten."
Maximilian stand im Eingang wie vom Donner gerührt,
„Wie bitte",
entfuhr es ihm,
„Komm in die Küche, ich mache Kaffee und du redest."
Sabrina berichtete alles, was sie erfahren hatte.
„Das wirft ein völlig anderes Bild auf die Sache, da muss ich drüber nachdenken, oder besser, lass uns gemeinsam darüber nachdenken, bleib einfach hier, wo meine Hemden sind weißt Du ja, und eine Boxerschorts findest Du bestimmt auch."

Die beiden diskutierten die halbe Nacht, und fassten einen Plan. Am nächsten Morgen fuhren sie von Ahlbeck nach Anklam. Von Rosen wollte gerade seine Bürotür öffnen, da rief Schulz über den Gang nach ihm.
„Was ist Schulz",
fragte von Rosen.
„Ach Herr Kommissar, die Frau Anger ist wieder da, und behauptet sie wäre vergewaltigt worden."
„Die hat mir gerade noch gefehlt, ja, gut, schick sie mir rein."
„Guten Tag Frau Anger, machen Sie es bitte kurz, ich habe wirklich wenig Zeit."
„Es geht ganz schnell, es ist wieder passiert, ich sitze auf der Terrasse, und Zack ist es morgens, ich liege in meinem Bett, und habe Schleim zwischen den Beinen. Das war heute Morgen, und was mache ich jetzt?"
„ich mache Ihnen sofort einen Termin in der Gerichtsmedizin, die untersuchen Sie, dann wissen wir mehr, aber dann ist jetzt Eile geboten."
Von Rosen telefonierte mit Abel, und der war sofort bereit. Von Rosen sah frau Anger an,

„gehen Sie bitte zu Dr. Abel, die Adresse habe ich Ihnen hier aufgeschrieben, auf Wiedersehen.“
Mit diesen Worten überreichte er den Zettel, den er beschrieben hatte, und Frau Anger machte sich auf den Weg.
„Sag mal, hast Du schon die Sachen von Dinse durchgesehen“,
fragte Sabrina, als sie von Rosens Büro betrat.
„Nein, das habe ich vor mir hergeschoben.“
„Wir sollten das, bevor wir mit Uta Teuber reden vor dem neuen Hintergrund, dass sich wahrscheinlich alle kannten, jetzt in Angriff nehmen, vielleicht finden wir da auch noch Hinweise.“
„Gute Idee“,
meinte von Rosen, und zeigte mit ausgestrecktem Arm auf den Besprechungstisch, der in seinem Büro stand, und auf dem 2 Türme von losen Blättern lagen.
„Der rechte Stapel ist aus seinem Büro, das sind Unterlagen von dem neuen Baugebiet, der linke Stapel sind Unterlagen aus seiner Wohnung, womit wollen wir beginnen?“
„Ich würde sagen mit dem Baugebiet“,
sagte Sabrina und setzte sich auf eine der Stühle, die am Tisch standen.
„Gut, ich besorge uns eine Kanne Kaffee, das sieht nach einem langweiligen Nachmittag aus.“
Anfangs fanden die Beiden nichts Auffälliges, was auf einen eventuellen Täter hindeuten könnte.
„Hier ist die Liste der Käufer, das scheinen alles Leute aus Berlin und Hamburg zu sein“,
sagte von Rosen.
„Ja, ich sehe hier auch nichts verdächtiges, das war mal weggeworfene Zeit. Hier ist noch ein seltsamer Klebezettel, schau mal Dir den mal an, auf dem steht
M.J. 535715.24,140028.26,
ist das vielleicht ein Schließfach?“

„Kann ich mir nicht vorstellen, sieht eher nach einem Passwort aus, oder hat gar keine Bedeutung“,
meinte von Rosen.

Der andere Stapel schien noch viel weniger her zu geben, es handelte sich zum großen Teil um Erinnerungsstücke an Dinses großer Familie. Dann fand Sabrina noch einen Ordner, mit vergilbten Blättern und einigen Fotos.
Auf den Fotos war eine junge Sportlerin zu sehen, die in einem Kanu saß, darunter Stand Maike, und auf der Rückseite war ein Herz gemalt.
„Oh wie süß“,
meine Sabrina,
„guck mal Holger Dinse war verliebt in eine Maike.“
„Ja das ist ja schön, das hilft aber auch nicht weiter, ich war auch mal verliebt, sogar öfter.“
„Und denkst Du immer noch an Deine erste Liebe, man sagt ja, die vergeht nie,“
fragte Sabrina.
„Ach meine erste Liebe“,
bei diesen Worten bekam sein Gesicht einen so seltsamen Ausdruck, dass Sabrina lachen musste.
„Du hast gerade geschaut wie ein Eichhörnchen.“
„Tja, Marie war eben etwas Besonderes.“
Sabrinas Neugier war geweckt,
„Marie war ein Mädchen aus welchem Land, Deutsch klingt das nicht.“
„Ihr Name war Marie Flor Arias, sie war aus Spanien, aus San Sebastian, ich habe damals in Biarritz gewohnt, ich habe an sie schöne Erinnerungen“,
schwärmte Maximilian.
„War sie auch eine Adelige?“

„Ja, und das war das Problem, ich passte nicht in die Familie, ihr Vater war ein stolzer Baske, da kam nur ein Baske als Ehemann in Frage."
Sabrina schaute Maximilian mitleidig an,
„oh Du armer, hast Du sehr gelitten?"
„Ja, was Denkst Du denn, ich wollte mich von der Düne stürzen, die war mindestens 2 Meter hoch."
„Du bist Blöd, mit Dir kann man kein normales Gespräch führen. Lass uns besser hier weiter machen, Du verletztes Kaninchen."
Sabrina wandte ihre Blicke wieder dem Ordner zu und sagte,
„Was mich irritiert, ist das in dem Ordne auch Unterlagen von dem Baugebiet sind."
„Was ist daran ungewöhnlich, man hat schon mal etwas in der Hand, ein anderer Ordner ist voll, dann heftet man die Sachen in einen anderen Ordner. Mache ich auch schon mal."
„Maximilian, der Dinse war äußerst akribisch was Papiere angeht, das ist bestimmt kein Zufall. Er hat in dem Übersichtsplan eine Stelle markiert, die nicht direkt im Baugebiet liegt, sondern ein Stück daneben, im Wald."
Von Rosens Aufmerksamkeit war geweckt,
„Zeig mal, ja, aber was soll das bedeuten, hat das überhaupt etwas zu bedeuten?"
„Ja gut lassen wir das erst einmal",
meinte Sabrina.
„So, dann hätten wir das auch ergebnislos abgeschlossen, ich denke wir gehen zu Frau Teuber. Mal sehen was sie so sagt."

Uta Teuber saß in gewohnter Haltung vor dem Mikrofon am Vernehmungstisch, ihr Gesicht drücke Entschlossenheit aus, als von Rosen und Sabrina hereinkamen.
„Guten Tag Frau Teuber."
„Guten Tag",

antwortete Frau Teuber knapp.
Von Rosen eröffnete die Befragung,
„Frau Teuber ich werde Ihnen eine Geschichte erzählen, in der Sie eine wichtige Rolle spielen, Sie brauchen nichts zu sagen, nur zuhören",
dabei klappte von Rosen seine Akte auf, und begann.
„Wir kennen nicht den Grund, warum Ihr damaliger Ehemann Sie wirklich verlassen hat. Nach allem was wir von Ihm gehört haben, muss etwas Entscheidendes passiert sein, so dass Manfred Teuber keine andere Chance sah als die Flucht. Ich glaube es hat mit irgendeinem Ereignis zu tun, dass sich im, oder um den Ruderklub Neubrandenburg drehte."

Als von Rosen den Ruderklub erwähnte, Schaute sie das erste Mal überrascht auf. Von Rosen fuhr mit seinen Ausführungen fort,
„Ich bin mir sicher, dass dort Dinge geschehen sind, die menschlich und ethisch für Manfred Teuber unakzeptabel waren. Auslöser könnte Herr Dr. Walter Weber gewesen sein, den kennen Sie ja."
Uta Teuber sah sehr überrascht auf,
„nein den kenne ich nicht",
war ihre Antwort.
„Frau Teuber, Sie lügen schon wieder, natürlich kennen Sie Dr. Walter Weber, und sie kannten auch seine Frau, Susanne Weber, geborene Bauerdick, denn mit Susanne waren Sie gut befreundet."
Uta Teuber schaute auf,
„ja, Sie haben recht, die kannte ich, ich habe die Beiden aber nicht mehr gesehen seit 1990/91, da haben die in den Westen rübergemacht.
Susanne hat mich unterstützt, als ich 1990 aus dem Gefängnis entlassen wurde, aber wie gesagt, dann ist der Kontakt abgerissen. Das war schade, ich mochte Susanne."

„Frau Teuber, hatten Ihr Mann und Herr Weber Kontakt, oder kannten sie sich?"
„Ja, die kannten sich, aber flüchtig, mein Manfred war mehrmals im Ferienlager, aber mit einer Leipziger Gruppe, dort haben wir uns auch kennengelernt."
„Ist da irgendetwas passiert das außergewöhnlich war?"
„Nein, soweit ich weiß nicht, jedenfalls kann ich mich an nichts erinnern."
„Als Sie in Bautzen eingesperrt wurden, haben Sie und wahrscheinlich auch Ihr damaliger Mann nicht gewusst, dass Sie Schwanger waren. Jedenfalls haben Sie sich dann versucht das Leben zu nehmen, wurden aber gerettet.
Ihr ungeborenes Kind hat damals Schaden genommen, was man Ihnen nicht vorwerfen kann, da Sie nicht wussten, dass Sie ihn erwarten."

Als von Rosen diesen Satz gesagt hatte, brach Uta Teuber zusammen und weinte. Von Rosen ließ sofort Hilfe herbeirufen, und nach einer Stunde konnte die Befragung fortgesetzt werden.
Uta Teuber hatte sich wieder gefangen, und schaute von Rosen an,
„ich werde erzählen was damals geschehen ist."
Dann begann Sie,
„Als ich wieder aufwachte, lag ich in einem Krankenhaus, dachte ich jeden falls, es war aber nur die Krankenstation im Gefängnis. Ich war unendlich traurig, doch noch am Leben zu sein. Dann eröffneten sie mir, dass ich ein Kind erwarte, was mir aber nach der Geburt sofort abgenommen werden würde. So kam es auch, als ich die Letzte Wehe hinter mich gebracht hatte, gaben sie mir eine Vollnarkose, ich habe meinen Sohn nicht einmal schreien hören, das waren Unmenschen.

Ich hasste alle, vor allem Manfred, der sich einfach weggeschlichen hatte. Der Verlust des Kindes, und die Haftbedingungen haben in mir alle Gefühle getötet.
Als ich nach dem Mauerfall entlassen wurde, habe ich Kontakt zu irgendjemanden gesucht, einem Menschen von Früher, jemanden der mir helfen konnte.
Alle haben mir die Tür vor der Nase zugeschlagen, nur Susanne nicht. Sie half mir wieder auf die Beine zu kommen.
In den 90gern habe ich versucht meinen Sohn zu finden, einmal hat dieser Dr. Weber mir geholfen, er hatte ja vor dem Mauerfall Einsicht in die Unterlagen der Stasi und wusste, dass Ronnie, so hatte man ihn genannt bei einem Forstehepaar in Thüringen lebte.
Ich bin sofort dahingefahren und fand einen Jungen von 11 Jahren, der sehr kräftigen und sehr groß war, aber der zurückgeblieben war, und dennoch sein Leben meisterte. Das Forstehepaar war nicht begeistert als ich kam, denn Ronnie wurde wie ein Sklave gehalten und verrichtete schon als Kind schwere Arbeit.
Als ich drohte das mit der Zwangsadoption öffentlich zu machen, gaben sie Ronnie raus.
Er hatte Mühe in einem normalen Leben Fuß zu fassen, er war es gewohnt in einer dreckigen Hütte ohne Strom und Heizung am Waldrand zu leben. Aber nach und nach fand er in ein für ihn ertragbares Leben. Er lebte mit mir bis er 22 Jahre alt war, dann suchten wir für ihn eine Wohnung mit Betreuung auf einem Bauernhof.
Dort lebte er bis ich nach Usedom geschickt wurde. Ronnie wollte nicht ohne mich leben, außerdem hat er sich vorgenommen mich zu beschützen.
Egal wo ich war, egal zu welcher Uhrzeit, Ronnie ließ mich nie aus den Augen, er war mein Schatten. Ronnie war auch dabei, als Manfred mich im Wald geschlagen und gewürgt hat.

Er ging dazwischen, hob Manfred am Kragen hoch, sah ihm ins Gesicht und versetzte ihm einen Fausthieb in die Magengrube, Manfred rang nach Luft.
Ronnie nahm mich, und wir gingen fort, das war unten vor dem Hochstand, und als wir gingen, hat Manfred noch gelebt, er hat noch Schimpftiraden von sich gegeben.
Ronnie brachte mich nach Hause, und ging dann wieder."
„Was er dann gemacht hat wissen Sie nicht",
fragte von Rosen.
„Nein, aber es ist ausgeschlossen, dass Ronnie Manfred getötet hat, das bringt Ronnie nicht fertig.
Ich hatte ihm unterwegs gesagt, dass Manfred sein Vater ist. Das hat Ronnie verwirrt, aber er hat mich gefragt, ob ich Manfred mal geliebt habe, und da habe ich ja gesagt. Da fing Ronnie an zu weinen, und hat sich auf meine Füße gelegt, das hat er immer gemacht, wenn er sich ertappt fühlte.
Ich sage Ihnen, Ronnie hat Manfred niemals getötet, Ronnie hat mich immer beschützt, und ist mir immer wie ein Schatten gefolgt."
Von Rosen fragte,
„was haben Sie gesehen, als Sie in Heringsdorf waren, haben Sie Ronnie im Laden von Holger Dinse gesehen, der Beamte sagte, Sie waren verstört, als Sie vor dem Laden standen."
„Ich",
Uta Teuber machte eine Pause und setzte neu an,
„ich habe Ronnie gesehen, wie er in dem Laden war, er hatte diesen Mann am Kragen, der Mann blutete aus der Nase und dem Mund, und Ronnie hat ihn in seinen Stuhl geworfen.
Er hat den Mann wie eine Stoffpuppe mit einem Arm in den Stuhl geworfen, das war sehr verstörend für mich.
Dann kam Ronnie aus dem Laden, und hat nur gesagt, der hat Dir wehgetan, da habe ich ihm weh getan. Ich habe Ronnie das Blut von der Hand gewischt, und bin mit ihm in die kleine Gasse gegangen die direkt gegenüber dem Laden ist.

Ronnie war so aufgebracht. Ich habe Ronnie gefragt, wieso er den Mann gehauen hat, ich kannte den Mann nicht, der kann mir also nicht wehgetan haben.
Da hat Ronnie gesagt, der Mann hätte mich fast überfahren und dann Du Kuh zu mir gesagt, und da ist es mir eingefallen, am Golfplatz bin ich fast von einem Auto überfahren worden, dabei bin ich gestürzt, und der Fahrer hat dann noch das Fenster von seinem Auto aufgemacht und mich Kuh genannt, das muss Ronnie mitgekriegt haben.
Ich weiß noch auf dem Auto war ein Schild, vielleicht wusste Ronnie daher, wer das war."
Von Rosen hatte zugehört ohne sich Uta Teuber zu unterbrechen, und sagte dann,
„Haben Sie in den Laden gesehen, konnten Sie Herrn Dinse sehen, saß Herr Dinse wirklich in seinem Stuhl am Schreibtisch?"
„Nein, ich habe gesehen, wie Ronnie den Herrn in den Stuhl warf, ich bin ja dann weiter vom Laden weggegangen, und dann kam Ronnie ja schon aus dem Laden, und wir sind um die Ecke gegangen."
„Also könnte Ronnie eine kleine Axt gezogen haben, und Dinse erschlagen haben",
meinte Sabrina.
„Das hat er nicht gemacht, das schwöre ich."
„Wie können Sie sich so sicher sein, Sie haben es nicht gesehen",
sagte Sabrina.
„Das weiß ich einfach, Ronnie ist kein Mörder, so etwas spürt eine Mutter."

Es ging schon auf den Feierabend zu, und es begann draußen dunkel zu werden, als Schulz einen Anruf aus dem Golfclub in Balm erhielt. Schulz stellte die Tasse Kaffee, die er in der Hand hielt, hektisch ab und rannte in den

Verhörraum, ohne anzuklopfen. Von Rosen sah Schulz verärgert an, dieser reagierte aber nicht auf den Blick und sagte,
„Der Golflehrer vom Golfclub in Balm ist verschwunden und es sind Blutspuren in seinem Büro gefunden worden. Die Rezeptionistin vom Golfclub ist völlig verängstigt."
„Das sind ja mal Neuigkeiten, ich fahre sofort mit Sabrina los,"
rief von Rosen, während er aufstand. Er schaute Uta Teuber an,
„wollen Sie uns bitte sagen, wo Ronnie wohnt, ich verspreche Ihnen, wir krümmen ihm kein Haar, aber wenn Sie jetzt schweigen, und Ronnie dem Golflehrer etwas antut, dann belange ich Sie wegen Beihilfe."
„Ronnie wohnt hinter dem Golfklub, in einem verfallenen alten Bauernhaus",
platzte es aus Uta Teuber heraus,
„aber bitte tun Sie ihm nichts, er ist wie ein Kind, Sie müssen nur mit ihm sprechen, dann beruhigt er sich meistens."

Von Rosen eilte in sein Büro, und holte seine Waffe und seinen Mantel. Auf den Flur traf er Kommissarin Kreft, die im Büro gegenüber, ihre Sachen geholt hatte, und sich ebenfalls für den Einsatz bereit.
„Schulz, sie fahren zu Manfred Teubers Villa und suchen Frau Lechner und informieren Sie über den Vorfall."
Es dauerte nicht lange und von Rosen und Kreft saßen im Auto und fuhren mit Blaulicht und in einem hohen Tempo in Richtung Golfclub.
Als sie den Golfclub erreichten, erwartete Sie am Eingang schon die Rezeptionistin, Frau Saug, die völlig aufgelöst vor dem Golfclub stand, und vor Angst zitterte. Sie zeigte von Rosen und Kommissarin Kreft wo sich das Büro des Golflehrers befand. Die Beide zogen ihre Dienstpistolen aus

ihrem Holster und gingen langsam einen langen Flur entlang, der zum Büro des Golflehrers führte.
„Sie warten hier“
wies Kreft die Rezeptionistin an.

Von Rosen ging den Flur mit vorgehaltener Waffe voran, Kreft folgte ihm. Die Tür stand einen Spalt weit offen und von Rosen stieß sie mit einem Fußtritt auf. Im Büro waren die Spuren eines zähen Kampfes zu sehen.
Einige Akten und die Telefonanlagelage lagen auf dem Boden und der Schreibtischstuhl lag umgeworfen in einer Ecke.
Das Fenster war eingeschlagen und stand offen. Kühle Luft wehte ins Büro. Auf dem Schreibtisch und am Aktenschrank sowie am Fensterrahmen waren Blutflecken zu sehen. Von Rosen und Kreft, liefen zurück zu Frau Saug, um diese zu befragen.
„Wann haben Sie Herrn Albers das letzte Mal gesehen?“
„Das letzte Mal habe ich ihn gegen 17 Uhr nach seiner letzten Trainingsstunde gesehen, als er in Richtung seines Büros gegangen ist. Er geht für gewöhnlich immer in sein Büro um diese Uhrzeit um die Trainingspläne für den nächsten Tag durchzusehen.“
Krefts Handy klingelte.
„Kreft.“
Sagte sie und nickte nach ein paar Sekunden mit dem Kopf.
„Das habe ich mir gedacht, vielen Dank für die schnelle Auskunft!“
Sabrina steckte ihr Handy in die Tasche und sagte,
„Das war Schulz, der kennt den alten Hof, und hat mir gerade beschrieben wie wir dahinkommen.“
Von Rosen und Kreft rannten aus dem Golfclubhaus zu ihrem Streifenwagen und Kreft setzte sich ans Steuer.

„Ich kenne jetzt den Weg ich weiß wo das ist, mir ist gerade eingefallen, da haben wir als Kinder auch immer gespielt, das Haus liegt hier ganz in der Nähe an einem Waldrand,“
sagte sie und trat auf das Gaspedal.

Während der Fahrt riefen sie die Zentrale an und forderten Verstärkung und einen Krankenwagen an. Kreft fuhr ohne Sirene und Blaulicht, als sie sich dem Haus näherten, fuhr sie langsamer und hielt in einiger Entfernung zum Haus am Straßenrand.
Sie stiegen aus und zogen ihre Dienstwaffen. Das Haus war in der Dunkelheit kaum zu erkennen, nur in einem Fenster im Erdgeschoss war fahles Licht zu sehen.
„Das ist ja unheimlich hier“,
sagte Kreft.

Die Beiden näherten sich schnell und leise dem Haus. Im Lichtschein des Fensters waren ein Haufen von Holzscheiten und ein Hauklotz zu sehen, in welchem eine Axt stecke. In der Einfahrt parkte ein alter Golf, der Wagen des Golflehrers. Von Rosen fasste auf die Motorhaube und flüsterte,
„Das scheint der Wagen vom Golflehrer zu sein, die Motorhaube ist noch warm, der muss gerade erst damit gefahren sein.“

Das Fenster im Erdgeschoss war zu dreckig, um hindurch zu sehen, außerdem waren alte und dreckige Vorhänge zugezogen, so dass beide weiter zur Haustür liefen. Dort blieben beide stehen und lauschten, konnten aber nichts hören. Als Kreft ihre Taschenlampe auf die Haustürklinke richtete, konnten beide das frische Blut sehen. Jetzt waren sie sich sicher, und der Adrenalinspiegel stieg bei beiden.
„Du sicherst mich, ich gehe als erster rein“,

flüsterte von Rosen.
Sabrina Kreft nickte und beide waren bereit, in das Haus zu stürmen, als sie einen verstörenden Hilfeschrei hörten, der aus dem Haus kam.

Von Rosen zögerte nicht und trat gegen die Tür, die nachgab, aber nicht vollständig aufging, nach einem erneuten Tritt flog die Tür auf und er ging mit vorgehaltener Pistole ins Haus.
„Polizei, stellen sie sich“,
brüllte von Rosen, als er in das Haus vordrang.
Im Licht der Taschenlampe zeigte sich ein Flur, in dem der Putz von den Wänden fiel und ein ausgetretener Teppich lag. Am Rand des Teppichs waren mehrere dreckige alte Stiefel und Schuhe zu sehen, die durcheinander lagen. Am Ende des Flures stand die Tür zum Wohnzimmer offen, aus dem das Licht kam. Von Rosen stürmte in das Wohnzimmer hinein.

An der Decke hing eine alte Lampe mit einem senffarbenen Lampenschirm, die gerade genug Licht erzeugte, um die Einrichtung zu erkennen.
Ein altes Sofa mit durchgesessenen Kissen und ein alter Fernseher auf einem kleinen Standtisch waren zu sehen. Die Vorhänge waren schon seit Jahrzehnten nicht mehr gewaschen und hatten Löcher. Es roch muffig. Kreft wollte gerade durch die nächste Tür, als sie einen erneuten Hilferuf hörten, den sie dem Keller zuordneten.

Plötzlich rumpelte es im Keller und das Licht im Wohnzimmer ging aus. Von Rosen und Kreft liefen zurück in den Flur, in dem sich eine weitere Tür befand.
„Ich gehe vor“,
sagte Kreft.

Bevor von Rosen noch etwas sagen konnte, stieß sie die Tür auf und eine schmale Treppe in den Keller hinab wurde sichtbar. Kreft lief die Treppen mit vorgehaltener Pistole und Taschenlampe hinab und Von Rosen folgte ihr in geringem Abstand. Im Keller waren Schreie und dumpfe Schläge zu hören. Am Treppenende angelangt leuchtete Kreft den Kellerflur entlang. Vom Flur gingen mehrere Türen ab, die meisten davon waren verschlossen.

Auf dem Boden war eine Schleifspur zu erkennen, in der Blut zu sehen war, welche zu einer der hinteren Türen führte. Kreft machte eine Handbewegung, die von Rosen signalisierte, dass er nachkommen soll. Aus dem Zimmer am Ende des Flures waren laute Geräusche zu hören, als die Beiden näherten. Als sie vor der Tür standen, rief von Rosen, „Herr Teuber, ergeben sie sich, wir wissen, dass sie Herrn Albers in ihrer Gewalt haben."

Im gleichen Moment war zu hören, wie eine Tür aufflog und Glas splitterte. Von Rosen warf sich gegen die Tür, die mit einem lauten Knall aufflog und gegen die Wand krachte. Kreft leuchtete mit ihrer Taschenlampe in den Kellerraum. Zwischen alten Möbeln und Kisten, die unter einer dicken Staubschicht lagen, sahen sie eine gefesselte und geknebelte Person auf einer Matratze liegen, die am Kopf blutete.
Als sich von Rosen über die Person beugte und zu sich drehte, blickte er in das und blutige Gesicht von Maik Albers. Er war bewusstlos. Kreft leuchtete durch den Kellerraum. An der anderen Seite des Raumes stand eine Kellertür offen, die nach draußen führte.

Die Kellertür war so schnell und mit solch einer Wucht geöffnet worden, dass beim Aufprall gegen die Wand

das Fenster in der Tür zersplittert war und Scherben auf dem Boden lagen.
Kalter Wind wehte in den dunklen Kellerraum.
„kümmerst du dich um den Verletzten, ich nehme die Verfolgung auf",
rief Kreft und lief in Richtung der offenen Tür.
Von Rosen kniete noch vor dem bewusstlosen Golflehrer und löste die Fesseln an Füssen und Händen, als dieser wieder zu sich kam.
„Bleiben Sie hier liegen, die Verstärkung kommt gleich und wird sich um sie kümmern,"
sagte von Rosen hastig.
Maik Albers schaute ihn benommen an und nickte. Blut lief ihm von einer Platzwunde am Kopf über das Gesicht, aber er war erleichtert, dass er Kommissar von Rosen vor sich sah und noch am Leben war.

Von Rosen sprang auf und lief zur offenstehenden Kellertür, die nach draußen führte. Er wollte Sabrina bei der Verfolgung unterstützen, aber als er durch die Tür nach draußen trat und in die Dunkelheit blickte, war Sabrina nicht mehr zu sehen. Sie war bereits im nahen Wald verschwunden.
Nachdem Kommissarin Kreft das Haus durch die Kellertür verlassen hatte und in der Dunkelheit stand, leuchtete sie mit ihrer Taschenlampe den Waldrand ab, der etwa 30 Meter entfernt war.

Am Waldrand war eine Stelle, an der sich eine Lücke im Unterholz zeigte und wo es in den Wald hineinging. Zielstrebig rannte sie zu der Stelle am Waldrand hin und leuchtete den Boden ab. Ein paar Meter vor dem Wald fiel der Lichtkegel der Taschenlampe auf frische Fußspuren.

Er muss gerade erst hineingelaufen sein, dachte sie und ging der Spur hinterher. In dem dichten Mischwald, in dem überwiegend Kiefern und vereinzelt Eichen standen, verlor sie die Spur nach kurzer Zeit wieder, da der Boden mit Laub und Moss bedeckt war. Sie blieb stehen und horchte, aber sie vernahm keine verdächtigen Geräusche, es war gespenstisch Still. Die Umgebung war leicht hügelig und der Unterwuchs an einigen Stellen im Wald sehr dicht, so dass sie kaum mehr als 20 Meter weit schauen konnte.

Sie leuchtete weiter in den Wald hinein, und versuchte eine Spur zu finden, als sie plötzlich in einiger Entfernung ein Knacken hörte. Sofort stieg ihr Adrenalinspiegel, und ihr Herz klopfte wie verrückt. Sie schwenkte mit der Taschenlampe in die Richtung, aus der das Geräusch kam.
„Polizei, bleiben sie stehen!"
Schrie Sabrina Kreft und lief dabei in die Richtung.

Im Licht der Taschenlampe sah sie, wie sich im Unterholz auf einem Hügel Zweige bewegten und ein Schatten hinter dem Hügel verschwand. Mit großen Schritten kämpfte sie sich den Weg durch das Unterholz den Hügel hinauf, dabei hielt sie mit der Taschenlampe immer auf die Stelle, an der sich die Zweige bewegt hatten. Im Hintergrund hörte sie Sirenen, die angeforderte Verstärkung hatte das Haus erreicht. Gott sei Dank, die Kollegen sind da, hoffentlich kommt mir Maximilian nach, dachte sie.

Jeder Schritt bergauf wurde für Sabrina schwerer, da es steil war und der Untergrund etwas rutschig. Sie hatte es fast geschafft und den Hügel bezwungen, als sie ausrutschte, dabei auf einen Ast fiel und die Taschenlampe aus der Hand verlor. Schnell stand sie wieder und griff nach der Taschenlampe, ihre gute Kondition und körperliche Verfassung zahlten sich jetzt aus.

An der Stelle, an der sich die Zweige bewegt hatten, konnte sie Fußabdrücke erkennen, die auf der anderen Seite des Hügels bergab gingen. Sabrina Kreft lief den Fußspuren nach, die ihr recht groß erschienen.
Diese führten immer weiter abwärts in einen Bereich des Waldes an, dem viele Kiefern standen. Sie lief so schnell sie konnte, der Spur hinterher an großen Kieferstämmen vorbei, als sie plötzlich einen Schlag vor ihren Beinen spürte, das Gleichgewicht verlor und sich mehrfach überschlug. Als sie auf ihrem Bauch liegen blieb, drehte sie sich blitzschnell um und leuchtete mit der Taschenlampe, die sie während des Sturzes nicht losgelassen hatte, vor sich.

Als sie sah, was ihren Sturz verursacht hatte, blieb ihr fast das Herz stehen. Im Schein der Taschenlampe stand Ronnie Teuber vor ihr.
Er war von großer, kräftiger Statur und hatte eine beängstigende Erscheinung. Seine Haare waren schulterlang und ungepflegt, sein Gesicht versteckte sich hinter einem Bart und in der groben Hand hielt er eine Axt. Geblendet durch das Licht stieß er einen undefinierbaren Schrei aus und stürzte sich auf Sabrina. Als er auf Ihr lag und zum Schlag ausholen wollte, konnte Kommissarin Kreft sich gerade noch wegdrehen und der Schlag ging an ihrem Kopf vorbei und landetet im Boden.

Als Ronnie Teuber zum erneuten Mal ausholte und fiel ein Schuss. In ein paar Meter Entfernung hatte es Maximilian von Rosen einen Schuss abgegeben und Ronnie in die Schulter getroffen. Er sackte zusammen und fiel neben Sabrina Kreft.
Maximilian reichte Sabrina die Hand und schrie sie an,

„Niemals, niemals zieht man so eine Nummer ab, wir sind hier nicht im Fernsehen, das ist das reale Leben, Du hättest schwer verletzt werden können“,
Maximilian war außer sich.
Sabrina erhob sich, und küsste Maximilian auf den Mund, der augenblicklich verstummte, dann ging zu Ronnie, der auf dem Boden lag und sich die Schulter hielt.
„Können Sie aufstehen Herr Teuber“,
fragte Sabrina.
Ronnie nickte nur, und erhob sich, die Kommissare nahmen Ronnie in die Mitte, und gingen Richtung Haus, als sie mehrere Taschenlampen sahen und Stimmen hörten.
„Ah, die Kavallerie ist da“,
sagte von Rosen, und rief in Richtung der Lichter.

Am Haus angekommen, standen mehrere Notarztwagen, und für Usedomer Verhältnisse sehr viele Einsatzwagen. Donnerwetter, dachte Maximilian, das ist mal ein Aufmarsch. Schulz kam ihnen entgegen, und in seinem Gesicht war echte Besorgnis abzulesen,
„geht es Euch gut“,
fragte er.
„Ja, aber sagen Sie mal, das ist ja mal ein Aufmarsch“,
meinte von Rosen.
„Ich habe mir Sorgen gemacht, und wenn ich über Funk ausgebe, dass Kollegen in Gefahr sind, dann kommen alle, so ist das hier im Osten, wir lassen niemanden alleine“,
sagte Schulz nicht ohne Stolz.
„Ihr seid Großartig meinte von Rosen“,
und brachte Sabrina zum Notarzt.
Ronnie wurde auf eine Bahre gelegt und abtransportiert, Albers saß mit Kopfverband in einem Streifenwagen, und wurde heimgefahren, nach Neppermin. Von Rosen nahm sein Handy zur Hand und rief die KTU an,

„ich brauche das große Orchester, und bringt genügend Licht mit, hier gibt es keinen Strom“.
Dann ging er zu Sabrina in den RTW und sah sich ihre Kopfwunde an.
„Das hätte schiefgehen können, und das weißt Du auch“, sagte von Rosen mit einer gehörigen Portion Vorwurf in der Stimme.
„Ja, ich habe es begriffen“,
sagte Sabrina kleinlaut,
„aber mir ist der Ehrgeiz durchgegangen.“
Sie verheimlichte ihm, dass sie große Angst gehabt hatte. Von Rosen schaute den Notarzt an, der hat die Frage in von Rosens Blick verstanden,
„Alles soweit in Ordnung, keine tiefe Verletzung, Frau Kreft wird ein wenig Kopfschmerzen haben, aber dafür habe ich hier Tabletten, ansonsten fehlt ihr nichts.“
„Sag ich doch, durchsuchen wir das Haus“,
sagte Sabrina, stand auf, und ging in Richtung Haus.
Von Rosen beeilte sich Sabrina einzuholen, schüttelte den Kopf und meinte nur,
„Frauen, das ist eine andere Rasse, die werde ich nie verstehen.“
„Das habe ich gehört mein Lieber.“
„Das solltest Du auch hören Du Hilfszorro, ich weiß gar nicht was ich noch sagen soll.“
Sabrina drehte sich um, und sah von Rosen an, in ihren Augen standen tränen,
„Ja, es war ein Fehler, ja, ich hatte eine Scheißangst, und ja, ich bin froh das Du da warst, sonst wäre es schlecht ausgegangen, aber meine Art ist es einfach weiter zu machen, nicht stehen zu bleiben. Sonst übermannen mich die Gefühle, verstehst Du das.“
Von Rosen nahm sie kurz in den Arm,

„schon gut, ich wollte Dir nicht weh tun, ich bin nur froh das nichts passiert ist, das hätte ich mir nie verziehen. Und jetzt lass uns weiter machen, sonst könnte man glauben, wir drehen einen Liebesfilm."
„Du Arsch, nein das ist nicht richtig, Du netter Arsch",
sagte Sabrina und lachte schon wieder.
Dann sagte sie,
„Maximilian, ich habe neben der Axt, die Ronnie mithatte, noch eine Axt gesehen, hinter dem Haus war es glaube ich."
„Ja, die habe ich auch gesehen, aber die ist viel zu groß, damit könnte man einem Elefanten den Schädel spalten, das war nicht die Mordwaffe, da bin ich mir sicher."

Dann traf die KTU ein, und von Rosen und Kreft überließen den Technikern den Tatort, und fuhren nach Anklam. Dort informierten sie Frau Teuber und von Rosen genehmigte mit Zustimmung des Staatsanwaltes, dass Frau Teuber ins Gefängniskrankenhaus durfte um bei ihrem Sohn zu sein. Dann fuhren die Beiden nach Hause.

Anklam 06.08.2018

„Habt Ihr etwas interessantes gefunden“,
fragte von Rosen den Chef der KTU.
„Nein, nur Müll und Unrat, dazu viele Dinge die dieser Ronnie wohl im Wald gefunden hat, und aufbewahrt hat. Das geht von Plastiktüten bis hin zu Kleidungsstücken. Nichts davon war für ihn brauchbar, entweder waren die Sachen zu klein, oder schon so verrottet, dass er sie nie hätte anziehen können.“
„Danke“,
er drehte sich zu Sabrina um, und meinte,
„wir fahren jetzt mal zum Golflehrer, ich denke ich weiß, warum Ronnie ihn geholt hat.“
„Da bin ich aber gespannt“,
antwortete Sabrina.
„Guten Tag Herr Albers“,
sagte von Rosen als er ins Wohnzimmer der Villa eintrat und Albers auf dem Sofa liegend vorfand. Johanna Lechner schloss hinter den Beiden die Tür zum Windfang.
„Guten Tag“,
sagte Albers,
„was kann ich für Sie tun?“
„Sie können uns sagen, warum Sie in die Fänge von Ronnie geraten sind.“
„Von diesem Irren, hoffentlich kommt der nie mehr raus, der wollte mich umbringen, das haben Sie ja gesehen“,
hatte Albers aufgebracht gesagt.
„Nein, ich habe gesehen, dass er Sie in einem Keller gebracht hat, und sich auf seine Art mit Ihnen Unterhalten hat, und ich

sage Ihnen jetzt auch worüber er sich mit Ihnen unterhalten hat.
Frau Lechner setzen Sie sich ruhig dazu, das geht auch Sie an."
Von Rosen stand vor den Beiden und sah sie an,
„Nach dem Sie Beide erfahren hatten, dass Frau Lechner nichts zu Erben hat, sondern alles an Frau Teuber geht, haben Sie nämlich beschlossen Frau Teuber aus dem Weg zu räumen."
„Wieder irgendwas mit den Bremsen",
warf Sabrina scharf ein.
„Nein, so war das nicht",
bei dieser Antwort erhob sich Frau Lechner empört vom Sofa.
„Sie haben doch selbst gesagt, sie haben das im Büro gehört."
„Ja, aber dann sind Sie in das Golf Card gestiegen und sind zum Ende des Golfplatzes gefahren, ohne zu ahnen, dass Ronnie sich dort in den Büschen aufhält, dort haben Sie einen Plan geschmiedet, um Frau Teuber los zu werden",
warf von Rosen ein.
„Auf welcher Seite stehen Sie eigentlich, sehen Sie mich an, wie dieser verrückte mich zugerichtet hat. Ich bin hier das Opfer, und Sie machen mich zum Täter",
das letzte hatte Albers fast geschrien.
„Ich stehe auf der Seite des Gesetzes, und Sie sind eine Niederträchtige kleine Wurst, die versucht mit dem Geld anderer Menschen bequem durchs Leben zu kommen, und da ist es Ihnen auch egal, wenn mal einer stirbt."
Dieser Satz hatte gesessen, Albers saß verstört auf dem Sofa.
„Und bevor Sie etwas sagen Frau Lechner, Sie sind nicht besser, um das hier zu behalten würden Sie alles tun, auch einen Mord begehen. Gott sei Dank haben wir Ronnie nur angeschossen, und er wird uns erzählen was passiert ist."
„Pha, da kann ich ja nur lachen, wissen Sie was meine Anwälte mit dem Verrückten vor Gericht machen, die

zerpflücken den, ich kann mir Anwälte leisten da träumen Sie von."
Frau Lechner machte ein sehr arrogantes Gesicht, und stand Stolz im Raum.
Von Rosen antwortet gelassen,
„Sie können sich gar nichts mehr leisten, Frau Teuber die rechtmäßige Erbin hat alle Konten sperren lassen, und die Umschreibung des Hauses beantragt, Sie können nur noch ausziehen, vielleicht in Ronnies Behausung, die wird gerade frei, und mit ein bisschen Mühe, neue Tapeten und neuen Kerzen kann das da sehr gemütlich sein."
Nach diesen Sätzen drehten sich die Kommissare um, und verließen das Haus.
„Wetten, dass die jetzt sofort zum Telefon gerannt ist und mit Ihrer Bank telefoniert hat",
sagte Sabrina lächelnd.
„Ja klar, und der Bänker wird ihr bestätigen, dass alle ihre Bankkarte Plastikmüll sind."
„Aber wie hat Frau Teuber das gemacht, die Saß doch in U Haft."
Maximilian antwortete gelassen,
„Da muss wohl jemand geholfen haben, wenn ich den erwische",
dabei begann er zu lachen.
„Heißt das, Du hältst die Beiden für Unschuldig",
fragte Sabrina.
„Ja das ist doch klar Sabrina, wenn Ronnie der Mörder wäre, hätte Ronnie schon am Golfplatz kurzen Prozess mit Albers gemacht, und ihm den Schädel gespalten, das hat er aber nicht getan, weil ich Frau Teuber glaube.
Ronnie ist zurückgeblieben, und reagiert auch sehr emotional, aber er ist kein Mörder.
Denn die Morde waren geplante Morde, dazu ist Ronnie gar nicht fähig. Und wir müssen auch ins Auge fassen, dieser

Schmierlappen der sich Golflehrer nennt, passt nicht ins Bild."
„Bisweilen ist Deine Ausdrucksweise sehr abgehoben, und von wenig Respekt einem Golflehrer gegenüber getragen, Eure Lordschaft",
meinte Sabrina, schmunzelt.
Zufrieden stiegen die Beiden ins Sabrinas Auto. Auf dem Weg nach Anklam sahen Sie in Usedom Stadt Abel an einer Bushaltestelle stehen.
„Ist das da Abel",
fragte Sabrina.
„Glaube ich nicht, dass ja gar keine Rauchwolke zu sehen",
meinte Maximilian lachend.
„Doch das ist Abel",
Sabrina fuhr an die Bushaltestelle.
„Herr Abel, Sie fahren Bus, was ist mit Ihrem Auto?"
„Das hat den Geist aufgegeben, ich war auf dem Weg ins Institut, da wollte er nicht mehr",
sagte Abel.
„Wollen Sie mitfahren?"
„Ja natürlich, ich hasse Busfahrten."
Abel stieg ein, und Maximilian schaute Abel an,
„Entschuldigen Sie, aber ich rieche da etwas, was ist das, es sind keine Zigaretten, obwohl ich natürlich auch die rieche."
„Ach Herr von Rosen ich hoffe ich beleidige nicht Ihre empfindliche Nase, aber was Sie da noch zusätzlich riechen, das ist ganz normales Desinfektionsmittel, das kriegt man aus den Klamotten nicht mehr raus.
Den Parka habe ich im Institut im Schrank hängen, für Außeneinsätze, und nach und nach, nimmt der natürlich diesen Geruch auf. Ich hoffe das ist nicht zu unangenehm, ich könnte ja zur Überdeckung eine Zigarette rauchen."
„Nein",
sagten beide gleichzeitig, und lachten,

„in unseren Dienstwagen herrscht absolutes Rauchverbot."
„Das gibt es bei mir im Institut auch, aber ich mache da hin und wieder eine Ausnahme, meine Leichen hat das noch nie gestört, jedenfalls hat sich noch niemand beschwert."

Heitere Stimmung breitete sich im Auto aus. Von Rosen schaute nachdenklich aus dem Seitenfenster, und murmelte,
„Ich bin mir sicher."
Sabrina nahm den Faden auf,
„Worüber bist Du Dir sicher?"
Von Rosen drehte sich zu Abel,
„Genau diesen Geruch von Desinfektionsmittel der hing in Dinses Büro in der Luft, den habe ich gerochen, als ich in Dinses Büro kam und mir die Leiche angesehen habe, da bin ich mir sicher."
„Waren Sie vor mir da",
fragte Abel.
„Ja, Sie kamen doch später, also muss einer der Besucher des Büros diesen Geruch an sich gehabt haben",
sinnierte von Rosen.
„Das ist aber kaum möglich",
sagte Abel.
„Dieser Geruch hält sich maximal 1 bis 1 ½ Stunden in der Luft, dann ist er verflogen."
„Wenn der Raum gelüftet wird, aber dieses Ladenbüro war zu, kein Fenster nichts nur die Tür."
Sabrina mischte sich ein,
„das heißt also, einer der Personen die im Laden waren muss mit Desinfektionsmittel arbeiten. Da auch viele Ärzte zu seinen Kunden zählten ist das noch keine Spur."
„Es war montags 11:00 Uhr, da sind die aktiven Ärzte alle in ihren Praxen, weißt Du was ich meine",
sagte von Rosen Gedanken abwesend zu Sabrina gewandt.

„Halt mal an“,
sagte von Rosen scharf, Sabrina erschreckte und fuhr in eine Einfahrt.
„Was hast Du, Du kannst eine ja erschrecken“,
sagte Sabrina.
Von Rosen reagierte nicht, er drehte sich um zu Abel,
„haben Sie Termine, oder haben Sie Zeit.“
„Ich habe Zeit, meine Patienten laufen mir nicht weg.“
„Dreh bitte, mach die Dinger auf dem Dach an, und fahr nach Heringsdorf “,
sagte von Rosen zu Sabrina.
„Hast Du Hunger“,
fragte diese lächelnd zurück.
„Gute Frage, nein, aber eine Idee.“

Sabrina steuerte den Polizeiwagen nach Maximilians Anweisung in die Fußgängerzone von Heringsdorf, direkt vor Dinses Ladenbüro. Dort stieg er aus, und ging die Straßen auf und ab, bis er fand, was er suchte.
„Haben wir Plastikbeutel an Bord“,
fragte von Rosen Sabrina.
„Ja klar.“
„Hole bitte einen.“
„Was willst Du an einem Altkleidercontainer“,
fragte Sabrina.
„Wenn der Täter seine Tatkleidung loswerden wollte, wäre das der einzige Ort, wo er es hätte tun können. Und, ich bin mir sicher, dass er das getan hat.“
Abel sah von Rosen fasziniert an,
„und was hoffen Sie zu finden“,
fragte er.
„Wenn ich Kleidung zum Container bringe, dann in einem Sack, lose Kleidung sind eher selten hier, das wäre

unpraktisch, in einem Sack fällt nichts auseinander, und ich kriege das leichter in diesen Containern."
Von Rosen nahm sein Handy heraus, und wählte die Nummer, die auf dem Container stand.
„Hallo, hier ist die Kripo Anklam kommen Sie bitte sofort, ich muss einen Container von Ihnen geöffnet haben."
Pause,
„Nein nicht in 2 Stunden, sondern jetzt, und wenn Sie jetzt nicht kommen, dann öffne ich den Container mit dem Brecheisen."
Pause, dann sagte er,
„Geht doch also bis gleich."
Nach 20 Minuten war ein Mitarbeiter vor Ort, und öffnete den Container. Einige lose Kleidungsstücke fielen heraus, aber das waren überwiegend Kinderkleidung, dann fanden die Drei einen Herren Paka und Lederhandschuhe ebenfalls von einem Erwachsenen. Beide waren mit Blut verunreinigt.
„Das habe ich mir gedacht",
sagte von Rosen.
An Abel gewandt,
„Aus Handschuhen bekommen Sie doch locker die DNA extrahiert, nicht wahr, dass das Blut außen von Dinse ist, da können wir uns sicher sein?"
„Ich werde beide Analysen machen, und ich werde Innen DNA finden, da können Sie Gift drauf nehmen",
und weiter,
„Ich bin Beeindruckt."
Dann fuhren die Drei nach Anklam. Als Sie das Zimmer im Gefängniskrankenhaus öffneten, saß Uta Teuber am Bett Ihres Sohnes, und hielt seine Hand.
„Hallo Ronnie",
sagte von Rosen,
„ich hoffe Du bist mir nicht allzu böse, aber es ging nicht anders."

„Er hat eingesehen, dass Sie schießen mussten“,
sagte Uta Teuber.
„Was ist passiert Ronnie, warum hast Du diesen Mann mitgenommen“,
fragte von Rosen Ronnie.
„Der Mann und die Frau, die wollten Mama wehtun, diese Frau und der Mann, die haben gesagt, die Mama muss weg. Die haben gesagt, die haben noch eine Pistole von irgendeinem Dieter, ich weiß nicht wer der Dieter ist, die wollten Mama erschießen. Und da habe ich Mama gerettet.“
„Ronnie, als Du den Mann in Heringsdorf in dem Laden bestraft hast, was hast Du da gemacht, und warum hast Du das gemacht?“
„Der Mann war Böse zu Mama, der hat Mama angeschrien, keiner schreit meine Mama an, der hat Haue gekriegt, aber der ist dann umgefallen, dann habe ich ihn gepackt und in den Stuhl geworfen.“
„Und dann?“
„Dann habe ich Mama draußen gesehen, und bin schnell zu ihr gelaufen.“
„Sonst war nichts Ronnie?“
„Nein, ich bin zu Mama gelaufen, die hat meine Hand sauber gemacht, und dann bin ich zurück in den Wald, da ist es besser, da sind nicht so viele Leute.“
„Danke Ronnie, mehr brauche ich nicht.“
Von Rosen und Sabrina verließen das Zimmer.
„Und jetzt“,
fragte Sabrina.
„Wochenende, bis Abel die DNA hat, haben wir Sendepause.“
„Was machst Du am Wochenende“,
fragte Sabrina.

„Ach ich wollte im Haus rumhängen, und mir dann eine Drohne kaufen, damit kann man bestimmt tolle Fotos vom Haus machen.“
„Und Du, was machst Du?“
„Ich dachte ich mache Fotos von Deinem Haus mit einer Drohne, die Du kaufst.“
„Ich verstehe, Du bist gerne eingeladen, aber Sabrina schlag Dir aus dem Kopf, dass ich weich werde. Vorerst jedenfalls nicht.“
„Du bist ein elender Spielverderber“,
sagte Sabrina lachend,
„ich habe Hunderte für Dessous ausgegeben, und Du willst die nicht mal sehen.“

Als Sabrina am Nachmittag vor der Tür stand, nahm von Rosen keinen Parfümduft wahr, und er war etwas enttäuscht. Sabrina, die Maximilians Mimik gut deuten konnte, lächelte, und meinte nur,
„Du hast gesagt, keinen Versuch, warum soll ich mein teures Parfum verschwenden, schade nicht wahr.“
„Du Bist“,
sagte Maximilian lachend,
„ach komm rein, ich habe gerade die Drohne ausgepackt.“
„Wow, kannst Du so ein Ding steuern?“
„Das werde ich gleich wissen“,
meinte Maximilian lächelnd,
„Versucht habe ich es auch noch nicht.“
„Sollte ich die Flugsicherung in Heringsdorf informieren“,
fragte Sabrina.
„Nicht nötig, sag lieber den Leuten am Strand die sollen einen Helm aufsetzen.“
„Ist so eine Drohne eigentlich Wasserdicht“,
wollte Sabrina wissen.
„Das ist eine Drohne, kein Uboot“,

war die knappe Antwort von Maximilian.

Der erste Startversuch ging völlig daneben, aber Maximilian gab nicht auf, und nach einigen Bruchlandungen, die seine Drohne überstehen musste, dann klappte es aber ganz gut, und Maximilian wurde immer mutiger. Die Bilder, die er dabei machte, waren allerdings nicht so gut, und nach 3 Stunden gab er es auf.
Sabrina meinte nur,
„dass, hättest Du einfacher haben können, mach einfach Google Earth auf, und kopiere die Bilder, dann hast Du was Du möchtest."
„Das ist typisch Eure Generation, lass andere die Arbeit machen. Will ich nicht, ich will eigene Bilder von meinem Haus haben, und nicht Sattelitenfotos."
Sabrina grinst nur müde, nahm ihr Handy und öffnete Google. Als sie Ahlbeck eingab, vergrößerte sich zuerst Deutschland, und dann kam Ahlbeck in Sicht.
„So, jetzt setze ich nur noch eine gelbe Marke, warte",
Sabrina schaute auf den kleinen Bildschirm, und sagte nichts mehr.
„Was ist los, hast Du was entdeckt, liegt einer nackt im Garten, oder so",
fragte Maximilian.
„Hol bitte Deinen Laptop, auf dem Handy ist das zu klein."
Maximilian schaltete den Laptop ein, und Sabrina wiederholte die Prozedur, und dann sah sie auf das Bild von Ahlbeck.
„Was schaust Du so",
fragte Maximilian.
„Ja, guck doch mal hin",
sagte Sabrina.
„Ja, Ahlbeck",
meinte Maximilian.

„Das meine ich doch gar nicht, guck doch auf die Registrierkarte, wenn ich die gelbe Marke setze.“
„Ja, und“,
dabei sah Maximilian Sabrina fragend an.
„Erinnerst Du Dich an die Zettel die wir bei Schulte/Teuber und Dinse gefunden haben“,
fragte Sabrina.
„Ja, die mit den Zahlen meinst Du?“
„Ja, weißt Du was das ist, das sind Koordinaten, siehst Du“, Sabrina zeigte mit dem Finger auf die Koordinaten von Ahlbeck. Maximilian war wie elektrisiert,
„fahren wir ins Präsidium?“
„Ja klar, ich will wissen was wir da zu sehen bekommen.“

Maximilian hatte seinen Rechner hochgefahren, und Sabrina las den Zettel vor, MJ, da weiß ich nicht, was das heißt, aber die Zahlen, gib das Mal ein. Google setzte sich in Bewegung, und stoppte genau über dem neuen Baugebiet.
„Das hätte ich erwartet, dass die Koordinaten vom Baugebiet in beiden Büros auftauchen ist ja auch irgendwie normal“, meinte Maximilian.
„Ja, aber der gelbe Stecker ist an der Seite, ich würde erwarten, dass er mittig im Baugebiet sitzt aber er sitzt im Wald“,
antwortete Sabrina.
„Der Stecker ist genau dort, wo Dinse eine Stelle auf der Karte Markiert hat.“
„Was willst Du mir damit sagen“,
fragte Maximilian,
„aber doch nicht, dass das ein Hinweis ist, oder.“
„Weist Du, mir geht dieser verrückte nicht aus dem Kopf, der da am Baugebiet im Wald lebt, und auf seine Tochter wartet.“
„Sabrina, meinst Du das ernst“,
fragte Maximilian.

„Ja. Gib mir bitte mal die Akte von Holger Dinse, die mit der Liebeserklärung, da war eine Markierung im Wald."
Maximilian reichte die Akte und beide schauten auf die markierte Fläche.
„Stimmt überein mit der Markierung, und weist Du was, ich wette, MJ bedeutet Maike und Judit. Was wäre, wenn die Beiden nicht verschwunden wären, sondern dort begraben liegen?"
Sabrina war die Aufregung anzusehen.
„Und was würdest Du tun wollen",
fragte Maximilian,
„Graben, was sonst."
„nein, das ist nicht dein Ernst."
„Lieber Maximilian, haben wir die Sprengung von dem Haus aufgehalten?"
„Ja Sabrina, aber das war doch was ganz anderes."
„Wieso war das was anderes, da wusste doch auch keiner, ob was gefunden wird, ich mache einen Vorschlag, lass uns mit dem Verrückten reden."
„Wann?"
„jetzt, wir haben doch sonst nichts vor",
gab Sabrina zurück.
„ich könnte mir sehr viel Besseres vorstellen, als mit einem durchgeknallten Alten, ich nenne ihn ab heute, Catweazle, zu sprechen."
„He, Catweazle, wer ist das denn?"
„Dafür bist Du zu jung."
„Gut, aber wenn Du mich nicht zu dem Verrückten fährst, dann versuche ich Dich den Rest des Tages zu verführen, und Du weißt wie penetrant ich sein kann, und glaub mir, wenn ich etwas will dann kriege ich es, Du hast die Wahl",
dabei lachte Sabrina.
„Ich weiß wirklich nicht, was das größere Übel ist, aber gut Du hast mich überzeugt."

Sabrina druckte die Ansicht von Google aus, nahm den Plan, den sie in Dinses Akten gefunden haben, und die Beiden stiegen ins Auto.

Balm 11.08.2018

Als Sabrina und Maximilian auf den Alten zugingen, der auf einem abgesägten Baumstamm saß, schaute dieser misstrauisch zu den Beiden. Sabrina meinte zu Maximilian,
„vielleicht hätte ich doch ein wenig Parfum mitbringen sollen."
„Bei dem hilft nur noch eine Volldesinfektion",
antwortete von Rosen,
„das kriegst Du nur mit Duft nicht in den Griff, so wie der stinkt. Die Sachen die der trägt, sind Jahre nicht gewaschen worden, hast Du mal seine Haare angesehen, da wäre Bob Marley neidisch geworden."
„Am besten sind die Fingernägel",
meinte Sabrina,
„die sind so schwarz, und die Hände so rau und dreckig, eigentlich ist er ein armer Kerl."

Als sie den Baumstamm erreichten, sagte Sabrina,
„guten Tag, wir sind noch einmal hierhergekommen. Ich bin Kommissarin Kreft, das ist mein Kollege Hauptkommissar von Rosen, wir möchten uns mal mit Ihnen Unterhalten."
„Endlich kommt die Polizei",
platzte es aus dem Alten heraus,
„wissen Sie, ich war in Neubrandenburg fast jede Woche in der Wache, aber die haben mich weggeschickt, weil meine Tochter Maike Republikflucht begangen haben soll, und als meine Frau sich vor die Eisenbahn geworfen hat, habe ich danebengestanden, ich konnte sie nicht aufhalten verstehen Sie, ich habe wirklich starke Hände, aber ich konnte sie nicht halten.

Dann war ich allein, da bin ich zurück zur Polizei, und habe gefragt, ob sie schon etwas von meiner Tochter gehört haben, ausgelacht haben die mich, einfach ausgelacht.
Dann haben sie gedroht, wenn ich nicht langsam abhaue, dann sperren sie mich ein, und wer wäre dann zu Hause gewesen, wenn Maike wiederkommt, also habe ich ruhe gegeben."
Dann schaute der Alte sich um,
„gehen wir zu meiner Besucherbank, die steht da vorne."

Die Besucherbank entpuppte sich als umgefallener Baum, auf dem mehrere Leute sitzen konnten. Aber von hier aus hatte man eine grandiose Sicht auf das Achter Wasser. Die Sonne spiegelte sich auf der ruhigen Wasseroberfläche, alles sah friedlich aus.
„Was ist denn wann passiert",
mit diesen Worten nahm Sabrina das Gespräch wieder auf.
Der Alte schaute eine Zeit lang auf das Achterwasser, eine Träne rann über seine Wange,
„Maike und Judit waren Ausnahmeathleten, die waren gut. Die haben alles gewonnen, im Rudern",
diese Sätze unterstrich er mit einer ausholenden Handbewegung, und er versuchte, ein sehr ernstes Gesicht zu machen.
„Dann sind sie hierhergefahren, die waren oft hier, jeden Sommer, die haben auch in den Ferien Trainiert, das waren fleißige Mädchen. Dann sind sie von hier verschwunden, mit ihren Booten einfach weg.
Übers Meer gefahren sollen sie sein, übers Meer, das muss man sich mal vorstellen. 2 Mädchen einfach so übers Meer, erst das Achterwasser hoch, und dann übers Meer, nach Dänemark, pha, das glaubt doch keiner."
Die Erregung des Alten war kaum zu übersehen,
„übers Meer, meine Maike, sie soll Mama und Papa verlassen haben, meine Maik",

dabei begann er zu weinen. Mit einer zögerlichen Handbewegung, versuchte Sabrina den Alten zu beruhigen.
„Wann war das denn in etwa“,
fragte Sabrina.
Der Alte hatte sich gefangen, nur ein Schluchzen war noch wahrnehmbar. Dann legte sich sein sowieso schon faltiges Gesicht in noch mehr Falten,
„1980, ja, da war das 1980, ja, das weiß ich genau. 1984 sollten Maike und Judit zur Olympiade, das war was, meine Maike bei der Olympiade, mein Gott, wenn die Beiden da was gewonnen hätten, das wäre toll gewesen.
Aber da ist ja dann nichts draus geworden. Ich wollte dann nach Dänemark, aber die haben mich nicht gelassen, ich wollte nur sehen, ob Maike dort ist, aber nix, die haben mich nicht rausgelassen“,
dabei kicherte der Alte.
Sabrina unterbrach den Redefluss des Alten,
„wie alt war Maike damals?“
„14/15, ja sie war 15 beinahe, ein schönes Mädchen, etwas zu breit, etwas zu männlich, aber dennoch schön, meine Maike, 15 war sie, ein Kind“,
sagte der Alte.
Maximilian schaute erst Sabrina und dann den Alten an, zu Sabrina sagte er,
„glaubst Du das führt zu was?“
Sabrina hob beschwichtigend die Arme,
„was glauben Sie, was passiert ist“,
fragte Sabrina den Alten.
„Ich glaube sie haben sie mir weggenommen, sie war gut, zu gut für einen Maschinenführer, ich war ja nur einfacher Arbeiter, sie haben sie mir weggenommen.
Obwohl ich mir nie etwas habe zu Schulden kommen lassen. Ich war immer am 1. Mai zur Parade, und auch sonst immer

ein braver Bürger, ich habe auch nie westfernsehen gesehen. Und trotzdem haben sie mir meine Maike weggenommen."
„Hätte Maike da mitgemacht",
fragte Sabrina?
„Nie, Maike hat uns geliebt, uns beide, sie hat an uns gehangen, die wäre nie weggegangen, jedenfalls nicht freiwillig."
„Wer hat Ihnen damals Bescheid gegeben, dass Ihre Tochter geflüchtet ist?"
„Die Volkspolizei, die kamen zu uns nach Hause, und haben uns gesagt, dass Maike und Judit geflüchtet sind, und dieser Dr. Weber hatte sogar einen Brief von Maike, dass sie flüchten will, aber das war gar nicht Maikes Handschrift, aber keiner hat uns geglaubt."
Sabrina sah Maximilian an, und fragte erstaunt,
„Dr. Weber, Dr. Walter Weber, der Sportarzt?"
Der Alte machte ein verächtliches Gesicht,
„Sportarzt, der, Kaput gemacht hat der die Kinder, der Dinse hat das alles erlebt, der war kein Arzt, der war der Teufel."
Sabrina schaute den Alten an,
„ich würde hier im Gelände gerne etwas überprüfen, haben Sie schaufeln hier",
fragte Sabrina.
„Ja, aber was wollen Sie mit schaufeln?"
„ich will da vorne am Waldrand etwas graben, nur ein bisschen."
„Der Boden hier ist sandig, meine liebe Frau, mit vielen großen Steinen, mit einer Schaufel kommen Sie nicht weit."
Maximilian machte ein unglückliches Gesicht, und wäre am Liebsten gegangen, aber Sabrina blieb hart.
Dann sagte der Alte,
„Wenn Sie graben wollen, ich weiß wo der Schlüssel vom Bagger ist, die meinen immer die wären schlau, und ich wäre dumm",

der Alte und verzog dabei das Gesicht zu einer Grimasse, „dabei hatten wir früher schon die Schlüssel immer da Versteckt, jeder Baggerfahrer versteckt die Schlüsse da, das lernt man so in der Fahrschule."
Sabrina holte hörbar Luft,
„das ist nett, dass Sie den Bagger anmachen wollen, aber ich kann keinen Bagger fahren, und mein Kollege auch nicht."
Der Alte stand auf, und machte ein triumphierendes Gesicht, und sagte nicht ohne Stolz,
„da ist es ja gut, dass Sie den Maschinenführer Huber Nast kennen, der kann das."

Der Alte setzte sich erstaunlich flink in Bewegung, und ging zum Bagger. Maximilian schaute Sabrina an,
„bist Du wahnsinnig, wir kriegen den größten Ärger."
„Gummi, lieber Maximilian Gummi, ich dehne gerade."
„Oh warum muss ich immer dabei sein, wenn Du Dummheiten machst?"
„Lieber Max, vielleicht finden wir was, und wenn nicht, macht Hubert Nast das Loch auch wieder zu."

Schon startete mit lautem Getöse der Bagger, Nast setzte den Bagger in Bewegung, der mit quietschenden Ketten auf die Beiden zu fuhr. Nast schrie durch die offene Tür,
„Kindchen wo soll der Maschinenführer Nast für Dich Graben."
Sabrina zog den Ausdruck aus der Tasche, und drehte sich ein paar Mal, ging dann auf eine Baumgruppe zu, und zeigte kurz vor einer Eiche auf den Boden.
„Aber bitte vorsichtig, höchstens 2,5 – 3,5 Meter."

Nast schien in seinem Element zu sein, er setzte die mächtige Baggerschaufel vorsichtig an, und hob den Boden aus. Nach 2 weiteren Schaufeln, das Loch musste jetzt

ungefähr 3,5 Meter tief sein, ragte etwas Rotes aus Kunststoff aus dem Boden. Sabrina wedelte heftig mit den Armen, und Nast stellte die Grabung ein.
„Bringen Sie den Bagger wieder zurück bitte",
sagte Sabrina,
„Sie haben uns sehr geholfen."
Die Kommissare blickten auf das Rote etwas, das aus dem Boden ragte,
„Was ist das",
fragte Maximilian Sabrina.
„Sieht aus wie die Spitze eines Kajaks",
sagte Sabrina.
In der Zwischenzeit hatte Hubert Nast den Bagger abgestellt, und war zu den Beiden gelaufen.
„Jetzt schau sich das mal einer an, diese Schweinerei, die haben die alten Boote vom Kanu Club einfach vergraben, die hätten die doch auf den Müll bringen müssen, das wäre früher nicht passiert.
Aber gut, dass Sie das gefunden haben, da werden die die das vergaben haben ja zur Verantwortung gezogen",
mit diesen Worten ging er zurück zu seinem Baum, und starrte auf das Achterwasser.
Von Rosen schaute Sabrina an, und zog sein Handy aus der Tasche,
„ich bestell das Orchester, aber dieses Mal das ganz, ganz Große."

2 Stunden später war das gesamte Baugebiet abgesperrt. Der Bauleiter war informiert worden und ebenfalls vor Ort.
Eine große Anzahl an Fahrzeugen hatte fast das gesamte Baugebiet zugestellt. Das THW hatte einen Bagger, gebracht, der schon bei der Arbeit war. Ein weiterer THW LKW hatte einen großen Generator gebracht, und so viele Scheinwerfer

aufgestellt, dass die Baustelle trotz einbrechender Dunkelheit taghell ausgeleuchtet war.
In der Grube, die der Bagger um ein Vielfaches verbreitert hatte, standen 4 Kriminaltechniker, und gruben wie Archäologen das erste Kajak aus. In diesem Kajak, dass komplett mit Sand gefüllt war, ragte ein menschlicher Knochen heraus, Maximilian und Sabrina zweifelten keine Sekunde, dass es sich um die Leiche eines der beiden Mädchen vermissten handeln würde.

Dann unter dem ersten Kajak wurde das zweite Kajak entdeckt, das ebenfalls mit Sand gefüllt war. Beide Kajaks wurden so wie sie gefunden waren, auf einen LKW geladen, und in die KTU gebracht, um sie dort zu untersuchen. Gegen 24:00 Uhr waren alle abgerückt, nur der Alte saß auf seinem Stamm.
Er hatte nicht begriffen, was die Polizei gefunden hatte, und man hatte es ihm auch vorläufig nicht gesagt. Von Rosen wollte erst sichergehen, dass sich tatsächlich um die seit 1980 vermissten Mädchen handelte. Der Alte wollte bleiben, und auf seine Tochter warten, die würde zurückkommen, da war er sich sicher.

Anklam 15.08.2018

„Guten Morgen Herr von Rosen, wir haben die Körper die wir in den Kajaks gefunden haben untersucht, soweit das überhaupt noch möglich war. Es handelt sich definitiv um weibliche Jugendliche. Wir haben aus dem Zahnmark noch brauchbare DNA sichergestellt. Zur Feststellung um wen es sich handelt, und ob es sich tatsächlich um die Vermissten Personen handelt, brauchten wir DNA der Eltern. Sie sagten, einer der Väter wäre immer noch an dem Ferienlager?"
„Ja, ich werde die DNA von ihm besorgen, gab es sonst noch etwas Auffälliges?"
„Ja, wir haben einen Brief gefunden, der sehr aufschlussreich ist, ein Kollege ist schon mit dem Schreiben unterwegs zu Ihnen. Der Brief wurde in einem der Rucksäcke der Mädchen gefunden die ebenfalls in den Booten lagen."
Von Rosen rief die Mordkommission zusammen, als alle platzgenommen hatten, stellte er sich an den Flip und begann.
„Wir haben in dem Neubaugebiet, das auf dem Gelände des ehemaligen FDGB Lagers entstanden ist 2 Kajaks ausgegraben, in denen sich 2 Mädchenleichen befanden.
Bei den Leichen scheint es sich um die seit 1980 vermissten Maike Nast und Judit Thomsen zu handeln. In den Rucksäcken die jeweils in den Booten gefunden wurden, waren auch alle persönlichen Gegenstände und Papiere dieser Mädchen verstaut. Das lässt keinen andren Schluss zu, als dass es sich mit großer Sicherheit um die Mädchen handelt.
Laut damaliger Aussage von Herrn Dr. Walter Weber dem betreuenden Arzt, und des Trainers Herrn Georg Wolke, sind die Beiden angeblich mit ihren Kajaks über das Meer in den Westen geflohen. Eins der Mädchen weist keinerlei

Verletzungen auf, so dass man davon ausgehen kann, dass die Todesursache nicht Gewalteinwirkung war.
Im Kajak dieses Mädchens wurde der Rucksack von Maike Nast gefunden, was den Schluss zulässt, dass es sich um Maike handelt.
Das andere Mädchen, wahrscheinlich Judit Thomsen wurde mit einem Kopfschuss getötet, und wir wissen sogar, wer sie getötet hat.“

Im Raum wurde es ruhig, und von Rosen zog eine gelbliche DIN A 4 Seite aus einer Kunststoffhülle, und begann zu lesen.
Manfred Drescher, Sonntag den 18.07.1980.
Sollte dieser Brief jemals gefunden werden, möchte ich zu Protokoll geben,
bei den Toten Mädchen handelt es sich um Maike Nast und Judit Thomsen. Ich habe auf Befehl des Herrn Dr. Walter Weber Judit Thomsen mit einem unerwarteten Nahschuss in den Kopf getötet. Maike Nast war schon tot, sie starb in der Nacht zum 17.07 auf den 18.07.19780 an den Tabletten, die Herr Dr. Weber allen Sportlern verabreicht hat.
Ich musste Judit Thomsen töten, da Herr Dr. Weber befürchtete, dass ein Todesfall in seinem Dopingprogramm seine Karriere gefährden könnte.
Da er mich schon mehrere Jahre vorher Morphium abhängig gespritzt hat, stand ich vor der Wahl, das Mädchen, oder die körperlichen Qualen des Entzugs. Ich habe die Beiden vergraben. Ich bereue zu Tiefst was ich getan habe.
Manfred Drescher

Von Rosen legte den Brief zur Seite.
„Dieser Dr. Weber taucht immer wieder auf, wie ein Schatten. Eine seiner unangenehmsten Charakterzüge scheint zu sein, dass er sehr wenig Respekt vor dem Leben anderer Menschen

hat, sobald seine Karriere bedroht wird. Ich finde, es wird Zeit, dass wir dem Herrn in die Schranken weisen.
Wir können laut diesem Schreiben bis jetzt Beweisen, dass der feine Herr Doktor am Tod der Kinder Schuld trägt. Sabrina hat in den Unterlagen, die sie vom Amt der Gauk Behörde angefordert hat, auch den Brief gefunden, den angeblich Maike Nast geschrieben hat.
Schriftsachverständige haben die Handschrift eindeutig als die Handschrift von Herrn Dr. Walter Weber identifiziert. Ein weiteres starkes Indiz, dass Herr Weber etwas mit dem Tot der Mädchen zu tun hat. Es war ein Vorteil, dass dieser IM Planet, alles, aber auch wirklich alles dem MFS übergeben hat.
Weiter müssen wir einen Beweis finden, dass Herr Walter Weber seine Frau, und seine beiden Kinder umgebracht hat.
Das wird deutlich schwieriger, da wir keine Spuren haben, und dieses Verbrechen über 14 – 18 Jahre zurückliegt.
Wenn der Herr Weber auch Dieter Schulte/Manfred Teuber und Holger Dinse umgebracht hat, dann muss er Spuren hinterlassen haben.
Ich denke, Herr Weber ist garantiert nicht mit dem Auto nach Usedom gekommen. Da es Direktflüge aus der Schweiz nach Heringsdorf gibt, würde ich sagen, Schulz sie lassen sich die Überwachungsfilme des Flughafens Heringsdorf geben, und schauen sich diese Filme an.
Sie beginnen bitte 6 Tage vor den Morden an Teuber und Dinse. Er kennt zwar die Gegend, aber er muss sich orientieren, und den richtigen Moment abpassen. Sabrina gibt Ihnen ein neues Foto, damit Sie wissen, wen Sie suchen.
Sabrina meldete sich zu Wort,
„die KTU hat doch in Ronnies Behausung Kleidung gefunden, die für Ronnie viel zu klein war, ich denke da an den Parka in Heringsdorf.“

„Gute Idee, lass uns in Ronnies Höhle fahren, aber bevor wir loslegen, Schulz geben Sie eine Fahndung nach Manfred Drescher heraus, den brauchen wir hier dringend."

Die Kommissare machen sich auf in Ronnies ehemaliger Behausung nach Spuren zu suchen.

„Schau mal hier Maximilian, ein neuer Parka, der sieht dem Paka aus Heringsdorf recht ähnlich."

„Fragen wir Ronnie wo er den herhat."

„Guten Tag Frau Teuber, hallo Ronnie,"

mit dieser Begrüßung betraten die Kommissare das Krankenzimmer von Ronnie.

„ich habe nur eine Frage an Dich Ronnie, wo hast Du den Parka her, den haben wir bei Dir zu Hause gefunden."

Ronny schaute sich den Parka an,

„im Wald, Thurbruch, der lag im Graben, auch Handschuhe, und ein Jägerhut. Aber der war dreckig, nass, voller Blut, und außerdem hatte der Jägerhut ein großes Loch, den habe ich liegen lassen, der Parka war gut, habe ich mitgenommen."

„Danke das reicht schon",

und an Uta Teuber gerichtet,

„Frau Teuber, sie und Ihr Sohn können das Gefängnis verlassen, wenn Ronnie wieder auf den Beinen ist.

Der Richter hat die Anweisung gerade unterschrieben. Ronnie wird nicht mehr Mord vorgeworfen, für die Entführung von Albers, muss er sich allerdings verantworten, den Angriff auf Sabrina werten wir als Affekttat, und somit gibt es hierfür kein Verfahren."

Uta Teuber brach in Tränen aus.

Maximilian und Sabrina fuhren ins Büro. Schulz öffnete die Tür, mit einem Fax in der Hand,

„das ist gerade von Abel gekommen, die DNA an Handschuhen und Parka ist mit der DNA von den Kindern in Bochum verwandt."

Maximilian war aufgesprungen, und rief.
„Strike, jetzt haben wir das Arschloch, dem rasiere ich den Sack persönlich!“
Sabrina sah Maximilian an, und meinte,
„Deine Ausdrucksweise, ich weiß nicht, ob ich mit so einem Menschen zusammenleben könnte“,
dabei war sie aufgestanden, und küsste Maximilian auf die Wange.
„ich hol den Sekt, ich habe noch eine Flasche im Büro, die ist jetzt fällig.“

Von Rosen gab Schulz die Plastiktüte mit dem Parka aus Ronnies Haus,
„das muss sofort Untersucht werden, das gleiche Verfahren.“
Sabrina kam mit der Flasche Sekt zurück. Maximilian schaute Sabrina an, und meinte,
„weist Du was, ich schmeiß einen rein, komm wir gehen richtig fett feiern, da ist mir gerade nach.“
„Soll ich mich umziehen“,
fragte Sabrina.
„Nein, wir sehen doch gut aus, wir fahren nach Swinemünde ins Radison Blu, dort Speisen wir fürstlich, das haben wir uns verdient. Und keine Sorge, ich bezahl.“
„Oh Eure Lordschaft haben die Spendierhosen an“,
sagte Sabrina lachend.
„Ja, gewöhn Dich dran, ich habe die Hosen an, jedenfalls die Spendierhosen.“
Anschließend fuhren die Beiden nach Hause.

Flughafen Heringsdorf 22.08.2018

„Hast Du alles“,
fragte von Rosen, als die Beiden aus Taxi am Flughafen in Heringsdorf stiegen.
„Bin ich 12“,
fragte Sabrina,
„ich kann schon auf mich selbst aufpassen.“
„Oh, die Dame ist empfindlich heute“,
gab Maximilian zurück.
Die Beiden stiegen in eine kleine Maschine, die direkt in die Schweiz flog. Nach 4 Stunden waren die Beiden in Sion gelandet, und wurden von der Kantonspolizei erwartet.
„Guten Tag, ich bin Hauptkommissar von Rosen, das ist meine Kollegin Frau Kreft.“
„Grüezi Herr von Rosen, und auch Grüezi Frau Kreft, mein Name ist Jean Claude Favre. Ich versuche so gut Deutsch zu sprechen wie es mir möglich ist.
Ich freue mich mit Ihnen zusammenarbeiten zu können, lassen Sie uns in mein Büro fahren.“
Im Büro angekommen, nahmen von Rosen und Kreft am Besprechungstisch Platz.
„Wir erwarten noch den Staatsanwalt meinte Favre, und ein paar Kollegen kommen auch noch dazu. Alles Kollegen die ebenfalls gut Deutsch sprechen.
Möchten Sie einen Kaffee, oder etwas anderes Trinken“,
fragte Favre.
„Ich nehme Kaffee“,
sagte Maximilian.
„Ich auch“,
beeilte sich Sabrina, zu sagen.

Favre stand auf und verschwand.
Nach kurzer Zeit war er wieder da, in seinem Schlepptau hatte er den Staatsanwalt und 2 Kollegen.
„Das ist Staatsanwalt Gerade Muller, und das sind meine Kollegen Alland Durand und Dimitri Neff.“
Von Rosen nahm die Akte heraus, und stellte sich an den bereitstehenden Flip.
„Das Meiste kennen Sie ja schon“,
sagte er in Richtung des Staatsanwaltes,
„ich werde kurz die Kollegen einweihen, die noch nicht alles wissen.
Unsere Überstellungsbescheide wurden auf Grund mehrerer Kapitalverbrechen ausgestellt. Als Täter haben wir den hier in der Schweiz arbeitenden Arzt Dr. Walter Weber, und seine Frau Susanne eindeutig festgestellt.
Herr Dr. Weber hat im Jahr 1980 den Auftrag erteilt, ein 15-jähriges Mädchen namens Judit Thomsen zu töten, ein schriftliches Geständnis des Täters liegt vor.
Im Weiteren Gang, hat Herr Dr. Walter seine Kinder, die zum Zeitpunkt der Tat 11 und 12 Jahre alt, sowie seine Frau Susanne in Bochum erschossen, und in einem Bochumer Ärztehaus eingemauert.
Herr Dr. Walter Weber hat sich in der Schweiz mit seiner Frau niedergelassen. Wir gehen davon aus, dass es sich bei der Frau nicht um Susanne Weber, geborene Bauerdick handelt, sondern um eine andere Person deren richtigen Namen wir nicht kennen.
Herr Dr. Walter Weber scheint über sehr große Geldmittel zu verfügen, was die Frage aufwirft, wo das Geld her ist.
Da er bis zum Mauerfall ein hohes Mitglied der Partei SED war, gehen wir davon aus, dass es sich um Parteigeld handelt.
Entweder hat Dr. Weber das Geld unterschlagen, oder ist auf andere Weise illegal an das Geld gekommen.

Fakt ist, dass in den Jahren der Wende mehrere Hundert Millionen Euro SED Geld verschwunden sind.
Vieles deutet darauf hin, dass sich das Geld in der Schweiz befindet.
Aus Gründen die uns ebenfalls nicht bekannt sind, vermuten wir, dass Dr. Walter Weber nach Usedom zurückgekehrt ist, und dort Herrn Dr. Manfred Teuber, einen Zahnarzt, sowie Herrn Dinse, einen Immobilienmakler mit einer Schanzaxt erschlagen zu haben.
Die Kleidungsstücke die mit dieser Tat auf Usedom in Verbindung stehen weisen DNA Spuren auf, die mit den Kindern von Weber verwandt sind. Wir können uns also schon fast sicher sein, dass Weber auch diese Taten begangen hat. Sicher wissen wir das erst, wenn wir DNA von Weber selbst haben. Jetzt können wir zu den Fragen kommen."
Von Rosen nahm wieder Platz.
Favre fragte,
„wir haben leichtes Spiel, wir wissen wo er sich täglich aufhält, und können ihn dort festnehmen, oder sind sie andere Ansicht?"
Von Rosen antwortete,
„da wir die Mordwaffe, die Schanzaxt, noch nicht sicherstellen konnten, hoffen wir, dass er sie mit in die Schweiz genommen hat, aus welchen Gründen auch immer."
„Wir müssten sein Haus durchsuchen",
meinte Neff.
„Ja, und ich würde gerne in Erfahrung bringen wer diese Frau ist, dass es sich nicht um Susanne Bauerdick handelt steht fest. Außerdem mahne ich an, wenn wir zugreifen, dürfen wir diesem Herrn Walter Weber keine Gelegenheit zur Flucht lassen.
Dieser Mann ist skrupellos, und ein kaltblütiger Planer. Ich bin mir sicher, dass er auf alles vorbereitet ist, der ist wie ein Raubtier. "

„Wie kommen Sie darauf, dass uns der Mann entwischen könnte“,
fragte Favre von Rosen.
„Der Mann war Jahrzehntelang bei der Staatssicherheit der DDR, der hat auch heute noch Seilschaften, da bin ich mir sicher.
Der hat vorgesorgt, der ist bei den Russen ausgebildet worden, und Russen gehen nicht einmal ohne einen Plan ins Bett.
Ich sage Ihnen, bekommt der eine Möglichkeit zur Flucht, finden wir den nur schwer wieder, wenn überhaupt. Und bitte glauben Sie mir, und nehmen das nicht auf die leichte Schulter, der ist mit allen Wassern gewaschen, der wird sich wehren. Ich bin mir auch Sicher, dass er eine, oder vielleicht sogar mehrere Waffen besitzt.“
„Wir sind ja auch nicht von gestern“,
meinte Durand.
„Wie machen wir es“,
fragte von Rosen in die Runde?
„Von dem Moment an, als das Gesuch aus Deutschland an uns gerichtet wurde haben wir Herrn Dr. Walter Weber überwacht, wir kennen seine Gewohnheiten, wir sind bestens vorbereitet. Wir haben Baupläne von seinem Haus besorgt, und dadurch herausgefunden, dass Herr Dr. Walter einen Bunker unter seinem Haus hat.
Wir haben auch den Notausgang gefunden, der weit weg führt vom Haus, und der könnte tatsächlich als Fluchtweg taugen würde.
Diesen Fluchtweg haben wir von außen versperrt. Am Tag des Zugriffs werden wir trotzdem noch 2 Beamte dort postieren.“
„Das hört sich gut an. Mir liegt am Herzen, dass wir irgendwie herausfinden, wer diese Frau ist.

Mit einem Foto, das wir aus dem Internet haben kommen wir nicht weiter, wir haben auch überhaupt keinen Ansatz. Somit wissen wir auch nicht, ob die Frau bei den Morden in Bochum beteiligt war.
Vielleicht war sie ja sogar die treibende Kraft. Ich lasse ungern Mittäter laufen, aber wenn wir nicht heraus finden wer sie ist, dann kommt sie ungeschoren davon."
Favre schaltete sich ein,
„das wäre bedauerlich, aber wir können Ihnen da leider nicht helfen, da auch wir nichts über die Frau wissen."
„Was wir Ihnen bieten könnten, wäre ein älteres Foto, denn als sie sich hier Niedergelassen haben, mussten sie die Anträge mit einem Foto abgeben."
„Haben Sie das Bild hier",
fragte von Rosen.
„Ja, Neff sind Sie so nett, und holen die Akte aus meinem Büro?"
Dimitri Neff stand auf, und verließ den Raum. Nach kurzer Zeit war er mit einer Akte in der Hand wieder da. Favre schlug die Akte auf, und gab von Rosen ein Foto.
„Das ist das Foto das ich meine, es muss aus der Zeit von 2004 sein."
Von Rosen griff zum Handy und wählte,
„Hallo Werner, ja, ich bin in der Schweiz. Ja, ich schicke Dir ein Foto, schau Du doch einmal nach, ob Du damit etwas anfangen kannst.
Das ist die jetzige Frau Walter. Mir sagt das Foto nichts, ich denke auch die ist aus Bochum."
„Ich würde sagen, wir lassen den Tag Morgen noch vergehen, und wenn die Kollegen in Bochum dann nichts haben, greifen wir zu",
sagte Favre.
„Ja, bin ich mit einverstanden."
„Wir bringen Sie jetzt in Ihr Hotel."

Am Abend gingen Maximilian und Sabrina aus und amüsierten sich mit den Schweizer Kollegen. Zurück im Hotel gingen sie auf ihre Zimmer, vor der Tür küsste Sabrina Maximilian auf die Wange,
„danke das ich mitdurfte."
„Nichts zu danken, aber ich warne Dich, keine Extratour, der Mann ist richtig gefährlich, da bist Du tot, bevor Du A sagst. Ist das Angekommen?"
Sabrina sagte,
„Du machst es einem wirklich schwer Dich zu mögen."
Sabrina hob die rechte Hand zum Schwur,
„Ich schwöre, keine Extratour, zufrieden?"
Von Rosen verdrehte die Augen,
„Sabrina ich möchte Dich nicht in einem Zinksarg mit zurücknehmen, dafür bist Du mir zu wichtig."
„Ich werde es mir merken, schlaf gut Maximilian",
Maximilian schloss seine Tür auf und verschwand, Sabrina stand noch eine Minute vor der Tür und schaute auf die Stelle wo Maximilian gestanden hatte.
Dann schüttelte sie den Kopf, als müsse sie den Kopf klar bekommen, und ging in ihr Zimmer. Hatte er wirklich gerade gesagt, sie sei ihm wichtig. Große Freude überkam sie.
Am nächsten Morgen saßen Sabrina und Maximilian beim Frühstück im Hotel als von Rosens Handy Laute von sich gab.
„Von Rosen, Ach Sie sind das Schulze, und haben Sie etwas gefunden."
Von Rosen nickte mehrfach, und sagte.
„das ist ja großartig, danke für Ihren Einsatz Schulz."
Er legte das Handy fort, und schaut Sabrina freundlich an.
„Schulz hat ihn gefunden, er ist 5 Tage vor den Morden angekommen, unter dem Namen Manfred Teuber, ist das nicht kreativ, und ist 2 Tage nach dem Mord wieder abgeflogen."

„Ich frage mich, was hat der noch 2 Tage auf der Insel gemacht“,
meinte Sabrina.
„Wenn man 2 Morde begangen hat, dann will man doch eigentlich sofort weg.“
„Wenn der auf dem Bauplatz war, aber nichts machen konnte, weil dort gearbeitet wird“,
fragte Maximilian.
„Wäre eine Erklärung, Du meist der wollte die Leichen verschwinden lassen?“
„Vielleicht, der konnte ja nicht wissen, dass dort gebaut wird.“
„Mache bitte mal Google Earth auf, schau von wann die Bilder sind.“
Sabrina macht Google auf und sagte,
„Ja Du hast Recht Maximilian, er wusste, dass dort gebaut wurde, die Aufnahmen auf Google sind von 2009. Er hat aber gewusst, dass dort wo die Leichen liegen Keiner arbeitet, auch das kann man sehen.“
„Weist Du woran ich gerade denke“,
fragte Sabrina.
„Nein, denn sonst könnte ich mit der Nummer im Zirkus auftreten“,
antwortete von Rosen.
„Ach Max“,
sagte Sabrina genervt,
„kann ich vernünftig mit Dir reden?“
„Ja, großes Ehrenwort.“
„Der Alte, der hat uns doch erzählt, dass in seinem Baumstamm Kugeln eingeschlagen sind, als er dort gesessen hat.“
Von Rosen schaute Sabrina bewundernd an,
„Das war mir entfallen, meinst Du das Weber auch Hubert Nast erschießen wollte?“

„Hubert Nast ist der letzte Überlebende der noch etwas von Früher erzählen kann, möglich wäre das."
„Das behalten wir im Auge, was mir gerade noch auffällt", sinnierte Maximilian,
„wenn der am Flughafen ankommt, muss der doch einen Pass vorzeigen, kann das sein, dass der einen gefälschten Pass hat?"

In Diesem Moment gesellte sich Favre mit an den Frühstückstisch. Maximilian, griff zum Telefon, und machte eine Handbewegung, dass sich Favre ruhig hinsetzen kann.
„Hallo Schulz, stellen Sie sofort einen Mann ab der Frau Bauerdick im Altenheim nicht mehr aus den Augen lässt. Ja, Schulz sofort, und ja, es ist eilig."
Sabrina sah von Rosen an,
„meinst Du Frau Bauerdick ist in Gefahr?"
„Weiß ich nicht, aber sicher ist sicher."
Jetzt zu Ihnen lieber Herr Favre,
„wenn Sie von hier überstürzt fliehen müssten, und Geld keine Rolle spielen würde, wie würden Sie das Anstellen."
„Ich würde mit einem Privatjet abhauen, die stehen zu Hauf in Sion herum, das geht am schnellsten."
„Wir haben noch einiges zu klären und zu ermitteln", sagte von Rosen und beendete sein Frühstück.
Nach 2 weiteren Tagen war alles geklärt, und der Plan stand. Die Kantonspolizei hatte Verstärkung angefordert, und fuhr zur Praxis von Dr. Weber.

Sion 27.08.2018

In der Arztpraxis postierten sich 2 Beamte an der Tür, und 2 unten vor dem Haus. Favre öffnete die Praxistür und fragte die verdutzt schauende Sprechstunden Hilfe,
„In welchem Raum befindet sich Dr. Weber?“
„In Raum 2, aber da können sie noch nicht rein, der Dr. macht gerade Pause.“
„Er wird demnächst genug Zeit für Pause haben“,
sagte Favre und öffnete die Tür zu Raum 2.
Walter Weber und seine Frau standen an einem kleinen Tisch mit einer Tasse Kaffee in der Hand.
„Können Sie nicht warten bis sie aufgerufen werden“,
raunte Weber.
Favre antwortete,
„Ich werde ganz selten aufgerufen, ich komme immer so.“
„Dann gewöhnen Sie sich daran, und jetzt verlassen Sie das Zimmer, ich komme gleich.“
„Herr Dr. Weber, ich nehme sie fest und darf sie bitten mir zu folgen.“
„Was, aus welchem Grund“,
fragte Weber, ziemlich verdutzt.
„Die Bundesrepublik Deutschland hat auf Grund mehrerer Kapital Verbrechen einen Auslieferungsantrag gestellt, den ich jetzt vollstrecke.“
„Ich will sofort meinen Anwalt sprechen“,
sagte Weber.
„Das dürfen Sie auch, aber im Revier. Würden Sie jetzt bitte mitkommen. Ach ja und bevor ich es vergesse, für Sie Frau Weber liegt ebenfalls ein Auslieferungsgesuch vor, schließen Sie sich Ihrem Mann bitte an.“

Favre rief,
„Neff bitte die Armbänder, wir wollen doch nicht, dass unsere wertvolle Fracht noch einmal verloren geht."
Weber blieb erstaunlich cool, und hatte sich schnell wieder im Griff.
„Darf ich vorher wenigstens nach Hause, um mir Sachen zusammen zu packen",
fragte Weber.
Favre musste innerlich Lachen und dachte, dieser von Rosen hatte recht, der ist mit allen Wassern gewaschen.
„Ja, da haben wir nichts gegen."
An Webers Haus postierte Favre 2 Leute am Eingang, und 2 an der Terrasse, und was Weber nicht sah, an seinem Notausgang standen auch 2 Beamte.
„Ich muss kurz in den Keller, darf ich",
fragte Weber.

Favre war sich sicher, dass er versuchen würde durch den Bunker zu fliehen, war sich aber ebenfalls sicher, dass es nicht klappen würde,
„ja holen Sie aus Ihrem Keller was immer Sie brauchen, wir warten hier oben auf Sie."
Weber und seine Frau gingen die Kellertreppe herunter, als die Beiden nach 5 Minuten noch nicht zurück waren, ging Favre in den Keller. Er erwartete, dass die Webers sich irgendwo verbarrikadiert hätten, und Widerstand leisten, aber zu seiner Überraschung war der Keller leer. Favre sah nichts, keine Möglichkeit aus dem Keller zu fliehen, Favre war sprachlos. Er stürmte die Kellertreppe hoch,
„an jeder Tür einer",
rief er,
„der Rest ins Auto und zum Flughafen, die haben höchstens 6 Minuten Vorsprung, das wird eng."

Mit durchdrehenden reifen verließen die Polizisten das Grundstück und fuhren mit Blaulicht und Horn Richtung Flughafen. Favre nahm das Funkgerät in die Hand,
„von Rosen hören Sie mich?“
„Ja, was ist passiert?“
„Die sind weg, einfach weg, ich weiß nicht wie die aus dem Haus gekommen sind, wir fahren Richtung Flughafen, Plan B tritt in Kraft.“
Favre rief den Flughafen,
„Keine Starterlaubnis erteilen, für wen auch immer, haben Sie verstanden.“

Weber war bereits am Flughafen angekommen und steuerte den Wagen mit halsbrecherischer Geschwindigkeit auf Hangar 2 zu. Schon 50 Meter vor dem Tor betätigte er den Türöffner, und das Rolltor setzte sich in Bewegung und öffnete sich.
Diesmal würde er starten müssen ohne die Triebwerke warmlaufen zu lassen, aber das würden die schon aushalten. In der Halle angekommen, griff er hektisch seine Sachen, und zu seiner Frau sagte er,
„los beweg Dich, es geht um jede Minute, nimm den Geldkoffer und dann ab ins Flugzeug.“

Beide rannten um das Flugzeug herum auf den Einstieg zu, und blieben wie angewurzelt stehen.
„Guten Tag Herr Teuber, oder soll ich sagen Herr Weber, wie ist es Ihnen lieber“,
dabei grinste von Rosen.
Weber griff nach hinten und zog eine Waffe und zielte auf von Rosen, und schrie.
„gehen Sie aus dem Weg oder ich schieße Sie nieder, und ich werde schießen, glauben Sie mir, also los aus dem Weg.“

Von Rosen hob die Hände und ging langsam die Einstiegstreppe runter.
„Schneller“,
schrie Weber,
„und jetzt dahin“,
die Richtung hatte er mit der Pistole angezeigt.
„So Du blöder Bulle, jetzt kommt Dein Ende.“
Weber nahm die Waffe hoch, und richtete sie auf von Rosen, als hinter ihm jemand hey reif. Weber fuhr herum, und bekam einen so gewaltigen Kinnhaken, dass die Pistole im hohen Bogen durch die Luft flog.
Er rappelte sich auf, und wollte auf Sabrina losgehen, was dieser ganz recht war.
Sabrina tauchte unter Webers Schlagversuch durch, und verpasste ihm zwei weiteren Schläge. Einer traf mit einer chirurgischen Präzision die Leber, was Weber die Luft nahm.

Der zweite Schlag traf Weber mit voller Wucht am Unterkiefer. Bei dem Geräusch, das dabei entstand verzog Maximilian das Gesicht.
Weber machte eine halbe Drehung, und er fiel wie ein Sack in sich zusammen. Weber schlug hart auf dem Betonboden auf.
Susanne Weber rannte in Richtung der Waffe, die auf dem Boden lag, aber Maximilian hatte seine Waffe gezogen, und sagte ruhig,
„denk nicht einmal dran“,
und die Frau, die sich Susanne Weber nannte, blieb stehen und hob die Arme. Da hörten sie schon das Signalhorn der Polizei.
Weber kam langsam wieder zu sich und versuchte aufzustehen. Im vorbei gehen schlug Sabrina ihm erneut mit voller Wucht aufs Kinn, Weber brach augenblicklich zusammen.
„Das macht man aber nicht“,

sagte von Rosen lachend,
„das ist unfaire, ich glaube Du brauchst einen Psychologen, Du hast deine Wut nicht im Griff."
„Das war ich Frau Bauerdick schuldig, schade, dass der so ein Schlappschwanz ist, den hätte ich zu gerne nach Strich und Faden vermöbelt."
Sabrina drehte sich zu Susanne,
„und Du Püppchen was ist mit Dir?"
Frau Weber hob die Arme und beeilte sich zu sagen, dass sie sich nicht vom Fleck rühren wird. Favre kam in den Hangar gestürzt, sah Weber am Boden, und ging um ihn rum,
„Ui, ist der gegen einen Betonpfeiler gelaufen?"
„Nein, nur gegen Sabrinas rechte Faust",
sagte von Rosen ruhig.
„Donnerwetter Sabrina, sind Sie Profiboxer?"
„Nein, ich war nur sehr zornig."
Von Rosen sagte ruhig,
„lieber Kollege Favre, sammeln Sie bitte diesen Müll hier ein, und lassen Sie ihn uns nach Deutschland verfrachten."
„Wir bringen die beiden erst einmal in die Zelle. Danach werden wir das Haus von Weber durchsuchen. Ich will wissen, wie die aus dem Haus gekommen sind, das finde ich heraus, und wenn ich das Haus abreißen lass."

Von Rosen hatte den Geldkoffer geöffnet, und leise gepfiffen. Auch Favre und Sabrina schauten neugierig in den Koffer.
„Das ist wenigstens eine Million",
und zu Favre meinte er,
„vielleicht finden Sie im Haus noch mehr, vor allem Hinweise woher das Geld stammt."
Nach 2 Tagen trafen in Anklam die Berichte aus der Schweiz ein. Von Rosen traf sich mit dem Staatsanwalt und dem Chef der Kripo Anklam im Besprechungszimmer.

„Wir haben alles zusammen, und wie Sie selbst sehen können, sind zu den Beweisen die wir schon hatten, noch andere hinzugekommen.
Favre hat im Haus weitere Geldkoffer gefunden, es handelt sich insgesamt um 20 Millionen Euro. Außerdem fanden die Kollegen in der Schweiz ein Gewehr.
Der Beschusstest hat ergeben, dass mit diesem Gewehr auf Hubert Nast geschossen wurde. Der wollte Jeden Töten der von der Geschichte damals wusste.

Wie der das Gewehr am Flughafen durch den Zoll bekommen hat, ist mir ein Rätsel, aber er hat es geschafft.
Ich denke wir sind gut vorbereitet, und die Verhöre können beginnen.
Ich habe eine andere Taktik, wie Sie es gewohnt sind, aber Sie werden sehen, dass diese Taktik zum Erfolg führen wird. Lassen Sie uns bitte einfach machen, Frau Kreft ist eingeweiht, und beherrscht diese Taktik ebenfalls.“

Der Staatsanwalt und der Kripochef waren einverstanden. Die drei legten fest, dass die Verhöre am nächsten Morgen beginnen sollten.

Anklam 03.09.2018

„Guten Morgen Herr Weber, guten Tag Herr Anwalt."
„Was werfen Sie meinem Mandanten vor",
sagte der Anwalt nicht ohne Hohn in der Stimme.
Von Rosen warf Bilder auf den Tisch, von Manfred Teuber auf dem Hochstand, und dann von Holger Dinse in seinem Büro.
„Was soll das",
fragte der Anwalt.
„Das sind die Beiden Männer, die Ihr Mandant getötet hat",
sagte von Rosen kurz,
und bevor Sie anfangen mir meine Zeit zu stehlen und zu lamentieren, werde ich Ihnen zuerst vortragen, was wir haben, dann können Sie antworten.
„Ich hasse es, wenn ich unterbrochen werde. Haben Sie Beide das verstanden?"
Die Beiden nickten.
„Die ganze Sache begann 6 Tage vor dem Mord an Herrn Teuber, Hier sind die Aufnahmen vom Flughafen Heringsdorf, darauf erkennen Sie eindeutig Ihren Mandanten. Die Passkotrolle hat bestätigt, dass ein Herr Manfred Teuber an Bord der Maschine aus der Schweiz war. Und hier ist die Bestätigung der Fluggesellschaft."
Der Anwalt wollte etwas einwenden, doch von Rosen hob die Hand,
„gleich, da können Sie mir alles erklären."
Von Rosen zog weiter Bilder heraus, das ist eine Schanzaxt. Die Schweizer Polizei hat diese Axt im Haus Ihres Mandanten gefunden. Mit dieser Axt wurden Manfred Teuber und Holger Dinse erschlagen, das steht außer Frage.

„Hier ist das Gutachten der KTU, die Schneide passt exakt zu den Wunden, die beide Opfer aufweisen.
Diese Axt, die wir im Haus in der Schweiz gefunden haben ist aber absolut sauber. Die KTU geht davon aus, dass diese Axt mit Chlor abgebleicht wurde, um Spuren zu verwischen. Keine Spuren, weder an der Klinge noch am Übergang zum Griff. Sie haben sich wirklich jede Mühe gegeben Herr Weber."
Weber grinste. Dann nahm von Rosen das Gespräch wieder auf,
„dummerweise ist die Axt bei unserem Kettenrauchende Genie gelandet. Und der gibt niemals auf.
Herr Dr. Abel hat den Kunststoffgriff entfernt, und wissen Sie was der unter dem Kunststoffgriff gefunden hat?
DNA, die DNA von Herrn Teuber und Herrn Dinse. Sie hätten die Axt besser verschwinden lassen sie Genie."
Dann sah er den Anwalt an,
„und jetzt Sie."
Der Anwalt blieb einige Sekunden ruhig sitzen, und sagte dann,
„Ich muss mich mit meinem Mandanten besprechen, wo können wir das tun?"
„Schulz",
rief von Rosen,
„bringen Sie die Beiden in die Zelle."

Nach einer Stunde wurde von Rosen informiert, dass die Befragung weiter gehen kann. Weber und sein Anwalt saßen schon im Verhörraum als von Rosen Eintraft.
„Mein Mandant gibt die Taten zu, und legt ein umfassendes Geständnis ab. Dafür erwartet er aber, dass sein Handeln strafmildernd gewürdigt wird."
Von Rosen verließ kurz den Raum und ging zum Spiegel, wo der Staatsanwalt und von Rosens Chef standen.

„Geht in Ordnung“,
sagte der Staatsanwalt,
„wir können es uns leisten in diesem Fall Großzügig zu sein.“
Von Rosen ging zurück, in den Verhörraum,
„der Staatsanwalt ist einverstanden, das lässt sich machen.“

Von Rosen wartete, bis das Protokoll in den Raum gebracht wurde, und alle unterschrieben hatten, dann stand er auf, drehte sich zur Scheibe und sagte.
„Sabrina, dein Patient.“
Weber und sein Anwalt schauten irritiert drein, als Sabrina den Raum betrat.
„Ich hätte da noch etwas zu klären“,
sagt Sabrina ruhig, öffnete den Ordner, den sie mitgebracht hatte, und schob Fotos auf den Tisch, die die Bergung von Maike und Judit zeigten.
Der Anwalt sah sich interessiert die Bilder an, und meinte,
„ja und?“
Weber war blass geworden.
„Lassen Sie sich das doch von Herrn Weber erklären“,
sagte Sabrina.
Dann nahm Sie das Wort wieder auf, und sagte,
„Ich arbeite genauso wie mein Kollege Herr von Rosen, äußern können Sie sich am Ende meiner Ausführungen.
Herr Weber, wir werfen Ihnen vor befohlen zu haben Judit Thomsen zu erschießen, nachdem Maike Nast an Ihrem dubiosen Dopingprogramm gestorben ist. Den Mord werten wir als Verdeckung einer anderen Straftat, denn Sie haben gewusst, dass Meike Nast in dieser Nacht nicht zu retten war. Sie haben befohlen, die Leichen mit ihren Kanus auf dem Gelände des FDGB Ferienlagers in Balm zu vergraben.
Damit die Geschichte, die Mädchen seien geflohen, glaubwürdig wurde. Aber auch hier haben Sie versagt, Sie

können es einfach nicht. Bei den Leichen haben wir einen Brief gefunden, den Manfred Drescher geschrieben hat. Dieser Manfred Drescher, den wir gerade suchen, hat aus Gewissensgründen einen Brief zu den Toten gelegt, ich lese Ihnen diesen Brief vor. Sabrina zog das vergilbte DIN A 4 Blatt aus dem Ordner und begann vorzulesen.

Manfred Drescher, Sonntag den 18.07.1980.
Sollte dieser Brief jemals gefunden werden, möchte ich zu Protokoll geben, bei den Toten Mädchen handelt es sich um Maike Nast und Judit Thomsen. Ich habe auf Befehl des Herrn Dr. Walter Weber Judit Thomsen mit einem unerwarteten Nahschuss in den Kopf getötet. Maike Nast war schon tot, sie starb in der Nacht zum 17.07 auf den 18.07.19780 wahrscheinlich an den Tabletten, die Herr Dr. Weber allen Sportlern verabreicht hat. Ich musste Judit Thomsen töten, da Herr Dr. Weber befürchtete, dass ein Todesfall ihn seine Karriere kosten könnte. Da er mich schon mehrere Jahre vorher Morphium abhängig gespritzt hat, stand ich vor der Wahl, das Mädchen, oder körperliche Qualen des Entzugs. Ich bereue zu tiefst was ich getan habe.

Weber versuchte ein Lachen,
„diese Gefasel eines Süchtigen glauben Sie?“
„Das ist kein Gefasel, es ist die Wahrheit“,
sagte Sabrina kalt.
„Da muss ich aber energisch einschreiten“,
sagte der Anwalt,
„Sie können doch wohl nicht im Ernst glauben, dass Sie damit vor Gericht durchkommen, Ihnen fehlen jegliche Beweise. Mein Mandat hat mit dieser Sache nichts zu tun.“
Sabrina schaute den Anwalt an, und sagte scharf,

„Das würde ich so nicht sagen, zu aller erst haben wir einmal das Schriftstück in dem Maike Nast angeblich geschrieben hat, dass sie Republikflucht begehen will."
„Das war auch so",
rief Weber dazwischen.
„Ja, Sie haben Pech, denn das Schriftstück hat den Untergang der DDR überlebt, wie übrigens Ihre ganze Akte. Also Herr Weber, dann sagen Sie mir doch mal, warum dieses Schriftstück Ihre Handschrift aufweist, hier ist das Gutachten der Schriftexperten."
Sabrina schob ein weiteres Blatt über den Tisch.
„Dazu kommt erschwerend, der Herr Weber, also Ihr Mandant ist ein Mensch, der kann einfach nichts wegwerfen."
An Weber gerichtet sagte sie,
„sagen Sie mir, ist das Geiz, oder Dummheit?"

Weber war beleidigt aufgesprungen, Sabrina sah ihn mit funkelnden Augen an,
„Setzen Sie sich lieber wieder, und legen Sie sich nicht mit mir an. Sie sind mir nicht gewachsen, das hatten wir doch schon in der Schweiz."
Weber nahm widerwillig Platz.
„Kommen Sie zum Punkt, ich habe auch noch andere Mandanten",
knurrte der Anwalt.
„Gerne",
sagte Sabrina,
„Judit Thomsen wurde mit einer CZ45 erschossen. Einer Tschechischen Waffe, die auch von der NVA und der Staatssicherheit verwendet wurde.
Diese Pistole ist eine 6,35 mm Waffe, mit einer niedrigen Durchschlagskraft. Das Projektil blieb also in Judit Thomsens Kopf stecken."

Sabrina legte wortlos ein verrostetes Projektil auf den Tisch. Weber schaute auf die Patrone und begann zu schwitzen.
„Die Waffe, mit der Sie Herr Weber auf meinen Kollegen gezielt haben, ist genauso eine Waffe. Und morgen wissen wir, ob das Projektil zur Waffe passt. Und wenn das so ist, wird das nichts mit Strafmilderung, dann reden wir schon von einer besonderen Schwere der Tat, und jetzt eine gute Nacht."

Sabrina packte Ihren Ordner und das Projektil wieder ein, wollte den Raum schon verlassen, drehte sich aber noch einmal um.
„Herr Weber, Sie sind ein mieser Schütze, den Huber Nast haben Sie verfehlt."
„Was soll denn das jetzt",
fragte der Anwalt.
Sabrina warf noch ein Papier auf den Tisch,
„das sind die Tests des Gewehres, das in der Schweiz sichergestellt wurde, und dass sind die Patronen die wir aus der Besucherbank, wie Hubert Nast den Baum nennt gefunden haben, die passen zusammen."
Dann verließ Sabrina grußlos den Verhörraum, und ging zum Spiegel. Hinterm Beobachtungsspiegel stand Maximilian, der Staatsanwalt und von Rosens Chef.
„Und wie war ich?"
„Nicht schlecht, das hat gesessen. Man hat selbst hier draußen gesehen, wie dem Weber der Schweiß ausgebrochen ist."
Der Staatsanwalt war nicht so begeistert, wenn wir Glück haben, gesteht der, wenn nicht, haben wir gegen Weber in der Sache Nast Thomsen nichts in der Hand.
„Ich habe einen Verdacht, ist Euch die Reaktion von Weber entgangen, als Sabrina sagte, wir suchen Drescher. Da hat Weber gelächelt, ganz kurz, kaum sichtbar, aber er hat die Mundwinkel verzogen. Ich sage Euch, der weiß wo Drescher sich aufhält."

In dem Moment meldete sich Schulz,
„wir haben einen Manfred Drescher gefunden, der wohnt gar nicht so weit weg, in Neubrandenburg, Bansiner Straße 8.“
„Holen Sie diesen Drescher her, und wenn er noch hat, soll er alles mitbringen, was er vom Ruder Klub noch an Papieren hat. Ach Schulz, wir haben uns zu wenig um diesen Ruderverein gekümmert, sind Sie so gut und graben da mal.“

Dann sah Maximilian Sabrina an,
„und jetzt nehmen wir uns diese Susanne Weber vor, mal sehen was die uns zu erzählen weiß.“
„Ohne die Gauk Behörde wüssten wir über die auch nichts, ist doch eine gute Einrichtung“,
meinte Sabrina.
„Ich denke, wenn wir die zum Reden bringen wollen müssen wir die massiv unter Druck setzen.“
„Was schlägst Du vor“,
fragte Sabrina.
„Ich würde sagen, die Aussicht auf Lebenslänglich mit anschließender Sicherungsverwahrung müsste es schon sein.“
„Klingt logisch, machen wir guter Bulle böser Bulle?“
„Ach Sabrina, wir sind nicht in einem Amerikanischen Krimi, außerdem ist ein Anwalt dabei, das könnte aber auch ein Vorteil sein, und nicht zu vergessen die Zusatzinformationen die wir aus Berlin haben.“
Sabrina fragte,
„Schauspielern wie erst mal, oder gehen wir direkt in die Vollen?“
„Ich würde sagen wir machen zuerst auf ahnungslos, mal sehen ob die sofort anfängt zu lügen oder ob sie die Wahrheit sagt.“

Anklam 04.09.2018

„Guten Tag Frau Weber, guten Tag Herr Schranz. Ich will gar nicht lange um den heißen Brei herumreden. Wie sich ja schon herumgesprochen haben sollte, gehe ich immer bestens vorbereitet in eine Befragung.
Wie Sie sicherlich schon von Ihrem Anwalt gehört haben müssten, mache ich erst meine Ausführungen, und lasse dann die Gegenseite zu Wort kommen. Heute und hier machen wir es ein wenig anders, denn ich muss gestehen, ich weiß nichts über Sie. Ich habe erste nur ein paar Fragen, die erste, seit wann sind Sie Frau Weber, und ist ihr Mädchenname tatsächlich Tschymke.
Wie haben Sie Herrn Dr. Weber kennengelernt, und was haben Sie vorher gemacht. Und ich bitte Sie, uns gleich die Wahrheit zu sagen, sollten Sie Lügen, würde beim Staatsanwalt der Verdacht der Mittäterschaft aufkommen."

Susanne Weber sah von Rosen an, und sagte,
„ich bin seit 2001 Frau Weber, und ja mein Mädchenname ist Tschymke, Susanne Tschymke. Bevor ich Frau Weber wurde, habe ich als Ärztin gearbeitet. Kennengelernt habe ich Walter Weber in Bochum, auf einem Ärzteball."
Von Rosen schaute kurz in seinen Ordner, schlug ihn dann knallend auf den Tisch und sagte mit aller Schärfe,
„Frau Weber, Sie sind Frau Dr. Tschymke, Zahnärztin, und wurden in der Stasi unter dem Decknamen -IM Bohrer- geführt. Und ich rate Ihnen, packen Sie aus, wir reden mittlerweile über 4 Morde, das wird nicht mit Lebenslänglich abgehen, da wird garantiert die Schwere der Schuld

festgestellt, was das heißt, kann Ihr Anwalt Ihnen gerne erklären.
Sie kriegen eine Nacht Zeit, in der Sie sich Gedanken machen können. Arbeiten Sie mit uns zusammen, wird es nur Lebenslänglich."
Damit standen die Beiden auf, und verließen den Raum.
„Ich brauche frische Luft,"
sagte von Rosen, nahm seine Jacke und verließ sein Büro.
Sabrina nahm ebenfalls ihre Jacke und folgte Maximilian. So hatte sie ihn noch nicht erlebt, er war emotional ziemlich fertig.

Von Rosen ging auf sein Auto zu, und setzte sich ruckartig hinter das Steuer, und wischte sich mit der Hand durch sein Gesicht.
Sabrina setze sich auf den Beifahrersitz und sagte nur.
„Zinnowitz",
von Rosen sah sie an,
„was meinst Du?"
„Zinnowitz, fahr mich nach Zinnowitz, ich will ne Pommes essen."
Von Rosens Gesicht veränderte sich, von verzweifelt zu entspannt,
„Du hast recht, und ich muss Dir sagen, Du bist eine tolle Kommissarin, aber ein noch besserer Freund",
sagte er und startete den Wagen.
Sabrinas Handy ging,
„Ja, Hallo Schulz, ne, wir sind nicht im Büro, wir fahren nach Zinnowitz. Ja, eine gute Idee, wir warten."
Und zu Maximilian sagte sie,
„Schulz ist auf der Autobahn, auf dem Rückweg von Neubrandenburg, der fährt eine Ausfahrt weiter, und kommt auch nach Zinnowitz."

Als Schulz eintraf, hatten die Beiden schon gegessen, warteten aber geduldig, bis Schulz essen bestellt hatte.
Dann sagte Schulz zu von Rosen.
„Glückwunsch zu Ihrem Riecher, wir haben Georg Wolke verhaftet, im Altenheim. Der wollte doch tatsächlich in das Zimmer von Frau Bauerdick. Aber Rupert Menke hat das verhindert.“
„Wer ist Rupert Menke“,
fragte von Rosen.
„Der Kollege der Frau Bauerdick bewacht hat, das hatten Sie doch angeordnet.“
Von Rosen fragte weiter,
„Und gab es bei der Verhaftung Komplikationen?“
„Keine, am Anfang mussten die den Herrn Wolke tragen aber der hat sich schnell erholt.“
„Wieso wurde der getragen“,
fragte von Rosen.
„Ja, weil der nicht das machen wollte was Rupert von ihm wollte, so Sachen wie Hände auf den Rücken und so weiter. Ja, da Rupert nur einmal, ich schwöre nur einmal zugeschlagen.“
„Warum betonen sie so nur einmal, Schulz?“
„Naja, wenn man den Herrn Wolke sieht, könnte man glauben das es anderes war.“
Von Rosen hielt sich die Ohren zu,
„Ich will das gar nicht wissen.“

Anklam 05.09.2018

Von Rosen stand an der neuen Glastafel. Sein Chef, der Staatsanwalt, Sabrina und Schulz sind anwesend.
„Wenn ich vor allem um eines bitten darf, lasst mich erst meine Ausführungen abschließen, dann können wir diskutieren. Ist das OK."
Alle nicken oder zeigen den Daumen.
Von Rosen begann gestenreich zu sprechen,
„Gut, was haben wir, unsere beiden Webers schweigen, haben Gedächtnislücken, oder Teile ihres Lebens völlig vergessen. Was ihr gutes Recht ist.
Wir müssen eben besser sein wie die, und das sind wir auch. Ich muss gestehen, es wäre schneller gegangen, wenn es mir nicht zu wieder wäre Akten zu wälzen. Das habe ich vorgestern bis in den Morgen getan, und habe alles was wir brauchen zusammengetragen. Nach dem lesen von unzähligen Notizen oder Geschäftsberichten ist mir dieser Ordner in die Handgefallen, wie Ihr seht, mit der Aufschrift Baugebiet FDGB, die habe ich immer wieder nach hinten gelegt, denn das Baugebiet kennen wir ja, ein Fehler.
In dieser Akte ist auch Schultes / Teubers Stasi Akte, 400 Seiten stark, Hauptakteure, richtig Walter Weber, und Susanne Tschymke. Zeitraum der Beobachtung 1980 – 1889. Die waren auf Schulte / Teuber angesetzt. Susanne Tschymke war in den frühen 80gern sogar mit Schulte / Teuber im Bett, steht alles in der Akte.
Dort steht aber auch, dass Schulte / Teuber dieses Spiel sehr schnell durchschaute, und Tschymke mit offenen Worten abservierte.
Daraufhin schickte man eine Neue in Schute / Teubers Dunstkreis. Man war auch kurz davor Schute / Teuber zu entführen, gerettet hat ihn nur seine Bewaffnung, er konnte sich zur Wehr setzen, und so ließ man ihn in Ruhe.

Nach der Wende 1990 war Ruhe.
Irgendwann um 2008 ist Schulte / Teuber den Beiden Webers draufgekommen. Vielleicht hat er durch Zufall, oder durch seinen Maklerfreund Holger Dinse Wind davon bekommen, dass die Webers jetzt in der Schweiz eine gut gehende Praxis führten.
Schulte erkannte genauso wie Sabrina schnell, dass da etwas nicht stimmt. Denn er kannte aus dem FDGB Lager die echte, oder sollte ich sagen, die Frühere Susanne Weber, geb. Bauerdick, und vor allem, er kannte Susanne Tschymke von dem amourösen Versuch ihn auszuspionieren. Wir haben Frau Bauerdick nie gefragt, ob sich schon einmal vor uns, jemand für die alten Bilder und Susanne interessiert hat.
Ich habe gestern mit ihr telefoniert, und sie konnte sich wage an einen Besuch von Manfred Teuber erinnern, der gerne wieder die alte Clique zusammenbringen wollte.
Die Information die er dort erhielt waren für ihn im wahrsten Sinne des Wortes Gold wert. Von Dem Tag an, erpresste er Weber. Eine einzige Notiz in diesem Berg von Akten hat mich auf sein Konto auf den Cayman Inseln gebracht.
Dort müssen Millionen liegen. Seine Gier wurde ihm zum Verhängnis, und weil Dinse etwas wusste, wurde der sofort mit umgebracht.
Schulz war vor 3 Tagen in Neubrandenburg und fand Manfred Drescher, der leider tot ist, der hatte einen Autounfall, er wurde überfahren.
Im Altenheim der Frau Bauerdick haben wir Georg Wolke den damaligen Trainer der Mädchen festgenommen. Der war im Begriff Frau Bauerdick etwas anzutun. Wir haben mit Wolke gesprochen, auch über früher, und im Beisein seines Anwaltes ist er eingebrochen, und hat gestanden.
Weber hat Wolke 1 Million geboten, wenn er Drescher und Frau Bauerdick umbringt.

Und da Wolke ein armer Kerl ist, hat er den Job angenommen. Wolke war es auch, der Weber gesteckt hat, dass Holger Dinse bei ihm war, und jetzt auf dem Lagergrundstück nach Beweisen suchen werde.
Weber war klar, dass es eine Frage der Zeit war, wann sein ganzes Lügengerüst zusammenfallen würde, also trat er diese Mordserie los."

Als von Rosen geendet hatte, breitete sich Stille im Raum aus, als erste löste sich Sabrina aus der Starre.
„Das heißt wir haben ihn, jetzt müssen wir ihm nur noch den Mord an seiner Exfrau und den Kindern nachweisen."
„Ja, Ich habe es in den bisherigen Verhören vermieden Weber über seine Frau zu befragen, ich weiß auch nicht, ob Susanne Tschymke darüber irgendetwas weiß.
Ich werde gleich, so in einer Stunde einen Überraschungsangriff auf Weber vornehmen, vielleicht gelingt mir der Coup, und er bricht zusammen.
Sind zu den bisherigen Erkenntnissen noch Fragen?"
Von Rosen schaute in die Runde. Der Staatsanwalt erhob sich, ging auf von Rosen zu und schüttelte ihm die Hand,
„Großartig, ich bin nachher hinter der Scheibe."
Alle anderen standen ebenfalls auf und beglückwünschten von Rosen. Der nahm seine Akte unter den Arm und meinte,
„Ich gehe jetzt in mein Büro, ich muss eine halbe Stunde allein sein, damit ich perfekt vorbereitet bin",
mit diesen Worten verließ er den Raum.

Als Sabrina in von Rosens Büro eintrat, stand von Rosen am Fenster und blickte ausdruckslos hinaus. Er bemerkte Sabrina nicht einmal, so konzentriert war er. Sabrina stellte leise die Tasse Kaffee auf den Schreibtisch, die sie ihm bringen wollte, drehte sich um, und verließ leise den Raum.

Nach 30 Minuten öffnete sich die Bürotür wieder und von Rosen trat in den Gang. Seine Körpersprache war eindeutig, die Entschlossenheit, mit der er über den Gang ging, ließ keinen Zweifel zu, er war bereit für den letzten Kampf.
Im Verhörraum hatten sich Weber und sein Anwalt eingefunden. Weber saß in arroganter Haltung am Tisch, und drückte mit seiner Haltung Ablehnung und Missfallen aus.
Er schien es nicht gewohnt zu sein, unter Druck zu geraten, das hatte von Rosen sofort erkannt, und wollte diese Schwäche ausnutzen. Wenn er ihn genug reizte, würde der Platzen wie eine Melone, Weber war ein Mensch, der seinen Opfern ohne jede Gefühlsregung großes Leid zufügen konnte, solange er die Kontrolle über das Geschehen hatte.
Er selbst war eine Memme, die nach Mama weinte, wenn er unter Druck kam. Und genau das würde von Rosen eiskalt ausnutzen.
Mit diesen Gedanken im Kopf betrat er den Verhörraum,
„Herr von Rosen, wenn Sie nur meine Zeit stehlen wollen, da brechen wir das hier sofort ab",
sagte der Anwalt von Weber.
„Ich garantiere Ihnen Beiden, es wird schnell gehen, und ich werde nicht Ihre Zeit stehlen."
Wie immer ließ von Rosen den Aktenordner geschlossen und schaute Weber an. Dieser versuchte ein arrogantes lächeln, was aber misslang.
Von Rosen lies absichtlich eine Minute ohne ein Wort zu sagen verstreichen. Dann ergriff er das Wort.
„Herr Weber, was mich dringend interessiert, wo ist eigentlich Ihre erste Frau?"
Weber stütze sich auf den Tisch, die Frage kam für ihn sehr überraschend.

„das weiß ich nicht, die hat mich 1994, glaube ich, kann aber auch früher gewesen sein, mit den Kindern verlassen, die wollte wieder in den Osten.
Fragen Sie dort, so gut wie Sie sind, werden Sie die finden, ich habe kein Verlangen mehr die wiederzusehen."
Dabei brachte er es wirklich fertig zu lächeln.
„Wir haben Sie gesucht, können sie aber nicht finden."
„Dann liegt das daran, dass Sie doch nicht so gut sind, wie Sie von sich selbst glauben",
meinte Weber.
„Oder wir suchen an den falschen Stellen, könnte das sein", fragte von Rosen.
„Was weiß ich, Sie sind der tolle Kommissar, oh, entschuldigen Sie, ich meine natürlich Hauptkommissar."
Weber wurde immer sicherer, von Rosen glaubte, es wäre an der Zeit für den ersten Schlag.
„Ja, sie haben recht, ich bin toll, der Beste, darum habe ich gedacht, suche ich doch mal in Bochum nach Ihrer Frau", dabei zog er ein Bild des alten Ärztehauses aus dem Ordner.

Der Schlag hatte gesessen. Von Rosen fuhr fort,
„leider wurde das Gebäude gesprengt."
Weber schwankte zwischen Angst und Erleichterung,
„Tja, Pech gehabt, das war ja der Grund, warum wir ausgezogen sind.
Die haben das Haus 2004 in Schutt und Achse verwandelt.", aber das kam schon nicht mehr so selbstsicher wie am Anfang.
Weber behagte es nicht, dass man über das Haus sprach, das war deutlich zu merken.
„Ich glaube, Herr Weber, Sie haben Ihre Frau und die Kinder in diesem Haus ermordet, und verschwinden lassen, ob Frau Tschymke davon wusste, werden wir herauskriegen."
„Das ist doch lächerlich",

sagte der Anwalt,
und seine Empörung war nicht gespielt, das merke von Rosen deutlich.
„Das ist 14 Jahr her, und wie Sie sagen, Sie finden Frau Weber und die Kinder nicht, und Sie sagen, dass das Haus gesprengt wurde“,
da meldete sich Weber,
„Ja, und zwar vor sehr langer Zeit“,
der Anwalt fuhr fort,
„also was sollen diese Vorwürfe jetzt, das ist doch nun wirklich Blödsinn?“

Von Rosen machte ein unglückliches Gesicht, und beglückwünschte sich zu seiner schauspielerischen Leistung. Etwas entschuldigend sagte er,
„Ich dachte, Herr Weber, wollte vielleicht sein Gewissen entlasten.“
Der Anwalt lief zur Hochform auf,
„dafür bestellen Sie mich hierher, ich habe überhaupt keine Lust mehr, mir Ihr Geschwafel anzuhören, ich wüsste gerne mal, was Ihr Vorgesetzter dazu sagt, wenn Sie hier mit an den Haaren herbeigezogenen Behauptungen ankommen.
Und jetzt nehmen Sie Ihre dämliche Akte, denn damit beeindrucken Sie uns nicht mehr, und beichten Ihrem Vorgesetzten schon einmal, denn ich werde mich in jedem Fall beschweren.“
Das Letzte hatte er ganz schön laut gesagt.
Weber nickte eifrig als Bestätigung, und wurde wieder sicherer. Von Rosen meinte, dass jetzt der richtige Zeitpunkt für den Todesstoß sei.

Von Rosen tat so, als wolle er sich erheben, in Webers Augen konnte er schon so etwas wie Triumph erkennen. Als er stand, schlug er die Akte auf, der Anwalt wollte etwas

sagen, aber von Rosen würgte das mit einer Handbewegung ab.
Von Rosen nahm das weiße Papier von der ersten Seite, und sichtbar wurde die Mumie von Susanne Weber.
Zu Weber sagte er in aller Schärfe,
„erkennen sie Ihre Frau noch wieder, Herr Weber, sie sieht ja etwas anders aus, als sie lebte war sie bestimmt eine schöne Frau, und Sie Herr Anwalt bevor Sie mir auf den Sack gehen, ja, wir haben eine DNA, und ja, das ist eindeutig Susanne Weber."
Stille, Betroffenheit beim Anwalt, entsetzen bei Weber. Dann nahm von Rosen die anderen Fotos heraus,
„und das sind Ihre Kinder, die Sie wahrscheinlich unter Mithilfe von Frau Tschymke eingemauert haben. Ich sage Ihnen eines Weber, Sie sind der größte Drecksack der mir je begegnet ist, und ich werde dafür sorgen, dass Sie nie wieder in Freiheit kommen."

Von Rosen drehte sich zur Tür, Sabrina war eingetreten, und flüsterte ihm etwas ins Ohr.
Von Rosen drehte sich herum, und sagte zu Weber,
„wissen Sie Herr Weber, dass Sie nicht einmal vor dem Mord an einer alten Frau zurückschrecken, das erschreckt mich, Sie sind kein Mensch."
Der Anwalt wollte etwas einwenden, doch von Rosen sagte nur,
„Wolke hat gestanden, Sie haben auch noch Drescher auf dem Gewissen, sagen Sie mal, wie schlafen Sie eigentlich noch?"

Dann verließ von Rosen den Raum. Hinter der Scheibe standen angespannt alle Anderen. Die Szene im Verhörraum war gespenstig. Dann ergriff der Anwalt das Wort,

„suchen Sie sich einen anderen Anwalt, mit dem Mord an unschuldigen Kindern und alten Menschen möchte ich nichts zu tun haben“, er stand auf und wollte gehen.
„Bitte bleiben Sie“,
flehte Weber,
„ich habe das alles nicht gewollt, ich wollte die Kinder nicht erschießen, Sie war das die Tschymke, die hat alles eingefädelt, ich war ihr ausgeliefert, ja, ich habe die Kinder erschossen, aber ich wollte das nicht, Sie war das, die Tschymke!“
„Weber Sie sind ein Abgrundtief schlechter Mensch“,
dann drehte der Anwalt sich zur Scheibe,
„Herr von Rosen ich bin bereit das Geständnis dieses“,
mit einer abwertenden Handbewegung zeigte er auf Weber,
„dieses Individuums bestätigen.“
Dann nahm er seine Sachen und verließ den Verhörraum.

Drei Monate später wurde der Prozess angesetzt. Der Gerichtssaal war bis zum letzten Platz gefüllt. Der Fall hatte für sehr viel Aufmerksamkeit gesorgt. Alle waren schon an ihrem Platz, als Dr. Walter Weber in den Raum geführt wurde, wurde es still.
Der Justizangestellte führte Weber zur Anklagebank. Dabei kamen sie unweigerlich an Frau Bauerdick vorbei, der man einen Extraplatz gegeben hatte, wegen ihres Rollstuhls. Frau Bauerdick hatte ein Bild in der Hand, es zeigte Ihre Tochter und die Enkel.

Als Weber Frau Bauerdick erkannte bekam sein Gesicht spöttische Züge, und er grinste. Frau Bauerdick sah Weber in die Augen, der Schaute mit Hohn zurück, dann küsste sie das Foto, und legte das Foto auf Ihren Schoß. Langsam zog unter ihrer Wolldecke eine kleine Pistole heraus, und ziele auf Weber, der 2 Meter von ihr weg stand.

Von Rosen und Sabrina waren aufgesprungen, bewegten sich aber nicht vom Fleck, die Menschen im Gerichtssaal hielten den Atem an, es war so leise, man hätte eine Stecknadel fallen hören. Unmittelbar erkannte Weber die Gefahr, und fing an zu wimmern,
„Gnade, ich habe das nicht gewollt, das war alles diese Tschymke, Gnade.“
Frau Bauerdick schaute Weber an, und sagte ohne jede Regung,
„das Gnadengesuch ist abgelehnt“.
Frau Bauerdick schoss mehrere Male. Weber brach zusammen. Die Zuschauer im Gerichtssaal schrien auf, und von Rosen und Sabrina machten einen Satz auf Frau Bauerdick zu.

Von Rosen faste Weber an die Halsschlagader und schüttelte den Kopf, da kam auch schon Abel in den Saal gestürzt, der draußen als Zeuge der Anklage gewartet hatte, und beugte sich über Weber.
„Ich kann nichts mehr tun“,
sagte Abel, und bat den Toten abzudecken.
Frau Bauerdick gab Sabrina kommentarlos die Waffe, und sagte,
„Ich habe sowieso nur noch einige Monate, das war es Wert. Ich habe nur eine Bitte, kann ich der Beerdigung meiner Liebsten beiwohnen, oder werde ich sofort eingesperrt?“
„Bei Ihnen besteht sehr wenig Fluchtgefahr“,
antwortete Sabrina,
„ich glaube, dass Sie bis zur Verhandlung auf freiem Fuß bleiben.“
Dann wurde Frau Bauerdick von einem Beamten fortgebracht, und der Gerichtssaal leerte sich.

Maximilian von Rosen und Sabrina Kreft verließen das Gerichtsgebäude. Es dauerte eine Weile bis die Beiden eine Unterhaltung begannen.
„Damit hätte ich nicht gerechnet“,
sagte Maximilian.
„Ich auch nicht, aber wer weiß schon wie Menschen denken.“
„Was machen wir jetzt“,
fragte Sabrina.
„Ich fahre nach Hause.“
Sabrina sah in enttäuscht an.
„Sabrina, ich fahre nach Hause, und beziehe das Bett neu, und Du fährst nach Hause und holst Sachen, und dann kommst Du zu Mir, und übernachtest bei mir.“
„Wo schlafe ich“,
meinte Sabrina,
„auf dem Sofa?“
„Das kommt darauf an, wie gut Du riechst.“
Beide stiegen froh gelaunt in ihre Autos, Sabrina öffnete das Fenster und sagte,
„Du wirst in die Knie gehen mein Lieber, bis gleich.“
Dann fuhren beide los.

ENDE

Im Text erwähnte Begriffe.

Uwubu: Ulbrichts Wucher Buden, das waren Läden in denen man gegen Fremdwährung einkaufen konnte. Für die meisten DDR-Bürger waren die Preise unerschwinglich.

aufwackeln: Eine Tracht Prügel bekommen

Bergmanns Tot: Eine Schnapssorte, die kaum trinkbar war.

Blauer Würger: Wodka, dessen Flasche ein blaues Etikett trug, und selbst bei Hartgesottenen ein Kratzen im Hals erzeugte.

Knast: Hunger

Karton de Blamage: So wurde in gebildeten Kreisen der Trabbi genannt.

Anmerkung zur Reihe Kommissar von Rosen

Die Autoren der Reihe um Kommissar von Rosen nehmen sich als Vorlage tatsächliche Begebenheiten, recherchieren diese und verarbeiten diese zu spannenden Kriminalgeschichten.
So ist Dieter Schulte 1980 tatsächlich in Schweden als Offizier von Bord gegangen, und hat der DDR den Rücken gekehrt. Seine Stasi Akte beweist, man hatte ihm zwei Spioninnen ins Bett gelegt, um den Grund seiner Flucht zu erfahren, und man hatte auch vor ihn zurückzuholen, wenn nötig mit Gewalt. Auch das Gespräch mit seinem Admiral hat in der wiedergegebenen Form stattgefunden. Auch Dr. Weber existiert, und sein Verhalten als IM ist das Beschriebene.
Dieter Schulte, und Dr. Weber leben heute in Frieden irgendwo in Deutschland.

Die Autoren

Weitere Bücher der von Rosen Reihe

Blutiges Eis

Ein Überfall in einer Eisdiele, ein Diebstahl, der nicht angezeigt wird, und der Tot von drei jungen Männern, das sind die Zutaten für die nächste Herausforderung. Alles an diesem Fall ist Mysteriös. Zumal auch die Bestohlenen nicht die Wahrheit sagen. Das Team um Kommissar von Rosen kommt einem Geheimnis auf die Spur, das biblische Ausmaße annimmt.
Lange tappt das Team im dunklen, erst als von Rosen den investigativen Journalisten Moreno Stramaglia kennen lernt, hebt sich der Vorhang. Als das Team ins Ausland muss, um weiter zu kommen, bringt das alle in Lebensgefahr.
Erscheint Dezember 2019

Unsichtbares Verderben

Ein Fischer findet in seinem Netz den unteren Teil eines Frauenfußes, der noch in einem Luxus Sneaker steckt. Am Schnürsenkel hat sich ein Fußkettchen verfangen, aber auch das liefert keine Hinweise auf die Identität des Opfers.
Die Ermittlungen ergeben, dass der Schuh ausschließlich in Russland auf den Markt gebracht wurde. Das Team um von Rosen geht zuerst davon aus, dass der Fuß durch die Strömung aus dem Osten in den Teil der Ostsee vor Ahlbeck gespült wurde.
Dann verschwindet eine OP Schwester spurlos, und von Rosen erkennt einen Zusammenhang.
Dieser Fall führt von Rosen in die Welt der Reichen und Schönen, in dem Neid, Missgunst und sexuelle Erpressung an der Tagesordnung sind.

Erscheint April 2020

Weitere Bücher der Autoren
Schweinebande

Wenn Sie immer schon erfahren wollte was wirklich in der Wurst steckt.
ISBN: 978-3-453-28087-8

Inside Duisburg Marxloh

Dies ist ein Stadtportrait der besonderen Art, in dessen Mittelpunkt die Bewohner von Marxloh stehen. Einem Stadtviertel, dessen schlechter Ruf schon fast legendär ist.

ISBN: 978-3-280-05634-9